© Holly Renee, 2024
© Buzz Editora, 2025
Publicado mediante acordo com Two Daisy Media, LLC.
Todos os direitos reservados.

Título original THE VEILED KINGDOM

Publisher ANDERSON CAVALCANTE
Coordenadora editorial DIANA SZYLIT
Editor-assistente NESTOR TURANO JR.
Analista editorial ÉRIKA TAMASHIRO
Estagiária editorial BEATRIZ FURTADO
Preparação MARINA SARAIVA
Revisão AMANDA OLIVEIRA e GABRIELE FERNANDES
Projeto gráfico ESTÚDIO GRIFO
Assistente de design LETÍCIA DE CÁSSIA
Ilustração de capa FORENSICS AND FLOWERS
Mapa VIRGINIA ALLYN

*Nesta edição, respeitou-se o novo Acordo Ortográfico
da Língua Portuguesa.*

Dados Internacionais de Catalogação na Publicação (CIP)
(Câmara Brasileira do Livro, SP, Brasil)

Renee, Holly
O reino oculto: A cidade subterrânea / Holly Renee
Tradução: Regina Nowaski
1ª ed. São Paulo: Buzz Editora, 2025
288 pp.

Título original: *The Veiled Kingdom*
ISBN 978-65-5393-418-4

1. Ficção de fantasia I. Título.

25-253095 CDD 813.5

Índice para catálogo sistemático:
1. Ficção de fantasia: Literatura norte-americana 813.5

Aline Graziele Benitez, Bibliotecária, CRB 1/3129

Todos os direitos reservados à:
Buzz Editora Ltda.
Av. Paulista, 726, Mezanino
CEP 01310-100, São Paulo, SP
[55 11] 4171 2317
www.buzzeditora.com

HOLLY RENEE

A CIDADE SUBTERRÂNEA

Tradução REGINA NOWASKI

MARMORIS

A CIDADE SUBTERRÂNEA

GUIA DE PRONÚNCIA

Marmoris **MÁR-moris**
Enveilarian **ON-ve-lé-rian**
Dacre **DEI-ker**
Nyra **ni-[ɹ]ah**
Wren **[ɹ]en**
Verena **Vuh-[ɹ]i-nah**
Kai **Kái**
Eiran **É-[ɹ]ãn**

Obs.: O [ɹ] deve ser lido como R retroflexo,
mais conhecido como R "caipira" paulista.

ALERTA SOBRE O CONTEÚDO

Este livro contém descrições de cenas explícitas de sexo, violência e agressão, além de linguagem e temas adultos, e seu conteúdo talvez não seja adequado para todos os públicos. Aconselha-se a avaliação prévia do leitor.

Para Amber Palmer —
obrigada por seu apoio inesgotável e sua amizade.

CAPÍTULO I
NYRA

O suor escorria por minhas costas sob o manto fino. Ainda havia uma friagem leve no ar, mas o guarda que estava perto do fim da ponte, com a mão carnuda apoiada no cabo da espada, fez meu coração acelerar enquanto eu avaliava meu próximo movimento.

Inspirei fundo e observei o alvoroçado beco do mercado. O cheiro de fumaça com peixe salgado ardia em minhas narinas, mas não conseguia mascarar os odores vindos dos barracos ou dos corpos suados que passavam por mim.

Deixei meu cabelo escuro cair sobre os ombros enquanto passava em meio à multidão, o mais longe possível do guarda.

Meus olhos cintilaram diante do palácio e do grande portão de ferro que o separava da ponte movimentada, quase tão larga quanto um quarteirão da cidade.

A grande ponte do Reino de Marmoris era um lugar lendário.

Ao menos era o que o rei teria desejado que todos acreditassem.

Meu olhar delator subiu pelo palácio até onde eu sabia que ficava meu antigo quarto. A janela era tão alta que avistei uma das bandeiras de meu pai flamulando ao vento pouco acima dela.

Era alto o bastante para que ninguém pudesse olhar lá dentro, para que minha segurança nunca pudesse ser violada.

Ou assim eu pensava.

Na verdade, era alto o suficiente para que ninguém visse a vergonha que o rei tinha por sua herdeira desprovida de poder.

Passei muitos e muitos anos confundindo a desonra dele com prudência. Meus pais tinham perdido a esperança de que a herdeira do trono fosse dotada de algum poder quando completei dez anos sem dar qualquer sinal. Eu ainda me lembro do medo e da inquietação em seus olhos quando me disseram que devíamos manter o segredo entre nós, mas a inquietação morreu bem antes de minha mãe. Meu pai havia se tornado vazio de afeto por mim, e era esse ressentimento que eu revidava.

Era difícil escutar as conversas abafadas à minha volta por causa do som da água das grandes cascatas que caíam sob a ponte. Eu me esforçava para ouvir, mas tudo o que conseguia distinguir era a troca de moedas e os acordos sussurrados que não deviam ser ouvidos.

Uma brisa vinda do oceano fez meu cabelo esvoaçar em volta dos meus ombros e a inspirei até que meus pulmões implorassem para que eu soltasse o ar. Sempre que a rajada de vento carregava aquele aroma familiar, eu era inundada por memórias agridoces. Ficava dividida entre nostalgia e ressentimento.

Olhei para a água onde uma dúzia de barcos estavam sendo abastecidos. Minha barriga doeu de saudade quando me lembrei de como costumava observá-los e sonhar acordada em navegar até que o vento me levasse embora desse lugar.

Mas, nos últimos tempos, minha barriga doía sempre.

Eu me forcei a me mover, serpenteando entre as carroças deterioradas até passar pelo mercador cujo olhar sempre se demorava em meu corpo um pouco demais para o meu gosto, mas sorri quando ele me lançou um olhar lascivo.

Era tudo de que eu precisava.

O olhar dele pousou no volume dos meus seios e deixei minhas mãos caírem para trás.

Se ele estava observando as curvas de meu corpo, então não tinha tempo de olhar minhas mãos.

— Boa tarde para você — disse ele, antes de passar a língua pelo lábio inferior que mal era visível sob a barba grisalha e descuidada.

— Boa tarde — respondi suavemente, baixando a cabeça para que ele visse como eu era tímida, como estava lisonjeada com sua atenção. Enquanto isso minhas mãos seguravam uma maçã e um pedaço de pão seco.

Enfiei o pão na parte de trás da minha calça, mantendo as mãos escondidas sob o manto fino.

Com um sorriso calculado, agitei os cílios enquanto o homem olhava para mim sem se importar com o anel desgastado na mão dele.

— Deve fazer frio esta noite.

Enquanto o olhar dele permanecia fixo em meu corpo, concentrei-me em manter o ritmo de minha respiração constante, dissimulando os batimentos do meu coração.

— Obrigada por me avisar. — Olhei para o céu, mostrando que estudava as nuvens enquanto assentia, como se aqueles que dormiam nas ruas não estivessem mais do que cientes das mudanças que a pressão atmosférica traria.

— Você sabe onde me encontrar, caso esse manto não forneça calor suficiente.

Mordi a língua para deter a resposta que implorava para sair dos meus lábios. A maçã ainda estava aninhada e segura em minha mão; o peso dela dava a sensação de conforto em meio às observações dele, mesmo que o suco escorresse por meus dedos quando minhas unhas cravaram na polpa.

— Obrigada. — Assenti, dei um passo para trás e me perdi na multidão de fregueses antes que ele pudesse ficar entediado com meu corpo e desviasse o olhar.

Não podia me permitir que ele olhasse para outro lugar.

Tenho vivido nessas ruas há quase um ano, desde o ataque, e tenho sido cuidadosa para garantir que ninguém me observe muito de perto.

Não tinha dinheiro suficiente para comprar minha passagem em um dos navios como ansiava, e os rumores de perigo além da costa tinham me mantido enraizada nesse lugar.

A rebelião havia se tornado implacável, e eu não conseguia arriscar uma jornada para o sul antes do pagamento do dízimo, até que a rebelião estivesse vigiando meu pai e o palácio com atenção demais para me notar.

Eu me movi depressa entre as pessoas que circulavam na ponte e percebi um homem vestido com trajes de boa qualidade caminhando na direção de um dos mercadores, cujos olhos se iluminaram ao vê-lo. O homem não usava manto, sua camisa era mais do que suficientemente espessa para espantar o frio, mas isso também significava que a bolsa que ele trazia presa à frente do cinto era claramente visível.

E pelo jeito como a bolsa pendia um pouco abaixo do quadril, eu poderia apostar que havia pelo menos dez moedas lá dentro.

Acelerei o passo, enquanto mantinha meus olhos fixos no homem. O desespero agarrava minhas entranhas, impelindo-me para a frente. Mas a ganância só me mataria ou, pior, faria com que eu fosse capturada.

E eu tinha comida suficiente para aplacar minha fome por alguns dias.

Mas faltavam apenas alguns dias para o pagamento do dízimo, e eu tinha de fugir antes disso.

Porque todos do reino deviam se apresentar diante do rei e pagar o dízimo devido com qualquer poder que possuíssem.

E eu não podia fazer isso.

Mesmo se tivesse o poder para, de alguma maneira, pagar o que meu pai achava que lhe era devido, as pessoas que viviam no palácio me reconheceriam no momento em que me vissem. Os homens que vigiavam a ponte, as ruas da cidade e as masmorras não tinham esse privilégio, mas os guardas mais próximos de meu pai, sim. E eles sem dúvida estariam lá para proteger seu rei quando este expropriasse seu povo do pouco que lhes permitia ter.

Eles assassinavam nosso povo por não pagar o dízimo sem pensar duas vezes, e o temor do que fariam comigo era o que suplantava o temor da rebelião.

Eu me esforcei para me aproximar do homem enquanto ele passava as mãos por sua camisa impecável, completamente alheio às pessoas que o cercavam.

Era uma atitude tola a se tomar nessa ponte.

A ponte tinha se mostrado o lugar mais fácil para agir como ladra, mas também o lugar mais fácil para ser detida.

E se não fosse pelo pavor que enchia minhas entranhas em razão da falta de moedas e de comida para encher minha barriga, eu provavelmente teria dado meia-volta.

Mas eu não podia me permitir isso.

Não tão perto do dízimo.

O homem falou com o mercador à sua frente por apenas alguns segundos antes de lhe entregar duas moedas de ouro.

Eram duas moedas a menos que eu conseguiria tirar dele.

Engoli o temor que ameaçava me paralisar e continuei no encalço do homem enquanto ele se afastava do mercador.

O andar do homem era confiante, os passos, determinados, e ele avançava pela ponte completamente alheio à minha presença.

O manto que eu usava podia se misturar facilmente ao mar de mantos que adornavam o mercado, o que me oferecia um pequeno grau de anonimato.

Eu me movia o mais rápido possível, tentando alcançar o homem antes que ele chegasse mais perto do palácio.

Apressei o passo, diminuindo a distância entre nós, e meu coração pulsava no peito, acompanhando o ritmo dos meus passos.

Ele parou, deixando a carroça de um comerciante passar por ele; as rodas de madeira, estridentes e vacilantes, cruzaram o pavimento, e eu soube que essa era minha única chance.

A carroça veio em minha direção, não me atingindo por pouco, e me lancei para a frente, agarrando-me ao homem e o usando para impedir minha queda.

Cambaleei contra ele, e minhas mãos se agitavam enquanto eu agarrava desesperadamente a camisa dele, fingindo perder o meu equilíbrio e o forçando a perder o dele.

Ele se chocou contra um homem parado atrás dele, e nós três mal conseguimos nos manter em pé enquanto éramos empurrados pela multidão.

Não perdi tempo e puxei os cordões de couro que prendiam a bolsa dele ao cinto e agarrei o volume em minha mão.

— Ah, d-desculpe — gaguejei, com a voz trêmula enquanto eu me estabilizava. — Eu não estava prestando atenção por onde andava.

Os olhos dele me examinaram, avaliadores. Eu consegui sentir o peso de seu escrutínio, e cada nervo do meu corpo gritava para que eu corresse.

Minha mão direita estava agarrada na camisa dele enquanto eu tentava me endireitar, e minha mão esquerda segurava a bolsa de moedas como se minha vida dependesse dela.

A confusão do homem se transformou em preocupação, e ele estendeu a mão para mim:

— Você está bem?

Forcei um sorrisinho, fazendo meu melhor para aparecer vulnerável.

— Sim. Eu só... perdi o equilíbrio. Vou ficar bem.

Eu rezava para que ele ainda não tivesse percebido a leveza em seu quadril.

As mãos dele estavam na parte superior dos meus braços, segurando-me com firmeza contra ele, que hesitou por um momento antes de assentir.

— Tenha cuidado por aqui. A ponte pode ser um lugar perigoso para uma garota como você.

Uma garota como eu.

Ele não fazia ideia de como esta ponte era mais perigosa para uma garota como eu do que para qualquer outra pessoa. O reino inteiro era.

Assenti de volta e agarrei a bolsa em meu punho antes de dar um pequeno passo para trás.

Inclinei a cabeça, mantendo meus olhos baixos.

— Obrigada, senhor. Terei cuidado.

Com isso, eu me virei e sem esforço desapareci outra vez na multidão, com o coração acelerado por uma mistura de ansiedade e culpa.

Mas nenhuma das duas era suficiente para fazer com que eu me arrependesse pelo que havia feito.

Enquanto eu avançava pelo mercado tumultuado, não pude evitar uma olhada na bolsa que segurava com firmeza em minha mão. Era mais do que suficiente para me sustentar por algumas semanas, talvez até meses se eu fosse sensata com meus gastos. O peso das moedas aliviou um pouco a urgência que vinha me consumindo por dentro assim que as enfiei em meu bolso.

Os guardas ainda estavam parados na entrada da ponte e me obriguei a passar por eles, mesmo que meus músculos doessem a cada passo que me aproximava deles. Assim que andei pelo limiar entre os belos ladrilhos e os paralelepípedos empoeirados que revestiam as ruas, eu me permiti olhar por cima do ombro uma única vez para ter certeza de que ninguém tinha me notado.

E que o homem não havia percebido o furto.

Como os guardas não me lançaram um olhar sequer, acelerei meu passo e me desloquei pelas ruas estreitas. Quanto mais longe da ponte eu chegava, menores se tornavam as casas e lojas enfileiradas.

E as pessoas que viviam nessas casas? Elas também se tornavam cada vez menos importantes.

Você só conseguia ficar perto do rei se tivesse algo a oferecer.

Se sua magia fosse algo de que ele pudesse precisar.

O fedor de lixo e decomposição preenchia o ar, misturando-se ao distante aroma de especiarias vindo das barracas de comida espalhadas ao longo das ruas.

Era um contraste gritante com a opulência do palácio e sua ponte, mas quanto mais eu me afastava de ambos, mais sentia que podia respirar.

No meu bolso, o peso das moedas furtadas oferecia uma sensação de segurança, um alívio temporário da fome que corroía meu estômago.

Enquanto eu caminhava pelas ruas dilapidadas, meus olhos sondavam o rosto das pessoas que passavam. Muitas tinham expressões de cansaço e resignação, seus espíritos oprimidos pelo peso da luta cotidiana. O mundo fora do palácio era uma dura realidade e me fazia lembrar constantemente do que eu havia deixado para trás.

Eu lamentava partes da vida que eu já tinha levado ao mesmo tempo que suplicava aos deuses para nunca mais voltar.

Mantive a cabeça baixa, misturando-me perfeitamente ao pano de fundo de pobreza e desespero. O manto esfarrapado que ocultava minha identidade cumpria bem sua tarefa, dando a ilusão de anonimato entre as ruas esquecidas. A sobrevivência me ensinou a ser invisível, a me tornar um fantasma que se move nas sombras.

E isso me beneficiava.

Virei à direita em um velho beco esquecido e passei por uma casa antiga com trepadeiras que escalavam os tijolos vermelhos em ruínas. A senhora idosa que vivia ali raramente saía ou recebia visitas e com ainda menos frequência verificava a pequena alcova nos fundos de seu quintal.

Eu me sentei ali, lugar que havia se tornado minha casa, e peguei o pão e a maçã sob meu manto. Era em momentos como esse que eu queria ter uma lâmina, mas Micah logo chegaria.

Enquanto eu saboreava a primeira mordida do pão roubado, ouvi passos que se tornavam cada vez mais altos no fim do beco. Escondi a comida ao meu lado por precaução e fiquei quieta até os passos desacelerarem. Micah emergiu das sombras; seu porte esguio se misturava perfeitamente à escuridão que o envolvia.

— Teve sorte hoje? — perguntou, em voz baixa. Os olhos dele examinavam o entorno em busca de qualquer perigo em potencial antes de se abaixar e se sentar ao meu lado com um gemido.

— Eu me saí bem — respondi, puxando o pão e o partindo ao meio. Ele pegou um pedaço avidamente, e era impossível não notar a fome em seus olhos. — E você?

Ele assentiu, e me entregou uma bolsinha que parecia leve demais para conter moedas.

— Consegui furtar isso da carruagem de um nobre, perto do palácio.

Abri a bolsa lentamente e vi vários pedaços de pergaminho dobrados, todos com o selo real para mantê-los fechados.

— Correspondência para o rei.

Meus dedos tremiam enquanto eu colocava a mão dentro da bolsa de couro, mas as palavras dele me paralisaram. O medo me oprimia e me sufocava, e deixei a bolsa cair no chão.

— Nós não podemos ficar com isso — declarei com firmeza, em um tom de voz um pouco mais alto que um sussurro. — Se nos pegarem com estas cartas, não é apenas nossa vida que estará em risco.

Sacudi a cabeça, avaliando mentalmente, depressa, as implicações do que Micah acabara de dizer. Correspondência para o rei significava documentos importantes, que possivelmente continham informações que poderiam ser usadas como vantagem contra aqueles que estavam no poder. Era um risco que não podíamos nos dar ao luxo de assumir levianamente.

Era um risco que me colocava em muito mais perigo do que as moedas que eu acabara de furtar.

Se o rei e seus guardas ainda não estavam me procurando, eles viriam em busca daquelas correspondências.

Mas o que mais me inquietava era isso. Se ele estava procurando por mim, ninguém sabia.

Eu era a princesa desaparecida que todos ainda pensavam estar trancada em sua torre.

Eu era a mácula no reino perfeito do rei, e ele ainda estava me escondendo, tanto quanto eu estava me escondendo dele.

Micah olhou para mim, a preocupação gravada nas linhas de seu rosto.

— Você está certa — admitiu, com a voz tensa. — Eu nunca teria furtado isso se você não estivesse de partida. — Ele correu as mãos calejadas pelo cabelo claro que parecia brilhar sob a luz do sol.

Micah era a única pessoa em quem eu havia confiado desde que saí do palácio, mas ele só sabia o que eu permitia que soubesse. Ele tinha me tratado com gentileza nas ruas quando ninguém mais o fez, e eu não retribuía o favor ao esconder dele a minha identidade. Mas meu pai o mataria se algum dia descobrisse que ele estava me ajudando a me esconder.

Para Micah, eu era uma garota que tinha um passado e que estava em fuga, mas, para meu pai, eu era um obstáculo.

E qualquer um que soubesse sobre mim e minha falta de poder pertencia à mesma categoria.

— Mas, veja... — Ele abriu um dos pergaminhos cujo selo já tinha sido rompido e o desdobrou depressa, percorrendo o conteúdo com os olhos. Ele apontou para o pé da página, e olhei para a margem do papel para entender o que ele estava indicando. — Não fizemos a insígnia da rebelião do jeito certo. — Micah pegou minha mão esquerda e empurrou a manga para cima, revelando a insígnia preta e simples da rebelião que ele fez em mim.

Ele correu o polegar pela pele sensível do meu pulso, onde a marca havia sido cuidadosamente gravada com sua magia, e arrepios percorreram minha pele.

A insígnia era formada por duas flechas simples se cruzando em um X. Nós dois tínhamos ouvido falar sobre ela muitas vezes antes, mas Micah tinha razão, estava um pouco diferente da insígnia registrada na correspondência. As penas da emplumagem não estavam iguais, e qualquer pessoa que já fizesse parte da rebelião seria capaz de detectar a diferença com facilidade.

E também seria capaz de perceber que eu não era nada mais que uma traidora tentando me passar por um deles, e me mataria com a mesma rapidez que o rei o faria.

Mas apoiadores do rei não deixavam a costa do reino a menos que estivessem se juntando à rebelião. Não desde o ataque.

Era arriscado demais de outra maneira.

Se um deles me encontrasse quando eu saísse dali, a única maneira de sobreviver seria deixar claro que eu estava do lado deles.

Eles nunca poderiam saber quem eu era.

Ninguém poderia.

— Precisamos consertar isso. — Os dedos dele se moveram delicadamente sobre minha marca, e meu estômago se contraiu enquanto eu observava o movimento. — Eles vão saber que você é uma fraude no momento que virem.

Uma fraude.

Deuses, eu não conseguia pensar em uma palavra melhor para me descrever.

— Conserte.

Com um movimento de cabeça, indiquei o pergaminho ainda na frente dele e engoli em seco. Ainda podia me lembrar do modo como a magia dele havia queimado minha pele e sabia que não seria menos doloroso dessa vez. Mas a dor era um preço mínimo a pagar em todo o contexto. Meu destino dependia dela.

O rosto de Micah se contorcia de concentração enquanto ele canalizava a magia para a ponta dos dedos. O ar crepitava com a energia, uma antecipação tangível que preenchia o beco estreito.

Inspirei fundo e me preparei para o que estava por vir.

Micah pressionou suavemente o polegar contra a marca em meu pulso, cuidando para não romper as linhas existentes. Sua magia fluiu dele para mim, fundindo-se à minha carne. O calor irradiado pelo toque dele cauterizava minha pele e gravava novos detalhes na insígnia.

Mordi meu lábio, suportando a agonia enquanto ele reparava meticulosamente as penas da emplumagem. Cada toque de seu polegar parecia fogo, marcando em mim uma nova identidade. Era uma reinvenção nascida da necessidade, uma tentativa desesperada de sobreviver em um mundo que exigia lealdade e submissão.

À medida que a dor se intensificava, eu apertava os punhos, cravando as unhas na palma das mãos. O toque de Micah ficou mais leve, o foco inabalável enquanto analisava o pergaminho.

Micah enfim retirou o toque, e uma onda de alívio me inundou. Examinei a insígnia alterada em meu pulso, as linhas vivas margeadas com minha pele vermelha e irritada. As penas da emplumagem estavam perfeitamente alinhadas, cada detalhe delicado gravado em minha pele como um testamento permanente de quem eu tinha de me tornar.

— Você tem que ter cuidado com isso — avisou Micah, com a voz envolta em preocupação e com a mesma desaprovação que ele expressou na primeira vez que lhe pedi para fazer a insígnia. — A rebelião é um jogo perigoso.

Assenti solenemente, com plena consciência dos riscos que enfrentava. Havia rumores de que a rebelião estava reunindo forças em segredo, impulsionada pelas injustiças cometidas pelo rei e por aqueles que estavam no poder. Os rebeldes lutavam pela liberdade, por um mundo onde todos tivessem a mesma oportunidade na vida, independentemente de sua magia.

Mas também agiam nas sombras, com táticas tão implacáveis quanto aquelas usadas por quem se opunham.

E eu tinha visto a demonstração disso quando invadiram o palácio que até então era considerado impenetrável.

— Eu sei que é — respondi com voz firme. — Mas espero não ter que usar.

Nós dois sabíamos que eu nunca conseguiria pagar a passagem de um dos navios do porto do reino, mas se conseguisse viajar para o sul e chegar longe o bastante, talvez tivesse uma chance.

A costa sul representava uma longa jornada, especialmente para uma garota que nunca tinha ido além de um quilômetro e meio do palácio, mas eu não tinha outra opção.

— Não quero que nada aconteça com você.

Micah aproximou a mão do meu rosto e a culpa me inundou.

Havia um peso tão grande na apreensão dele e nos motivos que o compeliam a se preocupar comigo. Micah tinha se tornado minha âncora desde que deixei o palácio, meu confidente e amigo mais próximo.

Mas o modo como ele examinava meu rosto mostrava... algo *mais*.

Um grito alto e agudo ecoou ao longe. A mão de Micah, que estava a pouco mais de um centímetro do meu rosto, parou abruptamente no ar. Enquanto tentávamos escutar, ficamos imóveis, nosso corpo, tenso, e, de repente, o som de botas golpeando os paralelepípedos estava perto demais para que qualquer um de nós se sentisse seguro.

Os olhos de Micah arregalaram de susto quando ele virou a cabeça na direção dos passos. A mão dele caiu e os dedos tocaram no cabo de uma adaga escondida em seu cinto. O desespero em sua voz era palpável quando ele sussurrou em tom de urgência:

— Temos que ir. Agora.

Meu coração disparou no peito enquanto o pânico percorreu minhas veias. Agarrei o braço de Micah em um aperto firme e inflexível.

— Aqui — falei, com a voz tomada de medo e determinação, enquanto enfiava a mão no bolso e tirava metade das moedas da bolsa.

— Onde diabos você pegou isso? — Micah agarrou minha mão e fechou meus dedos em volta das moedas enquanto olhava por cima do ombro.

— Roubei — murmurei com urgência, enquanto meus olhos iam e vinham na direção dos passos cada vez mais próximos. — Pegue-as e vá. Encontre um lugar seguro para se esconder, algum lugar onde não possam te achar. Voltamos a nos encontrar aqui esta noite.

— Você precisa delas.

— Nós dois precisamos — insisti, e nós dois sabíamos que era verdade.

Micah hesitou por um instante, dilacerado entre a preocupação comigo e a necessidade de escapar. Mas nós dois sabíamos que era mais difícil nos pegarem se estivéssemos sozinhos, não juntos.

Deixei as moedas caírem na mão dele e ele assentiu, fechando o punho antes de apertar minha mão uma última vez.

— Tenha cuidado — murmurou, com a voz apreensiva e determinada, e depois partiu, desaparecendo nas sombras como se nunca tivesse estado ali.

Sozinha naquele beco mal-iluminado, meu coração palpitava no peito como um tambor de guerra. O som dos passos se aproximando ficou mais alto, chegando mais perto a cada segundo que passava. O medo e a adrenalina percorriam minhas veias, abastecendo meus instintos para me virar e correr na direção oposta.

Disparei pelo beco estreito, pulando sobre um caixote descartado e desviando de um homem que corria na direção oposta. Meus pulmões queimavam a cada inspiração, mas segui em frente.

Minha mente estava acelerada, tentando formular um plano enquanto eu fugia. Eu precisava encontrar um lugar para me esconder ou me misturar à multidão, desaparecendo diante dos olhos daqueles que se moviam pelas ruas. Não importava quem os guardas do rei estavam procurando, eles não respeitavam quem atravessasse seu caminho.

As ruas estavam transbordando de gente e todo mundo estava tenso. Meus olhos corriam de um lado para o outro como os dos demais e havia dezenas de guardas passando em meio à multidão.

Desacelerei o passo, mantendo a cabeça baixa enquanto passava entre as pessoas.

— Ali! — Ouvi um homem gritar atrás de mim, mas não ousei me virar para ver quem foi. — É ela.

Meu coração falhou quando a voz atravessou a rua agitada.

O pânico cresceu dentro de mim, impelindo-me a correr, mas me obriguei a permanecer calma. Serpenteei pela multidão, deslizando sem esforço entre os corpos, desesperada para sumir no meio deles.

Mas o destino não foi gentil comigo.

Antes que eu pudesse reagir, mãos fortes se fecharam em volta dos meus braços, puxando-me para trás com uma força que lançou um solavanco dolorido em meu ombro. Cambaleei, lutando para manter o equilíbrio apesar do ataque violento.

Um vulto corpulento pairou sobre mim, vestindo o uniforme azul-marinho que o identificava como um sentinela da Guarda Real. Os olhos dele encontraram os meus, e meu medo lutava contra minha rebeldia enquanto eu me esforçava para baixar o olhar e fingir ser alguém que eu não era — alguém que respeitava o rei e seus homens.

— Peguei ela — ele gritou por cima do ombro, e eu estremeci ao ouvir passos altos se aproximando.

Ele estendeu a mão, levantando meu queixo com um dedo calejado enquanto estudava meu rosto.

— É ela? — perguntou outro guarda atrás dele, e engoli em seco.

Não. Por favor. Por favor. Por favor.

Se eles me levassem de volta ao palácio, eu não sobreviveria. Meu pai não permitiria. Eu tinha traído a ele e ao reino quando fugi durante o ataque, e ele não deixaria que eu me esquecesse disso.

— É ela.

Ele ergueu meu pulso em sua mão, me puxando para perto enquanto as pessoas se dispersavam para o mais longe possível de nós.

Eu não era nada para elas, ninguém por quem arriscariam a própria vida, e Micah tinha desaparecido, exatamente como eu disse a ele para fazer.

A princesa.

Eu estava pronta para que as palavras escapassem dos lábios dele, preparada para os suspiros de todos os outros quando as ouvissem, mas fiquei em choque quando ele passou o polegar por minha ainda dolorida insígnia da rebelião.

— E parece que a ladrazinha é uma traidora.

CAPÍTULO II
DACRE

Rangi os dentes enquanto ouvia meu pai me repreender.

Como se fosse minha culpa minha irmã ter sido capturada.

Como se eu já não estivesse morrendo por dentro tentando descobrir exatamente como iríamos libertá-la.

Mas não era nenhuma novidade.

Membros da rebelião eram capturados quase diariamente pelos guardas do palácio.

Eles matavam alguns dos rebeldes sumariamente pela traição enquanto outros eram forçados a implorar ao deus da fortuna para serem levados pela morte. Um prisioneiro do rei era um prisioneiro da tortura, e a rebelião tinha muitos segredos que valia a pena revelar.

E minha irmã era jovem e bonita demais para que a matassem tão depressa.

Aqueles guardas teriam planos bem piores para ela do que descobrir seus segredos.

Mas eu daria meu sangue e lutaria até meu último suspiro para libertá-la.

Nós estávamos agachados perto da entrada da floresta, aguardando o último raio de sol cair atrás da costa.

Faltavam apenas dois dias para o pagamento do dízimo, e eu tinha de libertá-la antes disso.

Deixei meu olhar vagar pelo limite da vegetação, observando nosso entorno enquanto meu pai tagarelava.

Eu não tinha energia para desperdiçar com ele.

Ele podia ser o líder da rebelião, mas também era o responsável por deixar minha mãe ser assassinada.

Ele era o responsável por deixar um grande número de rebeldes ser morto quando planejou um ataque para o qual não estávamos preparados.

Um ataque que mudou nossa vida.

Um ataque que me fez perder o respeito que eu tinha por ele.

— Você ouviu o que eu disse? — A voz grave dele resmungou, e finalmente o olhei nos olhos.

— O quê?

— Porra, você nem está me ouvindo, Dacre. — A fronte dele se enrugou, formando duas linhas profundas enquanto as sobrancelhas franziam de frustração. Seus olhos verdes se estreitaram e cintilaram com um lampejo de irritação.

Teria sido como olhar num espelho, se não fossem os olhos escuros que herdei de minha mãe.

O cabelo dele era de um preto intenso e tão escuro quanto um perene céu noturno. Os fios desciam em ondas suaves que emolduravam seu rosto e contrastavam com a mandíbula acentuada e angulosa que ainda carregava uma cicatriz do ataque.

Se não fosse pelos olhos escuros de minha mãe, eu seria uma cópia perfeita dele.

— Nós sabemos onde eles mantêm os prisioneiros. — Passei minha mão pelo cabelo enquanto mantinha os olhos fixos no palácio e na ponte do mercado, que tentávamos evitar a todo custo. — Kai e eu vamos sozinhos. Se não conseguirmos encontrá-la em meia hora, recuamos.

Só por cima do meu cadáver, porra.

— Meia hora — disse ele, reiterando o prazo. — Se não conseguirem encontrá-la, saiam. Vocês são importantes demais.

Zombei das palavras do meu pai, mas ele não estava prestando atenção em mim.

— Deveríamos mandar Mal entrar com Kai.

— Eu vou entrar, com ou sem sua aprovação — declarei com firmeza, encarando meu pai com determinação. — Ela é minha irmã e não vou deixá-la à mercê deles.

Meu pai relaxou o maxilar, e a cabeça dele inclinou um pouco enquanto me observava. Era ele quem deveria estar procurando a filha.

— Vocês têm trinta minutos.

Não importava o que ele dissesse. Eu estava decidido. Não tinha a menor intenção de recuar se não a encontrasse em meia hora. Independentemente das consequências.

Sem esperar outras ordens do meu pai, eu me virei para enfrentar as sombras cada vez mais escuras da capital.

Kai e eu tínhamos estudado cada centímetro do palácio, a rotina da guarda e todos os possíveis pontos de entrada. Nós os analisamos por anos. Mas agora, enquanto nos preparávamos para entrar nas dependências do palácio pela primeira vez desde o ataque, as veias do meu pescoço martelavam e meu peito arfava a cada batimento do meu coração acelerado.

— Você está pronto? — Kai perguntou com uma voz que mal se ouvia no silêncio.

— Mais do que nunca. — A palma das minhas mãos estava escorregadia de suor e minha voz falhou quando me forcei a responder.

Avançamos entre as sombras enquanto deixávamos meu pai e os outros para trás; nossos passos mal faziam barulho contra o chão coberto de musgo. Não fomos direto para a ponte. Em vez disso, seguimos para a direita, rumo ao som de alguns mercadores que ainda perambulavam na rua.

— É aqui que a diversão começa — sussurrou Kai, com a voz marcada pelo pavor.

Assenti. O mesmo temor me preencheu enquanto eu olhava ao redor. Nós nos movíamos em sincronia, como duas espirais da mesma cobra, um passo de cada vez, atravessando o labirinto de pessoas e mercadorias.

O mercado ainda estava ativo, repleto de sons de barganhas e risadas. À nossa frente, o palácio assomava sobre a cidade; sua grandiosidade e seu poder em contraste gritante com a situação dos súditos do rei.

Kai fez um movimento de cabeça para a direita e eu o segui por um beco estreito entre dois edifícios altos. Olhei para trás, por cima do ombro, antes de olhar para a frente novamente, observando a casa familiar que, de tão coberta de hera, estava quase irreconhecível.

Eu não podia pensar naquela casa. Não agora.

Os pelos da minha nuca se arrepiaram e fechei os punhos para tentar controlar meus nervos.

Kai nos guiou para outro beco, bem no coração das casas da cidade e mais distante das aglomerações. O cheiro do oceano era inconfundível, e eu quase podia sentir o gosto do sal.

O som das ondas quebrando contra as rochas ecoava ao longe e me permiti relaxar um instante para recuperar o fôlego.

Saímos do beco e o burburinho das multidões deu lugar às ruas mais silenciosas da cidade velha. O palácio ainda estava um pouco distante; sua forma sombreada era um farol ao entardecer.

— Por aqui — Kai gesticulou para a frente e eu o segui.

Nós avançamos depressa, com nossos passos ecoando nos paralelepípedos úmidos. Cruzamos as ruas vazias, desviando de raros pedestres e gatos de rua que vagavam em busca de comida. O palácio estava mais próximo, com sua silhueta escura alta como um forte contra o pano de fundo das estrelas que estavam começando a dar sinal de vida.

Quando nos aproximamos das muralhas do palácio, dois guardas andavam de um lado para outro diante dos portões frontais, com os olhos constantemente vasculhando a área. Kai e eu trocamos um olhar silencioso e então nos separamos, cada um por uma rota diferente para atravessar as muralhas sem sermos percebidos.

Rastejei junto ao muro, afastando-me dos portões, sem conseguir me livrar da sensação de que algo não estava certo. Os pelos na minha nuca se arrepiaram e hesitei por um instante, olhando ao meu redor com cautela.

Mas não havia nada.

Avancei ainda mais junto à muralha até chegar ao lugar que Kai e eu tínhamos combinado e comecei a escalar, usando minha armadura de couro para agarrar as pedras irregulares quando não encontrava apoio para os pés. Quando desci silenciosamente para o outro lado, dentro do terreno do palácio, ouvi um farfalhar à minha esquerda.

Congelei, tentando não fazer barulho e com o coração batendo forte no peito enquanto a inquietação me inundava.

Houve um movimento repentino e puxei minha adaga da bainha junto ao meu peito. Estava prestes a encetá-la quando finalmente avistei Kai; em seu rosto, uma máscara de preocupação.

— Temos um problema.

Olhei por cima do ombro, na direção dos portões, e então consegui ouvir o caos silencioso de guardas percebendo que algo estava errado.

Costumávamos acreditar que o palácio era impenetrável, mas entrar nunca tinha sido o problema. Sair, sim.

Mas não havia volta.

E não havia nenhuma ameaça no mundo que me fizesse abandonar minha irmã.

— Rebeldes! — um dos guardas gritou, e meu olhar e o de Kai se encontraram bruscamente.

— Precisamos encontrá-la. — Minha voz mal superou um sussurro. — Rápido.

Kai estreitou os olhos enquanto vasculhava os portões.

— Minha magia?

— Use-a. — Assenti na direção dos guardas. — Eles já sabem que estamos aqui.

Os olhos de Kai cintilaram voltados para o palácio e depois se voltaram para mim.

— Precisamos agir rápido — disse ele enquanto fechava os olhos, e senti um tremor no ar.

Ele cravou os dedos no solo, agarrando um pouco de terra antes de afrouxá-los. Quando relaxou as mãos, fios de fumaça preta espessa se soltaram da ponta de cada dedo e deslizaram pela terra até desaparecerem no chão.

O chão tremeu, e o som das vozes dos guardas em pânico ficou mais alto.

— Precisamos sair daqui.

Meu coração palpitou quando os olhos de Kai se abriram de repente. Eles estavam de um tom de preto quase sólido, de alguma maneira ainda mais escuros do que normalmente eram.

— Por trás do palácio. A masmorra.

Ficamos em pé, movendo-nos o mais rápido que podíamos enquanto tentávamos permanecer nas sombras. Quando alcançamos os fundos do palácio, havia dois homens montando guarda, ambos com as espadas desembainhadas e lançando olhares vigilantes ao redor em busca de perigo.

Disparada dos dedos de Kai, uma fumaça se chocou contra o peito de um deles, enquanto minha adaga se alojou no do outro.

O suor escorria por minhas têmporas e o limpei depressa enquanto um peso oprimia meu peito. O peso de tirar uma vida não deixava de me afetar; ainda assim, eu não podia me deter nisso agora.

Eu mataria todos eles por ela.

A culpa e o remorso poderiam me corroer mais tarde.

Kai e eu passamos por cima dos dois corpos, um deles ainda tremendo enquanto o último resquício de vida deixava seu corpo junto com o sangue que agora se infiltrava no terreno imaculado do palácio.

Minha mão agarrou a maçaneta da porta diante da qual eles jaziam, e o badalar do relógio da torre soou nas alturas.

Não ousei olhar para trás, mas ouvi Kai resmungar baixinho.

— Parece que perdemos o prazo do seu pai.

Zombei e teria sorrido se minha irmã não estivesse nos esperando dentro do palácio. Kai respeitava as ordens do meu pai quase tão pouco quanto eu.

— É entrar e sair — relembrei a nós dois o que já sabíamos. — Pegamos Wren e saímos.

Aconteciam horrores no palácio. O Reino de Marmoris era vasto, e estava maculado por um rei que tinha mais sede de sangue do que interesse pelas pessoas a quem havia de servir.

Mas só estávamos ali para resgatar minha irmã.

Kai sinalizou para eu assumir a liderança e puxei outra adaga do colete antes de entrarmos.

A temperatura pareceu cair quando a porta se fechou atrás de nós, e a única luz nos corredores estreitos vinha de tochas esparsas que pendiam da parede.

O palácio foi projetado como um labirinto, dando voltas que levavam a corredores sem saída e a câmaras secretas. O labirinto tinha sido um total mistério para nós até o ataque acontecer, e, mesmo naquele momento, não tínhamos certeza do que estávamos fazendo.

Kai e eu tínhamos estudado o que sabíamos, mas mesmo com esse conhecimento, precisávamos ter cautela.

Avançamos para o interior do palácio, e o ar ficava mais frio a cada passo. O som de nossos passos ecoava pelos corredores silentes; era o único ruído rompendo o silêncio assustador.

Então, logo à frente, ouvimos sussurros indistintos, e precisei de todas as forças que tinha para me impedir de correr em direção ao som.

A cada passo cauteloso, podíamos ouvir os ecos suaves de passos e murmúrios abafados. Conforme nos aproximávamos, vi de relance vários guardas amontoados, cada um deles parecendo mais tenso do que o outro.

Eles estavam parados diante de um aglomerado de celas, e o fedor de carne podre que vinha de trás das barras de aço fez meu estômago revirar.

Meu olhar correu de uma cela a outra, procurando por qualquer sinal de minha irmã entre as pessoas que eram mantidas ali.

Olhei de volta para Kai, mas ele balançou a cabeça, com a expressão séria, enquanto observava os guardas.

Não havia chance de eu abandoná-la naquele inferno.

Dei um passo para a frente, com minha adaga pendendo frouxamente de minha mão, e cada um dos guardas virou bruscamente a cabeça em minha direção.

— Boa noite, senhores. — Estendi minhas mãos enquanto sorria para eles de um modo que eu tinha certeza que me fazia parecer tão insano quanto me sentia no momento. — Acredito que vocês todos têm algo que não lhes pertence.

— Dacre. — Ouvi meu nome sussurrado em um suspiro e me permiti espiar atrás dos guardas até que finalmente a vi.

Meu olhar escuro encontrou os olhos verde-claros dela, tão parecidos com os do meu pai, e embora ela estivesse de joelhos, as mãos dela agarravam-se às grades da cela em que a mantinham prisioneira; dei um suspiro de alívio.

— Aquela lá é sua? — perguntou o guarda alto e magro com um maldito sorriso debochado no rosto enquanto me olhava de lado. Depois se virou para minha irmã. — Que filho da puta sortudo você é. Ela e a amiga têm sido uma bela mudança de cenário perto da merda que geralmente arrastamos para cá.

Mostrei os dentes enquanto cerrava minha mão em volta da arma, mas o idiota ainda não tinha terminado.

— Quem diria que uma rebelde imunda poderia ser tão gostosa? — Ele se agachou para se aproximar da minha irmã, o rosto perto demais do dela, e para mim aquilo foi o bastante.

Para Kai também.

Atirei a adaga e a ponta se alojou no pescoço do homem. O caos irrompeu à nossa volta.

A fumaça preta fluiu de Kai nublando o calabouço com uma névoa tão escura que eu sabia que dificultaria que eles nos vissem. Busquei dentro de mim e abracei meus poderes, lançando-os adiante.

Senti os elementos à minha volta, provando em minha língua as cinzas das tochas que queimavam perto dos guardas, e as engoli.

Meus pulmões se encheram com a fumaça e deixei que ela me consumisse até mal poder respirar.

Só então puxei meu braço de volta e o ar ao meu redor zuniu com energia.

A espada de um dos guardas voou passando por meu ouvido enquanto ele investia contra mim, mas não vacilei. O ar ao meu redor estalava, agarrei a arma dele em minha mão, com o metal começando a se tornar líquido ao meu toque antes que eu a arrancasse de seu punho e o golpeasse na barriga com o cabo.

O guarda desabou, fixando os olhos atordoados em mim, mas eu já tinha passado para o próximo.

A magia de Kai parecia vibrar contra a minha, e a escuridão de um reconhecia facilmente a do outro; não precisei olhar para sentir o gosto de morte que ele deixava para trás enquanto avançava entre os guardas.

Outro guarda, imaculadamente vestido com as cores reais, disparou em minha direção com as mãos erguidas. Faíscas azuis brilhantes dançavam entre os dedos dele e a eletricidade crepitava em volta de sua arma.

Eu o agarrei pela garganta enquanto ele enfiava uma adaga na minha coxa. Não me permiti pensar na dor, na magia de eletricidade que a pele dele emitia contra a minha; em vez disso, foquei em segurá-lo e no modo como a minha pele queimava a dele com tanta facilidade quanto se eu tivesse pressionado as chamas que iluminavam a masmorra contra ele.

Os gritos engasgados do guarda ecoaram por todo o calabouço antes de finalmente serem interrompidos, assim como sua magia. Deixei-o cair no chão antes de arrancar a lâmina da minha coxa, com o sangue jorrando da ferida, e usá-la para ferir outro homem que tentava fugir. Pressionei minha mão em chamas contra o ferimento, cauterizando minha pele até o sangramento parar.

Aqueles guardas eram responsáveis por manter minha irmã naquela jaula e nenhum deles sobreviveria.

O fogo dentro de mim estava turvando meus pensamentos e gritava para que eu queimasse todos. Minha própria raiva o alimentava, fazendo as chamas se estenderem e lamberem cada parte de mim.

Alcancei o guarda que ousou falar sobre minha irmã. Minha adaga ainda estava enfiada na lateral do pescoço dele, e seus olhos estavam arregalados de pânico enquanto eu agarrava o colarinho de seu uniforme e o erguia até a ponta do nariz dele tocar a do meu.

— O que você estava me dizendo? — Cuspi as palavras entre os dentes, mas ele não podia me responder. O sangue gotejava de sua boca, mas isso não era suficiente.

O olhar dele logo procurou por nós, mas quando fitou na direção de Wren, eu o sacudi para que me encarasse.

— Não ouse. — Eu segurava o uniforme dele tão apertado que meus dedos estavam ficando brancos. — Você não é digno de olhar para ela. Será a mim que você vai assistir até que a última centelha de vida abandone seus olhos.

Sentindo que eu estava perdendo o controle, Kai atravessou o caos; sua fumaça envolveu os guardas que restavam, cegando-os. Ele enviou gavinhas de escuridão, que envolveram o pescoço dos guardas e os estrangulou até que ouvíssemos o estalo sutil de ossos quebrando.

Mesmo com a magia que possuíam, não era o suficiente para combatê-lo.

A cada baque e fratura, eu respirava e tentava liberar as chamas que tinham ganhado vida dentro de mim.

O uniforme em minhas mãos estava virando cinzas ao meu toque.

— Dacre, temos que cair fora.

Eu sabia ele estava certo, mas estava desesperado para ver os ossos do homem carbonizarem sob o fogo das minhas mãos. Alcancei minha adaga depressa, puxando-a do pescoço dele, e o sangue jorrou da ferida quando ele tentou lutar contra mim.

A luta durou apenas alguns segundos até não sobrar nada do homem quando o deixei cair no chão outra vez.

— As chaves. — Kai apontou para o guarda que estava caído aos meus pés.

Eu me abaixei; minhas mãos chamuscaram as roupas dele enquanto eu as vasculhava em busca das chaves.

— Merda. — Tentei liberar mais do poder que agora estava me devorando.

O poder devia ser controlado, mas muito frequentemente se tornava ofuscante e, em vez disso, tornava-se o mestre.

Eu já tinha visto isso acontecer muitas vezes antes. Nosso reino era construído por homens que eram escravos do poder.

Enquanto meu controle sobre a realidade parecia escapar, senti a mão de Kai em meu braço me aterrando, trazendo-me de volta para o motivo pelo qual estávamos no calabouço. Engoli o ar à minha volta e forcei o poder a ceder à minha vontade. O calor se dissipou em meus dedos e rastejou por minhas veias até serpentear de volta para minhas entranhas, onde eu podia controlá-lo.

Minhas mãos tremiam quando finalmente encontrei as chaves e as arranquei do cinto do guarda sem vida.

Passei-as para Kai, que rapidamente destrancou a cela em que minha irmã era mantida. Entrei com um impulso e a ergui do chão, embalando-a em meus braços.

— Você está bem? — perguntei. A fumaça e o fogo ainda corroíam minha voz.

O alívio me inundava agora que eu a tinha nos braços, agora que eu sabia que ela ainda estava viva.

— Temos que ir — disse Kai, mas seu olhar de preocupação não se desviava de Wren.

Ele estava certo. Haveria mais guardas vindo em nossa direção em breve. Puxei minha irmã para trás de mim, mas ela afastou o braço.

— Espere.

Ela olhou para trás, mas a puxei com mais força.

— Temos que ir, Wren.

— Eu sei, mas não vou sem ela. — Ela apontou para uma garota que estava sentada no chão com os joelhos apertados contra o peito.

— Não vamos levar mais ninguém. — Envolvi minha mão em volta do braço de Wren gentilmente enquanto a segurava perto de mim.

— Ela tem a insígnia da rebelião, Dacre. — A voz de Wren estava áspera, como se não tivesse bebido água desde que a capturaram.

— Não dou a mínima para o que ela tem. — Meus olhos pousaram na garota, mas o rosto dela estava escondido sob o capuz de seu manto. Sujeira e fuligem cobriam as roupas esfarrapadas e as mãos dela estavam incrustadas de lama e sangue secos. Ela devia ter lutado ferozmente antes que finalmente conseguissem atirá-la dentro daquela jaula.

— Eu não vou deixá-la para trás. — Wren sacudiu o braço, soltando-se de mim, e deu um passo pequeno para trás na direção da garota. — Você deveria ter ouvido o que aqueles guardas estavam dizendo.

Eu virei minha cabeça para o outro lado, tentando bloquear as palavras dela, tentando bloquear o que conseguia imaginar que aqueles guardas estavam proferindo antes que eu voltasse lá e me tornasse o tipo de monstro que nossa rebelião inteira combatia.

— Tudo bem. — Olhei para Kai. — Você pega a Wren.

Ele assentiu uma vez, mas eu não precisava da garantia dele. Sabia que Kai a protegeria com a própria vida.

Passei por minha irmã em direção à garota e estendi as mãos para o braço magro dela, puxando-a para que ficasse em pé.

— Ei, me solte! — disse ela enquanto tentava se livrar de mim, mas ela parecia muito frágil sob minha empunhadura.

— Não tenho tempo para isso. — Eu a puxei para o meu lado, fazendo o capuz dela cair para trás. Quando encontrei os olhos dela, era como olhar as profundezas do oceano. A mesma cor do céu quando o sol desaparecia por trás das nuvens e uma tempestade se formava no horizonte.

Uma linda tempestade que eu podia ver me encarando de volta.

Senti as batidas rápidas do coração dela sob meus dedos enquanto os olhos desvairados dela corriam pela cela mal-iluminada. O cabelo castanho-escuro caía sobre o rosto, mas a menina não se importou em afastá-lo.

— Conheço você — falei, mesmo sem conseguir me lembrar de onde.

— Não. Não conhece. — Quando falou, seus dentes rangeram com um estalo agudo e um raio de desafio relampejou em seus olhos azul-claros. Ela transferia o peso nervosamente de um pé para outro enquanto puxava as mangas. Cada músculo de seu corpo estava tenso como se não quisesse que eu soubesse quem era.

— Eu me lembro de você de algum lugar.

Ouviu-se o estrondo de uma porta ao longe. Desviei meu olhar dos olhos da menina e a puxei em minha direção enquanto olhava para minha irmã. Eu estava prestes a abrir minha boca para dizer a elas que fugissem quando o pequeno punho dela golpeou meu maxilar.

Cambaleei para trás. A força do soco me pegou desprevenido, mas logo recuperei meu equilíbrio. Minha mão foi para o maxilar dolorido e a fuzilei com os olhos queimando com o mesmo fogo que tinha me consumido alguns minutos antes.

— Eu disse para você me soltar — ela disparou, ao mesmo tempo que passos apressados ecoaram nas paredes de um dos corredores.

— Vamos — resmungou Kai enquanto puxava Wren para trás dele, mas eu ainda estava olhando fixamente para a maldita garota na minha frente.

— Você pode apodrecer aqui, não me importo. — Passei a mão pelo maxilar enquanto dava um passo para trás, mas havia alguma coisa. Algo que eu não conseguia saber o que era. Algo que exigia que eu não a abandonasse.

Eu me lembrei dela.

— Merda. — Senti o poder de Kai sem sequer olhar para trás e soube que estávamos sem tempo.

— Deixe-me ver sua insígnia — exigi. Se ela fosse uma de nós, eu poderia justificar para mim mesmo o motivo de não estar disposto a deixá-la para trás.

— Vá se foder. — Ela agarrou a manga contra a palma das mãos para que eu não pudesse ver seus pulsos. Os olhos dela percorriam o calabouço, sem se fixarem em um ponto. — Vou apodrecer do mesmo jeito, tendo a insígnia ou não.

Ela estava certa, é claro, mas eu não conseguia me forçar a me importar com esse fato.

Eu me inclinei para baixo, pressionando meu ombro contra a barriga dela, e a levantei com toda facilidade. Consegui sentir os ossos pontudos do seu quadril cavando meu ombro e silenciosamente me perguntei quando tinha se alimentado pela última vez.

Ela me xingou, mas olhei para Kai e o segui para fora da cela sem dar atenção.

A fumaça preta de Kai rastejava à nossa frente enquanto voltávamos pelos mesmos corredores pelos quais tínhamos entrado. Meus punhos estavam firmes em volta das coxas da garota.

Ela se debatia contra mim e, se não fosse tão leve, eu provavelmente a teria deixado cair.

— Você vai se arrepender disso — prometeu a garota, embora sua voz mal sobressaísse ao som de suas inspirações entrecortadas.

Mesmo que estivesse certa, eu não a deixei para trás.

CAPÍTULO III
NYRA

Meu olhar se ergueu para além das árvores imponentes, e meu corpo inteiro doeu quando o homem me colocou no chão. Eu conseguia ouvir o som familiar da cachoeira, embora estivesse longe e apaziguador.

O que significava que estávamos mais distantes do palácio do que eu jamais estivera antes.

Tínhamos andado pelo que pareceu uma eternidade.

— Precisamos ir para o subsolo — falou o homem que estava ao lado de Wren, mas eu não conseguia olhar para ele. Estava muito ocupada encarando o cara que tinha me carregado como se eu fosse uma maldita criança.

O cabelo dele, encaracolado e preto como tinta, estava bagunçado, caído sobre seu rosto, e combinava com os olhos, que ainda pesavam sobre mim. Eram olhos tão escuros que lembravam uma noite de tempestade, quando o céu fica tão preto que engole a luz das estrelas.

Alto, seu maxilar era forte e bem barbeado, e seus lábios cheios estavam apertados enquanto ele examinava meu rosto.

Ele era bonito, embora severo, e eu estava odiando o modo como olhava para mim.

Eu me lembro de você de algum lugar.

Suas palavras ecoavam em minha mente e tornavam o fato de eu estar com a rebelião muito mais perigoso do que eu acreditava que poderia ser.

Se ele soubesse quem eu era...

Eu não sabia o que era mais perigoso: ser uma prisioneira no palácio do meu pai ou estar com a rebelião se descobrissem quem eu era.

Ele se agachou ao meu lado e a mão dele de repente agarrou meu antebraço, para me puxar para mais perto dele. Os músculos de seus braços se contraíram quando ele ergueu a manga de minha camisa, revelando a falsificação da marca.

O polegar dele delineou lentamente a extensão da insígnia, e um arrepio desceu por minha espinha. Tentei me afastar, mas ele segurou firme, e seu aperto cavou minha pele.

— Você usa bem a insígnia de uma traidora. — A voz dele soou baixo e inebriante, e me peguei observando seus lábios enquanto ele falava. — Da próxima vez, arranje alguém melhor para falsificar.

— O quê? — perguntou Wren atrás dele, e uma parte de mim se sentiu mal por ter mentido para ela, que fora gentil comigo.

— Levante-se.

Ele se levantou enquanto me puxava, e eu não tive escolha a não ser ficar em pé.

O ar noturno estava frio e minhas roupas esfarrapadas mal conseguiam me proteger.

— É falsa. — Ele segurou meu braço estendido para os outros, sem se importar que seus dedos ainda estavam cravados em mim.

— Eu vi a marca na cela, Dacre. Não me pareceu falsa.

Dacre. Eu tinha ouvido ela chamar o nome dele no palácio, mas ao ouvi-lo agora, quando podia vê-lo, quando a pele dele parecia queimar a minha, eu me lembrei de onde tinha ouvido aquele nome antes.

— Você é o filho do líder.

Eu tinha ouvido meu pai e seus conselheiros falarem sobre ele e o pai várias vezes. Eles falavam da crueldade deles, de como matavam impiedosamente em nome da rebelião.

Os dedos dele flexionaram meu braço, mas ele não respondeu ao que eu tinha acabado de dizer.

— Olhe mais perto — disse ele a Wren, e tanto ela como o outro homem se aproximaram e analisaram meu braço antes de olharem para mim de soslaio.

Os olhos verdes dela estavam cheios de decepção, mas eu não podia deixar que aquilo me afetasse. Não quando precisava escapar.

— Por quê? — perguntou Wren, mas ela desviou os olhos de mim e olhou para Dacre enquanto falava.

— Porque ela é uma porra de uma traidora. O único motivo para alguém falsificar uma de nossas insígnias é estar traindo seu reino e ser covarde demais para lutar contra ele. Qual era seu plano? Usar a marca para escapar do dízimo que você sabe que é cruel sem nunca ter erguido um dedo para merecê-la? — Dacre escorregou os dedos por meu cabelo, puxando minha cabeça para trás até ser forçada a olhar para ele, que, por sua vez, examinou meu rosto. — Quem é você? — Seu toque era doloroso contra meu couro cabeludo, mas travei minha mandíbula, recusando-me a responder enquanto ele estreitava os olhos.

— Kai, faça com que ele pare — implorou Wren, mas Dacre não estava prestando atenção nela. Estava ocupado demais inspecionando meu rosto como se pudesse decifrar cada segredo meu.

Fechei as mãos em punhos enquanto tentava impedir que tremessem.

— Eu vi você no ataque — disse ele sem qualquer esforço, o que não deixava espaço para dúvida ou confusão.

E as palavras dele oprimiram meu coração.

— Isso não é verdade. — Minhas palavras saíram hesitantes, denunciando minha falsa confiança, e o tom de minha voz subiu a cada sílaba. Respirei fundo e tentei acalmar meu nervosismo. — Nunca te vi na minha vida.

E não tinha visto. Essa parte não era mentira. Eu teria me lembrado dele.

— Você estava no palácio naquele dia?

Pude sentir a raiva que irradiava dele e praticamente sentir o gosto dela em minha língua.

E eu sabia que precisava ser cuidadosa em minha resposta.

— Dacre, solte-a. — Wren colocou a mão sobre o braço de Dacre, mas ele continuou me segurando firme. — Precisamos ir. Você pode terminar isso quando chegarmos em casa.

Casa.

Eu tinha ouvido histórias sobre a cidade subterrânea e sabia que, uma vez que me levassem para lá, não haveria chance de escapar.

E Dacre estava perto demais da verdade para que eu pudesse ficar em segurança naquele lugar.

— Você estava no palácio? — repetiu ele, em voz baixa e ameaçadora.

Hesitei por um instante antes de responder, procurando as palavras certas.

— Estava — assenti. — Minha mãe morava e trabalhava lá.

Minha mãe. Deuses, eu não tinha energia para pensar nela hoje. Não se não quisesse vacilar sob o escrutínio dele.

— Não acredito em você. — Eu pude sentir a aspereza da palma calejada da mão dele em minha pele enquanto cuspia as palavras. Ele finalmente desviou o olhar e me soltou, o que me fez cambalear para a frente. — Vamos para casa. Lá podemos lidar com as mentiras dela.

Kai assentiu antes de sair na frente e Wren se colocou ao meu lado. O braço dela pressionou o meu momentaneamente, e eu pude sentir que ela estava me observando, mas olhei fixamente para a frente, dominada demais pela culpa para enfrentar seus olhos.

E eu sabia que sentiria ainda mais culpa pelo que faria em breve.

Nós nos movemos entre as árvores, a floresta se tornava cada vez mais densa a cada passo que dávamos, e eu os seguia.

Dacre continuava olhando de relance para mim por cima do ombro, mas eu me recusava a devolver o olhar. Estava mentalmente ocupada demais tentando descobrir minha próxima ação.

A escuridão me oprimia, sufocante e inflexível. Cada músculo do meu corpo doía de exaustão, e eu não tinha senso de direção, perdida no labirinto de árvores.

Perdida no medo opressivo de que cada opção diante de mim levaria à minha morte.

A fome arranhava meu estômago e eu a sufoquei. Tentava não pensar na última vez que tinha comido; eu sequer ousava contar os dias.

Quanto tempo fiquei naquela cela?

Kai levantou a mão no ar, e tanto Dacre quanto Wren desaceleraram imediatamente. Tentei escutar alguma coisa, mas não ouvi nada.

O que significava que eles estavam se preparando para nos levar para a cidade subterrânea.

Se eu pretendia fugir, tinha de fazer isso agora.

Eu nunca seria livre nem no reino de meu pai nem na rebelião, e a liberdade era a única coisa pela qual eu ansiava.

Inspirei fundo e reuni cada pingo de força que me restava. Meu coração palpitava no peito quando dei um pequeno passo para trás, com cuidado para não provocar nenhum ruído.

Ninguém se virou para olhar para mim.

Sem aviso, disparei para dentro da floresta escura. Eu me movi o mais rápido que pude, com minha respiração saindo em arfadas irregulares.

O estalo de folhas e galhos pisoteados ecoavam atrás de mim enquanto eu corria a toda velocidade, embrenhando-me ainda mais na escuridão, então me agachei atrás de um carvalho grosso, esperando me proteger do escrutínio.

Engoli em seco enquanto olhava por cima do ombro e não vi nenhum deles me seguindo.

— Traidorazinha. — Dacre me assustou com sua voz baixa e ameaçadora. A palavra estava cheia de veneno.

— Merda — xinguei baixinho e rapidamente olhei na direção oposta, mas ainda não havia sinal dele.

Rastejei, saindo de trás da árvore, com meu coração batendo forte em meu peito enquanto eu procurava por Dacre na escuridão. Enchi os pulmões antes de correr de novo, minhas pernas fracas se movendo furiosamente enquanto eu tentava ampliar a distância entre nós o máximo possível.

O ar da noite estava frio e úmido e eu podia sentir minhas roupas grudando na pele. O som de passos atrás de mim me apressou e me esforcei mais ainda, o que fez minhas coxas doerem.

Uma mão agarrou meu ombro com tanta força que fui lançada para trás até colidir com Dacre. Meu coração disparou aterrorizado, enquanto eu tentava recuperar o fôlego e o equilíbrio. O aperto em meu ombro era firme e inflexível, como uma prensa se fechando sobre mim.

Ele sorriu com sarcasmo, cravando os dedos em meu ombro.

— O que é? Você está fugindo de mim?

— Só me deixe ir.

— Isso não vai acontecer, traidorazinha.

Eu me encolhi quando ele cravou os dedos em meu ombro com uma pressão aguda. Lutei para me libertar do aperto enquanto o pânico crescia em meu peito.

— Não me chame assim. — Engoli em seco enquanto inclinava meu queixo e encarava seus traços duros, que contrastavam surpreendentemente com o modo como ele ria de minhas palavras.

— Mas você é uma maldita traidora. — A voz dele era baixa e inebriante e me vi observando seus lábios enquanto ele falava. Dacre levantou meu pulso diante dele enquanto inspecionava a marca mais uma vez. — É quase como se você tivesse algo a esconder.

— Você a pegou, Dacre? — Pude ouvir Kai se aproximando de nós e o pânico me dilacerou.

Disparei um chute para a frente com toda minha força, mirando o ferimento na coxa de Dacre que eu havia notado antes.

— Merda! — Com um gemido agonizante, ele se dobrou de dor e me soltou.

Não perdi tempo antes de escapar dele outra vez e corri o mais rápido que pude.

Mas não consegui dar mais do que alguns passos antes de sentir um golpe que me atingiu nas costas e me fez tombar no chão.

O baque do meu corpo no chão reverberou em meu peito, me deixando sem ar. Senti o peso opressivo dele em minhas costas e agarrei freneticamente o solo e o musgo abaixo de mim, procurando apoio para me empurrar contra ele.

— Sai de cima de mim! — gritei, enquanto me virava de costas, desesperada para me libertar. Mas Dacre era implacável, seus dedos afundavam em minha carne enquanto me pressionava no chão duro e úmido. Insisti ferozmente tentando chutá-lo, mas ele prendeu minhas duas pernas com as dele até que a única coisa que eu podia fazer era me contorcer sob ele.

Tentei empurrar meu corpo contra o dele para tirá-lo de cima de mim, mas isso só o fez me pressionar com mais força.

— Você só está dificultando para você mesma. — O corpo dele estava imóvel e eu podia sentir o calor que irradiava dele. Dacre se inclinou em minha direção, até seu rosto ficar a poucos centímetros do meu, e disse em voz baixa: — Desista agora e não vou machucar você além do necessário. — A ameaça em suas palavras fez um arrepio descer por minha espinha e meu coração martelou descontroladamente no meu peito. Eu sabia que se me levassem para a cidade deles, poderia significar mais do que a morte; lá havia coisas bem piores me esperando.

Se descobrissem quem eu era.

Lutei contra a contenção dele; meus olhos o fuzilavam.

— Prefiro morrer a voltar com você — resmunguei entre dentes cerrados.

Era mentira. Eu não queria morrer, mas, mais do que tudo, eu não queria me tornar um peão no jogo de meu pai.

Os lábios de Dacre se curvaram em um sorriso e seu olhar perigoso parecia penetrar em mim. Meu coração disparou enquanto uma sensação estranha subia por minha coluna: o medo entrelaçado com algo desconhecido que causava uma dor profunda em minha barriga.

— Então vou fazer você desejar a morte. — Quando ele falou, sua voz, que mal era audível, apenas um sussurro, enviou arrepios pela minha espinha.

Contraí os músculos da minha coxa para dar um chute na virilha dele, mas tudo que fiz foi bater em sua coxa dura.

— Você vai se arrepender disso. — Ele se aproximou até sua respiração roçar minha orelha, baixa e áspera.

Antes que eu pudesse reagir, sua mão calejada pressionou minha garganta, e vi uma raiva ardente em seu olhos. O polegar dele tocou lentamente a pulsação em meu pescoço, e senti como se uma corrente percorresse minhas veias.

— Você não tem ideia do que sou capaz.

Ele se reclinou devagar até ficar montado sobre meus quadris e me agarrou firmemente com suas mãos ásperas. Tentei conter o tremor dos meus dedos à medida que a situação se instalava, não me deixando qualquer esperança de fuga.

Pelo canto dos olhos, consegui ver Kai ao luar, por cima de nós, olhando para mim com raiva. Mas tudo em que eu conseguia me concentrar era no modo como as pupilas de Dacre se dilatavam ao fixarem nas minhas.

— Vamos levá-la para o subsolo. — A voz de Kai soou misteriosa e suave, mas exigia atenção. — Temos que chegar lá antes que os guardas tenham coragem suficiente para nos procurar nesta floresta.

Mas os olhos de Dacre eram como fogo, queimando minha pele enquanto eu sustentava seu olhar, apesar do medo que ameaçava me consumir. Apertei o maxilar, recusando-me a ceder.

— Não vou voltar para a capital — eu disse em tom desafiador, embora o som tenha saído pouca coisa além de um sussurro. — Eu me recuso a voltar para lá.

A pele bronzeada ao redor dos olhos de Dacre se enrugou enquanto ele me estudava. As mãos dele agarraram meus pulsos como grilhões de ferro e me puxaram para que eu ficasse em pé.

O medo inundou minhas veias quando pensei nas histórias que tinham sido sussurradas sobre o que os rebeldes faziam a seus prisioneiros. Imagens de tortura e dor passaram por minha mente.

Eles me levariam para a cidade subterrânea. A cidade sobre a qual ouvimos histórias durante anos, mas que o monarca nunca tinha conseguido encontrar.

O monarca cuja linhagem de sangue terminava em mim.

CAPÍTULO IV
NYRA

Eles se moviam como uma unidade, cada um vigiando as costas do outro com precisão, e não diminuíam nem um pouco o ritmo para me acomodar. O cabelo claro de Wren caiu sobre o rosto dela ao se virar para mim. Seus olhos estavam cheios de tristeza enquanto me dava um sorrisinho solidário.

Galhos grossos agarravam minhas roupas enquanto eu avançava cambaleando no caminho pelo qual me conduziam. Dacre tinha amarrado minhas mãos, e a corda áspera feria meus pulsos enquanto Kai me puxava para a frente.

Kai me segurava com firmeza como se estivesse preocupado que eu fugisse de novo. Seus braços envergavam sob o uniforme de couro enquanto ele me puxava pela floresta densa. Tropecei em uma raiz grossa e cerrei meus dentes com a dor dos meus joelhos batendo no chão.

Ele me ajudou a levantar, mas não proferiu uma palavra.

Seguimos em silêncio pelo que pareceu uma eternidade. Meus pés doíam e meu estômago ainda roncava pela falta de comida. Eu olhava furtivamente para Dacre, observando seus ombros largos nos conduzirem em uma direção desconhecida. Ele não tinha falado uma palavra comigo desde que amarrou minhas mãos e me entregou para Kai.

E também não havia olhado em minha direção.

Mas eu o observava fixamente enquanto o luar dançava em seu cabelo preto azeviche, até que as árvores exuberantes deram lugar a uma pequena clareira.

A lua cheia lançava um brilho prateado na área desmatada, destacando a imensa árvore no seu centro. Seu tronco era mais largo que qualquer um que eu já tivesse visto antes e seus galhos se estendiam para o céu como se tentassem abraçar a Lua. Uma intrincada rede de raízes retorcidas se espalhava a partir da base, ancorando a árvore no chão.

— Fique aqui — Kai resmungou. Seus olhos me cravaram no lugar enquanto ele puxava uma de suas adagas da bainha e cortava a corda nas minhas mãos. Ela se partiu sem esforço em um único golpe. Esfreguei meus pulsos imediatamente e tentei fazer o sangue voltar a circular.

Senti a pressão fria da casca dura da árvore em minhas costas enquanto me mantinha imóvel. Dacre se colocou à minha frente e estendeu as mãos, com a palma aberta, enquanto sussurrava palavras em um idioma que pareceu antigo e que eu não conseguia entender. Uma fina camada de suor escapou em minha fronte enquanto eu observava a magia fluir dos dedos dele em fios dourados e reluzentes.

O chão sob nossos pés começou a vibrar e pequenas fissuras se formaram na terra. O solo cedeu, fazendo as árvores balançarem e folhas flutuarem para o chão enquanto eu cambaleava para trás, agarrando o tronco para me apoiar.

Eu via a magia sendo usada diariamente desde que nasci, mas parecia mundana quando comparada àquilo.

— O que você está fazendo? — sussurrei, minha voz revelando todo meu medo.

Dacre não me respondeu, o foco dele era apenas o chão à sua frente, como se ele pudesse estender a mão e controlar fisicamente os elementos. Um estrondo baixo encheu o ar e o chão começou a se erguer sob nossos pés. A energia parecia dançar em minha pele conforme os tremores ficavam mais fortes.

A árvore tremeu com violência, seu tronco rangeu ameaçadoramente e ouvi o som de madeira rachando enquanto ela balançava. A terra coberta de grama de repente desapareceu em uma avalanche de pó, e pedras despencaram para dentro da escuridão.

Meu grito ecoou bruscamente enquanto eu caía, agitando os braços descontrolada e desesperadamente numa tentativa de encontrar algo, qualquer coisa, para impedir minha queda. Mas era tarde demais. Caí escuridão abaixo e mergulhei na água gelada que roubou o fôlego dos meus pulmões.

Enquanto eu arfava tentando recuperar o fôlego, minha boca se abriu ao máximo, mas em vez de ar, um líquido salgado preencheu meus pulmões. Eu me debati descontroladamente, tentando encontrar a superfície. Desesperada por oxigênio, meu peito se contraiu e minha visão ficou turva com a escuridão. O pânico me consumia enquanto agitava os braços procurando algo para me segurar. Mas a água não oferecia salvação. Ela era implacável me empurrando mais fundo.

Meu manto, já frouxo de meu esforço para permanecer à tona, de repente grudou em volta do meu corpo. Eu socava e chutava esperando ser arrastada mais para o fundo, mas, em vez disso, algo me puxou para cima, em direção à superfície. Meus pulmões ardiam em busca de ar quando emergi da água, ofegando e tossindo.

Uma mão forte agarrou a parte de trás do meu manto e me puxou para cima com facilidade até que eu me apoiasse firmemente no chão. Meu peito arfava contra a terra dura.

— Você está bem? — perguntou Wren enquanto descia até o último degrau de uma escadaria com Kai logo atrás. Os olhos dela examinavam meu rosto, mas apenas assenti.

Mentir havia se tornado muito fácil nos últimos tempos.

Dacre me puxou para a base da escada de madeira e me arrastei para o patamar. A água era um abismo escuro, como o mar à meia-noite, sem um pingo de luz ou movimento. A luz do sol ainda entrava pela fenda na terra acima de nós e, piscando para o alto, avistei toda a escadaria que chegava até o topo e terminava no solo da caverna.

Eles podiam ter me preparado para o que ia acontecer, permitindo que eu usasse a escadaria da mesma maneira que eles, descendo, mas me deixaram cair.

— Por aqui. — A voz de Dacre soou áspera como lixa ao mesmo tempo que ele acenava a cabeça indicando uma faixa estreita de terra cercada por água.

Conforme nos embrenhávamos mais na caverna, as paredes ganhavam vida com um brilho quente de dezenas de tochas flutuantes. A luz do fogo dançava e cintilava na pedra áspera, projetando sombras que pareciam dançar. Segui logo atrás de Wren; meu coração batia forte no peito enquanto o medo e a curiosidade guerreavam dentro de mim.

Quando contornamos uma curva acentuada, parei no meio do caminho. Diante de mim estava uma cidade etérea, de outro mundo, uma imensa extensão de arquitetura ancestral parcialmente submersa na água assustadora e velada pela falta de luz do sol. Silhuetas grosseiras de janelas com vitrais coloridos capturavam a luz bruxuleante do fogo de centenas de lanternas que pareciam pender do céu como estrelas e ruínas de pedras repousavam no fundo do rio sinuoso.

As construções e pequenos trechos de terra eram conectados por centenas de pequenas trilhas e pontes suspensas. No alto, musgo grosso e videiras se agarravam aos telhados dos edifícios e se enrolavam pelas laterais até tocarem as margens da água, como se estivessem sedentas.

Meus nervos estavam à flor da pele, mas eu não conseguia rejeitar a sensação de fascínio que tomou conta de mim ao observar aquele lugar pela primeira vez. Uma parte de mim queria saborear aquele momento indefinidamente, enquanto outra parte já tentava raciocinar por que eu não podia estar ali.

A cidade que meu pai tinha passado a vida procurando.

Para onde quer que eu olhasse, as pessoas circulavam, em sua maioria vestindo armaduras de couro, como Dacre, mas algumas vestiam roupas normais em vez de uniforme.

Havia pelo menos cem pessoas andando pelas pontes e caminhos de terra. Algumas entravam e saíam das construções enquanto outras que eu conseguia ver pelas janelas davam o dia por encerrado.

— Isso é impossível. — Minha respiração era trêmula e minha voz mal chegava a um murmúrio.

Dacre dirigiu seu olhar duro para mim.

— Impossível para você, talvez. Mas para nós, é a única casa que já conhecemos.

— Não entendo. — Minha voz estremeceu quando falei, meu corpo tomado pela tensão. — Como vocês puderam manter algo assim oculto?

O rosto de Dacre se tornou sério, a voz dele, baixa e grave como uma tempestade avançando do horizonte.

— Como se fôssemos contar isso para você. Você que nem consegue descobrir a quem está traindo. Não confio em você.

Desviei meu olhar, absorvendo as vistas e os sons da cidade subterrânea enquanto tentava ignorar as duras palavras dele. A cidade era bem diferente das lendas que meu pai havia me contado. Ele tinha relatado histórias de terror e rebeldes impiedosos, mas aquilo parecia... Diferente, de alguma maneira.

Quando olhei em volta, aquela me pareceu uma cidade de pessoas apenas tentando sobreviver, tentando reconstruir algo que meu pai havia tirado delas.

Ainda assim, eu não conseguia me livrar do medo que subia pelo meu corpo. As palavras de ódio e desprezo do meu pai por aquele mundo invisível ecoavam em minha mente, mas quando olhei para a extensa rede de pontes e túneis que pareciam ter sido esculpidos na terra, não pude encontrar o mesmo desdém. A luz tênue das tochas irradiava como a de estrelas espalhadas em um céu infinito, e eu não conseguia imaginar ninguém destruindo aquilo.

— Ande. — A mão firme de uma mulher me empurrou para a frente, interrompendo meus pensamentos, e eu me virei para olhar para ela. Tinha mais ou menos a minha idade, e vestia uma armadura de couro da cabeça aos pés, com mais armas amarradas junto ao corpo do que eu jamais tinha visto. Os olhos dela pousavam em mim com uma intensidade que me fez mover desconfortavelmente.

Eu estava tão ocupada absorvendo tudo que não havia notado a aproximação dela.

— Seu pai está esperando por você.

Ela desviou os olhos de mim para encarar Dacre enquanto acenava com a cabeça para a esquerda.

— Tenho certeza de que está, Mal. — Dacre passou por ela, quase sem lhe dar atenção.

— Trouxeram um monte de recrutas. — Ela disse a palavra com um sorriso de escárnio no rosto, e meu estômago se contraiu. — Ele quer que você lide com eles.

Dacre soltou um suspiro de exaustão antes de avançar por uma ponte desgastada pelo tempo. O resto de nós o seguiu, e as tábuas rangeram sob nossos pés enquanto eu espiava a água de ébano. Respirei dando um breve suspiro de alívio quando alcançamos o outro lado, onde uma estrutura imponente se agigantou diante de nós. As paredes altas eram feitas de pedra cinza espessa, e no topo havia uma placa de madeira desgastada que dizia REVOLTA em letras pretas descascadas.

Entramos, e lá estavam algumas pessoas amontoadas em um pequeno grupo. Mas foi dos sete indivíduos alinhados contra uma parede distante que não conseguia tirar os olhos.

As roupas deles estavam manchadas com terra e sujeira, mas era da fome em seus olhos que eu não conseguia desviar o olhar. A fome que me dizia que estavam tentando escapar da crueldade do meu pai.

— Fila. — Mal acenou na direção dos que estavam diante de mim, e eu tolamente olhei para trás antes de dar outro passo.

Os olhos de Wren se desviaram de mim, e as mãos dela mexiam na bainha da camisa enquanto ela se mantinha perto da porta. Dacre e Kai caminharam até o pequeno grupo, inclinando a cabeça um para o outro enquanto falavam. Endireitei os ombros e me dirigi para a fila, ignorando os olhares e sussurros daqueles ao redor.

Olhei para o rosto das sete pessoas alinhadas, mas não reconheci nenhuma. Elas tinham que ser de Marmoris para estar enfileiradas ali, mas as pessoas do meu reino não me conheciam.

Elas conheciam um nome, uma personagem das histórias que eram contadas a meu respeito.

Mas eu não era nada além da princesa que meu pai mantinha escondida, a que ele se recusava a admitir como herdeira.

Meu olhar encontrou o do homem mais próximo de mim e os olhos dele se arregalaram. Meu estômago se contraiu quando dei um passo lento na direção dele.

Eu não o reconheci, mas pude sentir a intensidade de seu olhar fixo irradiando como calor. Isso me levou a fazer uma pausa enquanto tentava não revelar como estava nervosa.

— Princesa?

Meu coração disparou quando a voz dele chegou a mim, pouco mais alta que um sussurro. Virei lentamente a cabeça, mal ousando acreditar no que estava acontecendo; ele parecia compreender o medo brutal em minha expressão.

— Não sou quem você pensa que sou.

Os olhos dele, que queimavam com uma determinação feroz, fixaram-se nos meus.

Mas quando Dacre caminhou adiante, o olhar do homem se desviou depressa, revelando um pouco do medo que corria em mim. Mal se colocou ao lado de Dacre, ofereceu-lhe um pergaminho, o qual ele examinou rapidamente antes de voltar a atenção para nós.

— Bem-vindos à rebelião — disse Dacre, com uma voz que exigia a atenção de todos na sala. Não havia nenhum vestígio de *boas-vindas* em seu olhar duro.

O homem ao meu lado deslocou o peso de um pé para o outro, mas mantive meu olhar fixo à frente.

— Alguns de vocês estão aqui por livre e espontânea vontade, mas para aqueles que não estão, deixem-me elucidar as coisas. A proteção do Reino de Marmoris cessa no momento que vocês descem daquela montanha onde o reino está empoleirado. Agora vocês estão na terra de Enveilorian. E ou vocês ficam do nosso lado, ou morrem sob nossos punhais.

A voz de Dacre retumbou como um trovão, agitando o ar ao nosso redor. Os olhos eram frios como aço, seus ombros largos alinhados em uma postura determinada.

— Não permitimos que cobras do rei Roan rastejem por nossa terra rumo à costa sul. Ou vocês lutam conosco contra a tirania dele, ou se tornam traidores para todos nós.

Meu coração golpeava meu peito e suor brotava em minha testa. Ele não podia estar falando sério, podia?

O homem ao meu lado falou, e fiquei tensa:

— Nunca vamos nos juntar a vocês, traidores imundos. O rei Roan é o único e verdadeiro governante.

— E mesmo assim você quer escapar do dízimo dele? — Dacre inclinou a cabeça, e o movimento me fez lembrar de um predador.

— Vou retornar para a capital, mas não tenho magia para conceder ao meu rei.

O homem mal tinha acabado de falar quando Dacre estendeu o braço à frente e lançou uma adaga que eu nem tinha percebido que ele havia pego. A arma atravessou o ar com um assobio agudo antes de se cravar no pescoço do homem.

O som repentino me fez estremecer, e algo quente e úmido atingiu meu rosto. Baixei o olhar para o meu manto e vi sangue encharcando o tecido ainda molhado. Meus dedos tremiam enquanto eu tentava limpar, mas o sangue só penetrava e se espalhava ainda mais.

Um grito recriminador veio de alguém à minha esquerda, seguido por um soluço abafado quando o corpo do homem desabou no chão.

Minhas respirações vinham em arfadas superficiais e irregulares, e eu olhava fixamente para o corpo sem vida aos meus pés. Parei um pouco de encará-lo, e os olhos de Dacre se fixaram nos meus, quando pude ver algo velado cintilando ali.

Ele travou a mandíbula e me olhou fixamente, seus olhos pareciam brasas ardentes.

— Não temos tolerância com apoiadores da coroa — rosnou. Suas palavras pareciam ecoar na sala enquanto o ar se tornava denso com a tensão. — Ou vocês se juntam a nós ou compartilham do destino dele.

Minha visão ficou turva enquanto eu observava os que estavam na minha frente ao longo da fila. Todos ficaram assustadoramente quietos, como se estivessem congelados no lugar. Meu coração disparou, batendo contra minhas costelas enquanto olhava novamente para Dacre. Sua mandíbula estava travada e as sobrancelhas, franzidas, criando uma máscara impassível em seu rosto. Cada centímetro de meu corpo tremia de medo e raiva enquanto eu observava seus olhos frios e calculistas, testemunhando a indiferença com qual ele tirava uma vida.

Quantas vidas ele já havia tirado só essa noite?

Meus pensamentos se deixaram levar até meu pai e as atrocidades que ele tinha cometido na busca pelo poder. As pessoas inocentes que ele havia ferido, as mentiras que ele espalhou. Nosso mundo estava repleto de crueldade, e a culpa me corroía, pois eu sabia que era por causa dele que a brutalidade e a angústia prosperavam em nosso reino.

Ele tinha infligido ao nosso povo tanto sofrimento que as pessoas foram forçadas a criar essa rebelião, diante da qual eu estava agora, e depois ele as puniu por não celebrarem a tirania dele.

Ele as tinha transformado em monstros.

— Nome? — Dacre indicou com um movimento de cabeça a primeira pessoa da fila, a mais distante de mim.

— Irina. — O queixo da mulher tremeu quando ela falou. — Sou a esposa de... Era a esposa de um fazendeiro. — Dacre manteve a compostura, mas os olhos dele o traíram disparando para o rosto dela, absorvendo cada detalhe com uma mistura de tristeza e anseio.

— E a sua escolha? — disse ele simplesmente, como se a vida da mulher não estivesse em risco.

— O rei Roan matou meu marido. — Ela ergueu o queixo, e não havia um traço do tremor inicial quando a raiva preencheu seus olhos. — Ele não podia pagar o dízimo e foi assassinado por isso. — Eu senti um nó na garganta enquanto Dacre cerrava a mandíbula, mas ele não disse uma palavra. — Eu quero aderir. — A determinação na voz de Irina era tão evidente que parecia ecoar entre as paredes e atraiu a atenção de todos. A boca dela formava uma linha fina; as mãos estavam fechadas em punhos ao lado do corpo, e a luz em seus olhos queimava de paixão.

— Sua magia. — Dacre a estudou atentamente enquanto Irina erguia as sobrancelhas, confusa. — Precisamos saber que magia você possui para podermos saber onde será mais útil aqui.

Minhas mãos se fecharam em punhos ao lado do meu corpo.

Os olhos de Irina percorreram o espaço por um instante antes de pousarem novamente em Dacre. Ela inspirou fundo, expirou e murmurou, quase inaudível:

— Tenho a magia da terra.

— Ótimo — respondeu Dacre, relaxando ligeiramente o rosto. — Podemos precisar dela. — Ele olhou por cima do ombro na direção de um homem mais velho com pele escura e cabelo tão branco quanto a neve recém-caída.

— Você irá com Calix. Ele é o chefe de planejamento.

Irina se moveu na direção do homem sem nenhum traço de hesitação em seus passos.

Dacre rapidamente se virou para a pessoa seguinte na fila, um garoto com cabelo cor de areia e olhos grandes da cor do mar, que mal parecia ter idade suficiente para deixar a barba crescer, muito menos para participar da rebelião.

— Nome e posto.

O menino engoliu em seco nervosamente, os olhos arregalados e desesperados vasculhavam a sala.

— Cedric Fallon, senhor.

Dacre ergueu uma sobrancelha, seu olhar era penetrante.

— De onde você é, Cedric?

O olhar assustado de Cedric percorreu a sala várias vezes como se tentasse encontrar algo invisível para os demais. Ele permaneceu calado e imóvel por um instante, obviamente pensando em outra coisa, antes de responder em voz baixa:

— Meu pai. Ele foi levado pela rebelião há mais de um ano.

O pomo de adão de Dacre se moveu enquanto o menino falava, e um forte sentimento de pavor me dominou.

— Qual o nome do seu do pai?

— Ammon — respondeu Cedric depressa.

Dacre olhou para Kai, que se colocou imediatamente ao seu lado, e eles conversaram em um tom abafado que não consegui entender.

— Siga Kai. — Dacre fez um movimento de cabeça. — Ele vai levar você.

A raiva acendeu em minhas veias. Será que o pai de Cedric estava vivo ou simplesmente tinham atirado uma adaga no pescoço do homem porque ele não quis trair o reino?

Mas Cedric não fez essa pergunta. Ele se moveu rapidamente atrás de Kai e o seguiu pela porta que eu tinha acabado de entrar minutos antes. Observei cada passo dele enquanto ele saía. Sem dar um pingo de atenção a Dacre ou à próxima pessoa interrogada.

Meu estômago revirava e minha pele se arrepiava de pavor enquanto eu observava o garoto desaparecer de vista. Dacre continuou percorrendo a fila, questionando e designando as pessoas conforme considerava apropriado. Havia curandeiros, um cuja magia se baseava na terra, e outro que era capaz de manipular os elementos. Era apenas questão de tempo até que Dacre chegasse até mim, e mesmo que eu tentasse manter o foco nas palavras que ele dizia aos outros, havia apenas um pensamento que continuava passando em minha mente.

Eu vou morrer.

Eu não tinha magia para oferecer à causa. Mesmo se eles nunca descobrissem quem eu realmente era, eu não servia aos propósitos deles.

— E você? — Dacre cautelosamente se aproximou do corpo do homem que ainda estava caído no chão ao meu lado e se colocou bem à minha frente, bloqueando minha visão.

Os olhos escuros dele estavam frios enquanto ele me olhava furioso, e a mandíbula dele estava tão cerrada que pude ver o movimento dos músculos sob sua pele. Mantive o queixo erguido, esperando que a determinação em meu rosto se equiparasse ao desdém no dele.

— Eu o quê? — Cerrei os dentes enquanto respondia.

— Nome? — O rosto dele era uma máscara de suspeita enquanto ele inclinava a cabeça para o lado e esperava minha resposta.

Eu quase podia sentir o gosto das sílabas do meu nome em minha língua, mas assim que chegaram perto o suficiente para dizê-las, eu as mordi até poder sentir o gosto metálico do sangue na boca.

— Nyra. — Minha voz estremeceu quando falei o nome de minha mãe, um nome que foi esquecido a partir do momento que a chamaram de rainha. Um nome do qual ninguém parecia se lembrar quando a colocaram na terra fria e a despojaram do título para dá-lo a outra.

Meu pai só demorou alguns dias para encontrar outra mulher para ter ao lado dele.

Uma mulher para gerar um herdeiro de verdade.

Uma mulher que jamais seria a minha rainha.

Eu ainda podia sentir as chicotadas que meu pai desferiu em minhas costas quando me recusei a me curvar diante dela após a morte de minha mãe.

— E por que a Guarda do Rei a prendeu naquela cela? — Os olhos de Dacre, escuros e inabaláveis, fixaram-se nos meus com intensidade. Mudei o peso de um pé para o outro, lutando contra o impulso de me virar enquanto sustentava o olhar dele.

— Porque roubei dez moedas de um homem de quem não deveria. — Minha voz estremeceu muito levemente. Era a verdade e foi uma das primeiras lições que Micah me ensinou sobre as ruas. *Manter sua história o mais próximo possível da verdade.*

— Porque ele era um homem do rei? — perguntou Dacre com desprezo na voz.

— Porque ele fez com que eu fosse capturada.

Os lábios de Dacre esboçaram um sorriso malicioso enquanto seus olhos me examinavam da cabeça aos pés, reluzindo com deboche. Não pude evitar de sentir uma pontada de irritação com a presunção dele.

— Sua magia não ajudou você a escapar? — Os olhos de Dacre se estreitaram enquanto ele se concentrava em minhas mãos, que estavam tão firmemente cerradas que os nós dos meus dedos estavam brancos.

A pergunta dele era a mesma que silenciosa e persistentemente ecoava em minha cabeça. Eu era a primogênita do rei Roan, herdeira do trono de Marmoris.

Mas herdeiros de um reino não podiam ser desprovidos de magia.

Meu pai sabia disso tudo muito bem, e suas palavras ficaram gravadas em minha mente, como um lembrete constante da decepção dele. Eu era desprovida de poder, e isso me tornava inútil para um reino que se nutria de poder.

— Não tenho que te dizer de qual poder detenho. — Alinhei meus ombros e ergui o queixo, determinada a não deixar ele ver qualquer sinal de hesitação. Os lábios dele se recolheram em uma expressão presunçosa e ele deu um passo para se aproximar.

O olhar dele percorreu meu corpo e sua voz estava baixa e fria quando falou:

— Você prefere ser como seu amigo aí? — Ele fez um gesto na direção do homem que ainda estava deitado aos nossos pés, e a repulsa e o medo cresceram dentro de mim antes que eu transformasse meu rosto em uma máscara de compostura.

— Então você está me pedindo para me juntar a uma luta contra um governante opressor, só para me mostrar mais brutalidade do que já vi nele?

O sorriso sarcástico de Dacre desapareceu, sua mandíbula se contraiu. Olhares foram trocados entre as pessoas ao nosso redor, e pude ouvir sussurros, mas estava muito concentrada em Dacre para captar qualquer coisa.

— Se você acha que isso... — Ele sacudiu a mão na direção do homem perto de nós e continuou: — ... É mais crueldade do que seu rei é capaz de fazer, então você é uma das maiores tolas que já trouxemos para cá.

Ele sacudiu a cabeça devagar de um lado para o outro, e meu estômago se contraiu com uma mistura de raiva e terror. A palma das minhas mãos estava pegajosa e o suor escorria por minhas costas, embora eu ainda estivesse com frio da água escura em que havia mergulhado poucos instantes antes.

— É uma vergonha. — Ele começou a se afastar de mim.

— Uma crueldade não merece a outra. — Cruzei os braços e encarei os músculos tensos das costas dele. — Vocês estão com raiva do rei, mas mesmo assim punem os homens e mulheres do reino dele?

Os pés de Dacre se detiveram no meio de um passo, seu corpo congelou. O olhar dele estava fixo em um ponto distante, e ele falou sem se virar para mim.

— Punimos aqueles que são tolos o bastante para continuar seguindo um rei que prefere se esconder em seu castelo e assistir ao povo morrer a fazer algo para salvá-lo. Uma pessoa leal ao rei é uma inimiga para nós.

Ele fez uma pausa e lentamente virou a cabeça, expondo seus olhos tão escuros que pareciam não refletir a luz. Seus olhos eram como dois pedaços maciços de ônix, sempre fixos e observadores.

— Onde está sua lealdade, traidorazinha?

— Não me chame assim. — Minha voz estava repleta de veneno, enquanto o nome que ele tinha me dado chegava perto demais da verdade.

— Vou te chamar do que eu quiser. — Dacre virou seu corpo devagar em minha direção, com olhos semicerrados e voz severa. — Vou perguntar mais uma vez: onde está sua lealdade?

— Eu não tenho lealdade ao meu... — A palavra "pai" estava bem na ponta da língua, mas titubeei. — Ao rei.

Ele olhou para mim com atenção, seu olhar pousado em meus lábios como se pudesse sentir uma verdade oculta sob eles.

— E seu poder?

Minhas cordas vocais pareciam paralisadas, mas forcei as palavras a saírem dos meus lábios:

— Eu não tenho poder.

Os sussurros ao meu redor se tornaram mais audíveis, como se a multidão fosse uma força unida em desaprovação. Minha face queimou e meu coração disparou enquanto eu respirava bruscamente. Ser uma fada sem magia era inédito naquele reino, e ainda assim, ali estava eu sem provas de que algum dia teria qualquer tipo de poder para controlar. Apesar de anos de treinamento sob o olhar vigilante de meu pai, todos os meus esforços tinham sido em vão: nunca uma faísca, nunca uma onda de energia para me avisar que eu tinha ao menos uma gota de potencial.

Dacre me encarou, seus olhos escuros penetravam os meus em busca de respostas. Suas sobrancelhas se uniram quando ele cerrou a mandíbula, e um silêncio pesado preencheu o ar como se ele estivesse tentando decidir se eu merecia ou não a confiança dele.

— O que você quer dizer com "nenhum poder"?

Inclinei a cabeça como se agora fosse eu a examiná-lo e não pude controlar a irritação em minha voz.

— Não quero dizer nada — reiterei. — Você já ouviu falar disso?

Ele balançou a cabeça distraidamente como se eu não tivesse falado.

— Como é possível?

Eu rangi os dentes diante da pergunta.

— Venho tentando descobrir isso minha vida toda. Mas se você puder chamar os deuses e perguntar a eles, eu realmente apreciaria uma resposta.

Ele ficou imóvel como uma estátua e me examinou, implacável apesar da risada rápida e vigorosa que veio do canto da sala.

Os olhos dele se estreitaram até que pude sentir a suspeita emanando dele.

— Você vai ficar com os guerreiros.

— O quê? — deixei escapar, incrédula.

— Guerreiros. Já ouviu falar deles? Empunham uma espada e lutam pelo que é certo.

Revirei os olhos enquanto o calor da frustração corria em mim.

— Eu nunca disse que queria me juntar à sua rebelião.

— Você prefere morrer?

Eu não queria morrer, mas também não estava disposta a ser mantida cativa em outra prisão. Aprisionada por minhas circunstâncias. Eu mal tinha começado a recuperar o fôlego desde que fugi do palácio de meu pai e já podia senti-lo sendo roubado de meus pulmões de novo.

Como não dei resposta, Dacre assentiu uma vez.

— Guerreira, então.

— Eu não sou uma guerreira.

— Acredite em mim, isso é mais do que evidente. Mas se você não pode usar magia, vai aprender a empunhar uma espada.

Ele passou o peso de um pé para o outro, mas antes de dar dois passos, meu coração acelerou e o medo se espalhou por minhas veias como água sendo jorrada ao léu.

— Quem devo seguir? Quem é o líder dos guerreiros?

Dessa vez, seu sorriso malicioso se transformou em um sorriso amplo.

— Eu.

CAPÍTULO V
DACRE

Uma das novas recrutas saiu do meu caminho assim que me viram entrar nos campos de treinamento, e eu fiquei feliz com isso. Não tinha interesse em lidar com eles tão tarde da noite.

— Seu pai está com Reed — disse Kai em voz baixa enquanto caminhávamos lado a lado, e resmunguei em resposta enquanto virávamos a esquina rumo ao local onde meu pai estava.

Eu também não estava com vontade de lidar com ele, embora eu raramente sentisse vontade de estar perto dele.

— Ouvi dizer que vocês trouxeram alguém ao voltar com sua irmã. — Meu pai mal olhou para mim enquanto falava. Ele não perguntou nada sobre Wren.

Porra, eu estava começando a odiá-lo.

— Trouxemos. Também fiz a triagem do resto dos recrutas. — A palavra "recrutas" parecia azeda em minha língua. — Só um escolheu não se juntar a nós.

Meu pai assentiu como se eu não tivesse acabado de dizer que tinha sido obrigado a matar um homem. Mas o sangue nas minhas mãos sempre parecia insignificante para ele.

— E você? — Eu me movi e olhei ao redor do campo onde os guerreiros ainda estavam treinando. — Conseguiu descobrir qualquer coisa da intel?

— Não o suficiente. — Ele bufou enquanto finalmente erguia os olhos para mim. — Mas há boatos de que o rei foi visto nos campos do palácio. Se ele ainda está lá, a princesa está também.

A princesa.

Ela era a atual obsessão dele, pois acreditava que ela seria a chave para vencer toda a revolução.

Uma garota que mal tinha idade para ser considerada adulta, e toda nossa ação dependia de encontrá-la.

O rei a manteve escondida desde criança, e meu pai estava convencido de que havia um motivo.

— Se ela ainda está lá, não temos chance de encontrá-la.

Entrar na masmorra era uma coisa, mas raptar uma princesa vigiada que era herdeira do trono era completamente diferente.

Era ela que meus pais estavam procurando quando aconteceu o primeiro ataque. Quando minha mãe tinha...

Sacudi a cabeça. Eu não podia pensar nisso agora.

— Temos que encontrá-la. — Os olhos dele me golpearam, e estremeci diante da agonia que vi neles. — Só existe um motivo para o rei mantê-la escondida do jeito que ele tem feito durante toda a vida dela. O rei anseia por poder acima de tudo, e ele está escondendo a magia dela até precisar.

Eu sabia que meu pai provavelmente estava certo. O rei sempre foi reservado em relação à princesa, mas, depois do ataque, ele havia se tornado ainda mais paranoico. Eu não podia deixar de me perguntar que tipo de magia a princesa possuía que a tornava tão valiosa.

Ela era herdeira dele, mas isso era mais relevante.

Ela era mais relevante.

E não houve sinal do rei ou da princesa desde o ataque. Embora não tivesse havido sinal da princesa havia anos.

— Não há motivo para escondê-la, a menos que ele saiba que podemos usá-la.

Abri minha boca, preparado para contar ao meu pai sobre a garota que eu tinha trazido, Nyra, mas me contive. Ela alegou não ter magia, e eu nunca tinha conhecido alguém que não possuísse poderes antes. Eu não acreditava nela.

Ela estava escondendo alguma coisa.

Não havia motivo para ela se esconder, a menos que soubesse que a usaríamos.

E no momento em que eu contasse para o meu pai, ele faria exatamente isso. Ele tentaria usá-la de todas as maneiras possíveis.

Mas ela não era uma recruta qualquer. Nyra tinha crescido naquele palácio, o que significava que a lealdade dela estava com as pessoas que tinham assassinado minha mãe, pessoas que haviam massacrado milhares do nosso povo enquanto drenavam a magia dos que sobravam por meio do pagamento do dízimo ao rei.

Meus punhos se cerraram ao lado do meu corpo quando eu lembrei o fogo nos olhos dela ao tentar lutar contra mim.

Eu deveria estar mais do que feliz em permitir que meu pai a quebrasse, descobrisse os segredos dela e os explorasse a nosso favor de todas as maneiras possíveis.

Mas, ainda assim, eu continuei de boca fechada.

— Você acha que algum dos recrutas de hoje terá informações? — Meu pai estava examinando meu rosto, e embora houvesse um anseio incômodo dentro de mim de não dizer nada sobre Nyra, eu sabia que ele logo descobriria o bastante a respeito dela.

Ele saberia que eu menti por ela.

— Eu não sei. — Balancei a cabeça. — A garota que trouxemos foi criada no palácio.

Ele fixou o olhar em mim, erguendo os lábios em um sorriso desdenhoso e unindo as sobrancelhas em uma expressão ameaçadora. Os olhos dele estavam frios, irradiando uma hostilidade não dita que era quase palpável no ar.

— Traga-a para mim.

— Ela não tem magia. — Movi meus pés e meu olhar encontrou o de Kai por um momento antes de voltar para meu pai. — Ela trabalhava junto com a mãe e alega não ter um pingo de poder.

Meu pai bufou.

— Isso é impossível.

Assenti.

— Também achei, mas não consegui sentir nenhuma magia vindo dela.

— Nenhuma? — Os olhos dele se estreitaram.

— Nenhuma.

— Ela ainda precisa ser interrogada. Não pode ter vivido no palácio a vida toda sem saber de algo. Ela deve ter informações sobre a princesa.

— Ela vai começar a treinar amanhã. — Cruzei os braços e encarei meu pai de cabeça erguida. — Eu vou fazê-la falar.

Os olhos de meu pai cintilaram em aprovação antes de ele se virar.

— Consiga respostas, Dacre, e descanse um pouco.

Franzi a testa, observando enquanto meu pai desaparecia nas sombras dos campos de treinamento.

Voltei-me para Kai, sem pensar em nada além dessa maldita garota.

— Quero que você fique de olho nela — falei para ele. — Não confio nela e preciso saber se ela tentar algum movimento.

Kai assentiu, com o olhar aguçado e inabalável.

— É claro. Embora eu não esteja certo do que ela seria capaz.

Grunhi em resposta, com os pensamentos agitados. Havia algo nela, alguma coisa, que me irritava. Esfreguei as têmporas, frustrado.

— Só não a perca de vista. Não podemos permitir que alguém se rebele.

— Você vai mesmo treiná-la? — Ele sorriu maliciosamente enquanto cruzava os braços.

Eu raramente treinava alguém, a não ser corrigindo posturas ou fazendo críticas sobre a falta de atenção quando a pessoa era superada por um lutador inferior. Eu não tinha tempo.

— Eu não confio nela. — reiterei minha declaração anterior.

Os lábios dele se curvaram em um sorrisinho presunçoso, revelando uma pequena covinha em sua bochecha esquerda.

— Você nunca confia em ninguém — provocou ele. — Mas também nunca se deu ao trabalho de treinar alguém.

Resmunguei em resposta, sem me preocupar em justificar minhas ações.

— Ela é diferente — disse, em voz baixa e cautelosa. — Cresceu no palácio.

Os olhos de Kai cintilaram com deboche, mas ele não disse nada.

— Vou começar o treinamento dela amanhã.

CAPÍTULO VI
NYRA

A imensa caverna era iluminada por pequenas tochas, algumas penduradas no alto de vigas e outras aparentemente suspensas no ar. Filetes de fumaça cinza ondulavam em volta delas como se conjurados por alguma magia esquecida. A luz suave lançava um brilho delicado nas paredes, refletindo estalactites brilhantes que pendiam do teto como pingentes de gelo.

— Continue. — Mal se movia à minha frente e sua figura era iluminada pela radiância suave do fogo.

Eu a segui até uma ponte estreita de madeira, cujas placas desgastadas pelo tempo rangiam sob meu pés. A ponte levava a uma rocha irregular que sobressaía da parede da caverna, e olhei para o rio escuro serpenteando abaixo. Atravessei-a na ponta dos pés, agarrada ao corrimão de madeira como se fosse minha salvação, tentando ignorar o frio gelado que parecia se infiltrar pelas fendas na madeira.

Eu não tinha interesse algum em voltar para aquela água.

Seguimos por um longo caminho sinuoso, e a única fonte de luz vinha do fogo intermitente que iluminava nosso caminho de vez em quando. A escuridão nos seguia como fumaça, e o som de água gotejando ecoava nas paredes úmidas enquanto descíamos mais fundo.

— Onde estamos exatamente? — Olhei ao meu redor, mas eu mal tinha saído do castelo na vida. Tudo o que eu sabia sobre nosso reino, era estudando mapas. E a cidade subterrânea definitivamente não estava em nenhum mapa que eu vi.

Mal virou a cabeça lentamente em minha direção, com um sorriso curvando nos cantos dos lábios.

— Essa informação é muito confidencial para uma ratazana como você.

Recuei como se ela tivesse me dado um tapa.

— Então sou boa o bastante para lutar por vocês, mas não para saber onde estamos?

— Você também não é boa o suficiente para lutar por nós. — Enquanto falava, os lábios dela se torciam em um sorriso desdenhoso, e ela me lançava um olhar fulminante como se eu fosse a coisa mais repulsiva que já tinha visto. — Você vai ter de provar seu valor e sua lealdade antes de receber essa honra.

Zombei, mas ela já tinha se virado e estava avançando. Ela se abaixou sob uma rocha saliente mais baixa do que as outras. Eu a imitei, dobrando meu corpo para passar sob o teto baixo antes de emergir do outro lado, e pisquei, surpresa com o que vi.

Diante de nós havia uma construção enorme de pedra que desmoronava nas bordas. Hera crescia pelos lados do prédio, envolvendo-o em uma rede verde e cobrindo suas pedras mais escuras com folhas marrons. Descemos alguns degraus para entrar em um túnel arqueado que levava à lateral da edificação, que parecia ser esculpida diretamente na parede da caverna.

A hera se enrolava nas colunas que eram incrustadas na própria rocha.

A vastidão de tudo isso era esmagadora, e eu não pude deixar de pensar nos segredos que estariam escondidos nas paredes da cidade subterrânea.

À medida que nos aproximávamos, um grupo de homens e mulheres reunido do lado de fora da entrada me observou com cautela. Mal passou por eles com um ar de confiança e eu a segui imediatamente.

Eu sabia que nenhuma daquelas pessoas poderia me reconhecer, a menos que alguém tivesse trabalhado no castelo, mas ainda assim mantive minha cabeça baixa, com o medo se arrastando em minha coluna.

— Você vai ficar no segundo andar — disse Mal enquanto atravessávamos uma porta de entrada maciça e entrávamos no edifício.

Segui-a pelos degraus instáveis da escada em espiral, minhas mãos tremendo no corrimão de metal frio. Ela virou em um corredor coberto de sombras antes de parar em uma porta de madeira lascada que parecia se misturar às paredes de pedra desbotada.

— Esse é seu quarto. — Ela girou a maçaneta de um dourado fosco e empurrou a porta.

O quarto era apertado, com duas camas de solteiro apoiadas contra as paredes e uma pequena escrivaninha enfiada entre elas. Acima da mesa havia uma janela, através da qual nada além da luz tênue de uma tocha conseguia entrar, fornecendo a única fonte de iluminação daquele espaço que, no mais, era escuro.

Uma das camas estava arrumada, enquanto a outra estava amarrotada, e embaixo dela se alojavam dois pares de botas pretas.

— Descanse um pouco — disse Mal, virando-se para sair. — Amanhã, você vai começar seu treinamento.

Eu me segurei para não fazer um milhão de perguntas diferentes, mas não havia possibilidade de ela estar disposta a me dar qualquer uma das respostas que eu queria. Então, apenas assenti e a observei fechar a porta atrás de si. Depois me sentei com cuidado na beira da cama, com meus pensamentos acelerados.

Meus músculos gritaram quando me estiquei no colchão, e ainda que a cama fosse uma mudança agradável em comparação ao chão duro de pedra no qual eu estava acostumada a dormir nos últimos tempos, parte de mim sentiu falta das barracas que eu havia chamado de casa.

Porque eu sentia falta de Micah.

Quando fechei os olhos, não pude evitar de pensar nele. Nós dois conhecíamos a regra implícita: se não voltássemos, significava que fomos capturados ou mortos.

E eu rezei para que ele pensasse que era a segunda opção.

Porque não havia nada que ele pudesse fazer para me salvar.

Tentei afastar os pensamentos dele e escutar os sons à minha volta. As gotas de água, os ecos quase imperceptíveis de sussurros e passos que se infiltravam pelas minúsculas rachaduras na porta.

Eu queria desesperadamente me deitar e dormir, mas não confiava naquelas pessoas.

Uma parte de mim as odiava. Odiava tudo que elas já tinham feito, odiava que meu pai tivesse pressionado minha mãe por outro herdeiro porque temia que eles tomassem o poder dele.

Ele sempre soube que a rebelião viria atrás dele e de sua coroa e que não poderia protegê-la com uma herdeira que ele jamais permitiria que ascendesse ao trono.

E minha mãe não pôde dar mais. Ela tinha dado a vida tentando.

Ela tinha dado a vida dela e de uma criança, meu irmão, quando tentou gerar outro herdeiro, mesmo depois de os curandeiros a desaconselharem.

No fundo, eu sabia que era errado odiar aquelas pessoas. Afinal, elas tinham sofrido mais nas mãos de meu pai do que eu jamais sofreria. Mas a raiva e o ressentimento ainda queimavam dentro de mim.

As dobradiças enferrujadas da porta rangeram alto quando ela se abriu. Assustada, saltei da cama e senti minha cabeça girar enquanto me agarrava à borda da mesa para me apoiar. Meu coração disparou de medo enquanto eu me segurava.

Wren ficou parada na porta com uma toalha ainda pendurada sobre os ombros e o cabelo úmido formando uma trança frouxa às suas costas. Os olhos dela pareciam cansados e ela entrou com cautela no quarto, examinando cuidadosamente minha presença antes de fechar a porta.

— Acho que vamos compartilhar mais que uma cela. — Ela se deslocou pelo quarto antes de puxar uma adaga de sua bota.

Fiquei tensa, mas ela apenas colocou a adaga sobre a mesa antes de jogar a toalha sobre o encosto da cadeira.

— Parece que sim — respondi sem entusiasmo e dando de ombros, enquanto dava um passo cuidadoso para trás para criar uma mínima lacuna entre nós. — Mal só me disse que este era meu quarto e me deixou aqui.

— É claro que ela fez isso. — Wren cruzou os braços antes de se voltar para mim. Ela me olhou fixamente por um longo tempo e abri minha boca para falar, fechando-a em seguida. — Por que você fugiu?

Merda. Acho que eu devia a ela uma explicação.

— Porque eu estava com medo.

— Você estava dizendo a verdade sobre viver no palácio? — Ela moveu a cabeça para a janela como se pudéssemos vê-lo de onde estávamos.

— Estava.

— Então por que você estava naquela cela? — Ela apertou um pouco os olhos, mas pude sentir a intensidade de seu olhar. Ela tinha se recusado a me abandonar naquela cela, e eu a tinha decepcionado.

— Estou nas ruas há quase um ano. Desde o ataque. — Cruzei os braços e desviei o olhar enquanto tentava não pensar nisso. — Fui presa por roubar, e a Guarda do Rei não é gentil com ladrões.

— Você estava lá?

— Sim — assenti, com o olhar fixo no chão entre nós. — É quase impossível escapar do palácio se eles não quiserem que você faça isso, e o ataque criou tamanho caos que ninguém notou quando fugi.

O olhar dela percorreu o quarto. Quando finalmente falou, sua voz estava tensa e rouca, como se tivesse sido arrastada por um cemitério cheio de fantasmas:

— Minha mãe morreu naquele ataque.

Eu não sabia o que dizer, mas sabia muito bem que os mesmos demônios que a assombravam também esperavam por mim. Minha mãe era a única coisa em que eu aparentemente conseguia pensar quando fechava os olhos, quando não podia me distrair o bastante para não pensar nela.

— Sinto muito.

— É — ela assentiu como se estivesse tentando afastar uma emoção repentina. — Ela sabia dos riscos. Ela morreu lutando por algo em que acreditava.

Mordi meu lábio porque não sabia o que dizer a respeito. A mãe dela morreu invadindo minha casa. Morreu lutando contra meu pai e o poder que ele detinha sobre o reino.

O silêncio pesou entre nós como uma névoa densa. Minha mente estava acelerada pela culpa, embora soubesse no fundo que eu não era a responsável.

— Perdi minha mãe alguns anos atrás. — Engoli em seco e desviei os olhos dela. Eu nunca falava sobre minha mãe. Nunca. — Mesmo que ela soubesse dos riscos, isso não torna as coisas mais fáceis.

— Não. — Ela balançou a cabeça mirando fixamente para o chão. — Não torna.

Meu braços estavam fracos quando os aninhei junto ao peito, curvando-me como se tentasse segurar algo entre eles.

— Precisamos achar algumas roupas limpas para você. — Ela se afastou da escrivaninha antes de pegar a adaga que estava lá e enfiar de novo na bota. — Vamos lá. Mal deveria levar um pé na bunda por deixar você assim.

Um sorriso agraciou meus lábios pela primeira vez desde que os guardas me capturaram no beco.

Então a segui para fora do quarto, descendo novamente a escada em espiral até a área principal, onde algumas pessoas ainda estavam circulando. Não pude deixar de sentir seus olhos em mim enquanto passávamos.

Eu me perguntava quantos deles eram como Wren, que teve algum dos pais morto lutando contra o meu pai.

— Todo mundo aqui está na unidade dos guerreiros? — perguntei baixinho, e Wren desacelerou os passos até que eu estivesse bem ao lado dela.

— Merda. Mal realmente não te explicou nada, né?

— Não. — Estremeci levemente ao pensar nela. — Acho que ela pode ser ainda mais babaca do que Dacre.

A risada que Wren deixou escapar me pegou desprevenida.

— Você sabe que ele salvou você daquela cela, né? — O sorriso nos lábios dela era suave.

— É claro que sim, e sou grata por isso. Mas...

— Mas...? — Ela fez um gesto com a mão para que eu continuasse.

— Eu posso ser grata e ainda assim achar que ele é um babaca insuportável, certo?

— Ah. Com certeza. — Ela riu outra vez enquanto se virava para me encarar, caminhando de costas pelo saguão como se tivesse passado a vida inteira ali. — Confie em mim, eu deveria saber. Convivi a vida toda com ele.

Meu sorriso se apagou instantaneamente enquanto a encarava.

— Ele é seu irmão?

— O primeiro e único.

— Ah, sinto muito.

Ela sorriu tão largo que covinhas idênticas surgiram nas duas bochechas.

— Por chamá-lo de babaca?

— Não. — Balancei a cabeça. — Ele é um babaca, mas eu não deveria ter dito isso para você.

Wren caiu na gargalhada e se moveu para o meu lado antes de enlaçar o braço em volta do meu.

— Acho que vamos nos dar muito bem, Nyra. Pelo menos terei alguém ao meu lado que não venera o chão que Dacre pisa.

— Confie em mim, isso nunca vai acontecer.

Ela apertou meu braço no dela enquanto nos conduzia por um longo corredor.

— Vou garantir que você cumpra a promessa.

CAPÍTULO VII
NYRA

— Estas estão muito apertadas. — Puxei o tecido duro enquanto Wren se afastava e avaliava minhas costas.

— É como devem ser. Lutar com roupas folgadas é uma desvantagem, e não acho que você pode se dar ao luxo de ter alguma.

Revirei os olhos, exagerando a expressão enquanto cruzava os braços para bloquear a pontada de dor em meus músculos. Depois de revirar na cama pelo que pareceram horas na noite anterior, finalmente consegui adormecer profundamente até que Wren fez tanto barulho que eu não tinha escolha além de acordar.

A cama não era nada parecida com a que eu estava acostumada no palácio. Era dura e os lençóis, ásperos, mas ainda assim foi uma variação prazerosa em relação aos paralelepípedos frios e duros em que eu vinha dormindo.

— Aqui. — Ela estendeu a mão e puxou uma adaga do colete dela; a lâmina prateada reluziu à luz do fogo. Wren então deslizou cuidadosamente a arma para dentro de uma bainha vazia em meu peito, e pude sentir o peso do metal na pele.

— Obrigada. — Engoli em seco porque eu não tinha dado a ela nenhum motivo para ser tão gentil comigo.

Fiquei me perguntando se ela ainda me trataria com essa gentileza se soubesse quem eu era de fato. Se soubesse que meu pai era o responsável pela morte da mãe dela.

79

— Certo. Nós precisamos sair ou você vai se atrasar. — Ela desenrolou as meias para cima dos joelhos e agarrou as botas pretas de couro debaixo da cama. Usou ambas as mãos para calçá-las rapidamente e puxou os cadarços, criando nós apertados em cada volta.

Olhei por cima do meu ombro por um instante enquanto ela finalizava e reconheci meu reflexo no pequeno espelho apoiado sobre a escrivaninha.

Mal pude me reconhecer.

Passei as mãos pelo meu corpo, traçando as curvas do uniforme de couro que se ajustava à minha pele. Eu estava vestida da cabeça aos pés em uma armadura de couro preto, traje que costumava incutir tanto medo em mim, e ainda assim, ali estava eu, parecendo ser eles.

Mas eu nunca seria.

Wren deu um tapinha no próprio corpo, certificando-se de que tinha tudo de que precisava antes de me conduzir para fora do quarto.

Vagamos pelo corredor mal iluminado, cujas pinturas descascavam em alguns pontos das paredes.

Quando alcançamos a entrada principal, ela empurrou a porta pesada e uma onda de ar frio e úmido se lançou sobre nós.

Saímos, e hesitei ao contemplar a escuridão. A luz do fogo se esforçava para preencher o vazio, mas seu calor não era capaz de compensar o céu sem estrelas e a falta de sol nascente.

— O que é este lugar exatamente?

Wren olhou ao redor como se não tivesse certeza de como me responder.

— A cidade subterrânea.

— Disso eu sei. — Ri baixinho. — Mas como?

A expressão de Wren mudou com os pensamentos, assim como os olhos dela, que normalmente eram brilhantes, apertaram-se quase imperceptivelmente. Sua mandíbula tensionou em uma sutil demonstração de irritação antes de falar.

— A maioria das construções de pedra que você vê são ruínas. — Ela acenou em direção ao edifício de onde tínhamos acabado de sair. — São do reinado do rei Nevan.

— O quê? — Olhei à minha volta outra vez. Eu tinha ouvido histórias sobre o tempo do rei Nevan como governante, mas tinha sido há tanto tempo que elas pareciam fábulas. — Isso deve ter sido...

— Mais de três séculos atrás — Wren assentiu enquanto nos deslocávamos pela pequena ponte, e observei atentamente a água escura enquanto passávamos. — Uma época em que nosso reino estava em paz. Uma época há muito esquecida.

Uma sensação angustiante preencheu meu estômago e um calafrio subiu por minha espinha enquanto olhava ao meu redor. Havia uma culpa ali da qual eu nunca seria capaz de me livrar.

— Como vocês encontraram isso tudo?

— Pessoas desesperadas descobrem um jeito. — Wren deu de ombros enquanto avançávamos pela cidade. O som de água gotejando e botas passando eram os únicos ruídos nos caminhos de terra. — Todo o resto que você vê foi construído pela rebelião. Há pequenas casas construídas junto às paredes das cavernas. Temos nossos próprios mercados e curandeiros.

— Vocês não têm uma casa aqui? — Fui tola na pergunta, afinal sabia que ela dividia quarto comigo.

Wren forçou a garganta antes de responder.

— Sim, mas Dacre e eu não moramos lá desde que minha mãe foi morta. Preferimos ficar nos alojamentos dos guerreiros.

Assenti com a cabeça expressando compreensão, porque depois que minha mãe morreu, eu também queria estar em qualquer lugar menos naquele maldito castelo. Ele era assombrado por todas as memórias felizes que eu tinha dela e que nunca teria de novo, amaldiçoado com os gritos do dia em que ela morreu.

— E seu pai? — Eu não devia fazer perguntas que não eram da minha conta se não estava disposta a compartilhar nenhuma das minhas respostas.

As sobrancelhas dela estavam franzidas quando voltou a olhar para mim.

— O amor do meu pai é esta rebelião. Ele não se importa em viver sozinho.

Havia uma longa ponte pênsil à nossa frente que atravessava toda a largura do rio. Meus dedos estavam ficando doloridos de segurar as cordas com tanta força, mas aquele era o trecho mais largo do rio que vi desde que chegamos.

O imenso buraco no chão era um abismo que se estendia até onde a vista podia alcançar. Sua profundidade fez meu estômago se contrair e dei um passo instintivo para trás, com o coração palpitando de medo.

Encontre sua magia.

Eu podia praticamente ouvir a ordem do meu pai ecoando em minha mente.

A água não pode te vencer se você usar seu poder.

O oceano estava escuro naquela noite, assim como a água que corria abaixo de mim.

— Estamos quase lá. — Wren pareceu notar minha inquietação ao se virar para mim e desacelerou seus passos.

A margem do outro lado era coberta por uma camada espessa de musgo verde, e tentei me concentrar nela enquanto me forçava a atravessar.

Soltei um suspiro profundo quando meus pés atingiram o solo firme e logo segui Wren para longe da água, através do pequeno túnel pelo qual tive que passar de lado. O frio vindo das paredes rochosas em que eu pressionava as costas parecia penetrar meu uniforme, e estremeci.

Quando alcançamos o outro lado, havia um grande espaço aberto diante de nós. O chão ainda estava coberto de lama e manchas de musgo, e havia um pequeno feixe de luz solar que penetrava pelo teto em algum ponto muito acima de nós. Havia também várias lanternas flutuantes que ajudavam a iluminar o espaço, mas foram todas aquelas pessoas que chamaram minha atenção.

Avançamos entre a multidão e notei todas as diferentes armas que adornavam aqueles corpos. Algumas tinham espadas longas penduradas em bainhas ornamentadas, enquanto outras carregavam adagas curtas como as de Wren, que se encaixavam em cintos e coletes. Avistei algumas com flechas que se projetavam de aljavas nas costas.

Wren me puxou para a frente e examinei a clareira. No canto mais distante, um grupo de guerreiros estava de pé em um círculo impreciso, de braços cruzados e com olhos alertas. Ao nos aproximarmos, a atenção deles se voltou para nós. Alguns acenaram com a cabeça em reconhecimento à presença de Wren.

— Bom dia, Wren — disse um dos homens, e eu não pude deixar de notar o jeito como o olhar dele percorreu as curvas dela.

— Bom dia, Tavian — respondeu Wren, com um sorriso no rosto enquanto gesticulava em minha direção. — Esta é Nyra. Ela vai se juntar a nós hoje.

Tavian me mediu antes de me cumprimentar.

— Bem-vinda.

— Onde está Dacre? — Ela passou os olhos pela clareira enquanto falava e senti um calor desconfortável em minha face. Apesar do fato de Dacre ser um babaca, era impossível não perceber que era irritantemente bonito.

— Patrulhando. Um movimento foi notado na base das cataratas hoje cedo. Ele deve voltar logo.

Tavian falou de modo displicente, mas cataloguei cada uma de suas palavras.

Que tipo de movimento?

— Bom dia. — Um homem mais velho de cabelo escuro que começava a ficar grisalho nas têmporas se colocou diante do grupo e pigarreou. — Tivemos três grupos patrulhando a área na noite passada, e vamos enviar mais três hoje. O resto de vocês vai permanecer para ajudar a treinar os novos recrutas. São vinte no total que chegaram nas últimas três semanas.

A voz dele era imponente, abafando o restante do espaço. Estremeci, e meu olhar se desviou para Wren que estava perfeitamente imóvel, com os olhos fixos nele.

— Você vai patrulhar?

Ela finalmente se voltou para mim, com o olhar ligeiramente suavizado.

— Hoje não. Vou ficar com você.

Não consegui esconder meu alívio. Eu sequer a conhecia, mas me sentia mais confortável com ela do que com qualquer outro ali.

— Vamos. — Ela acenou para que eu avançasse, e a acompanhei até um círculo branco no chão que parecia ter sido desenhado com algum tipo de pó.

Nós duas entramos, e ela sacudiu os braços antes de remover todas as armas de seu corpo e deixá-las fora do círculo.

Hesitante, puxei a única adaga que ela havia me dado e a imitei.

— Este é um círculo de treino. — Ela gesticulou indicando o perímetro. — É aqui que vamos treinar, mas não usaremos nenhuma magia para começar.

Minha garganta se contraiu quando ela falou, e fiz um movimento único e rígido de cabeça. Eu deveria ter dito a ela que não tinha poder, mas não disse.

Duas pessoas entraram no círculo ao nosso lado e as observei atentamente enquanto começaram a dançar uma em torno da outra. Ambas ainda tinham suas armas, e nenhuma as retirou.

Um dos lutadores avançou e conseguiu dar um chute no tronco do outro; estremeci.

— Que tipo de treinamento você tem?

Voltei minha atenção a Wren enquanto ela se alongava e tocava os dedos dos pés.

— Como assim?

— Treinamento? Luta? Armas? Com o que você tem experiência e com o que precisa de mais ajuda? — Ela se endireitou, e dei um salto ao ouvir o som de metais colidindo.

— Eu não tenho nenhuma experiência. — disse aquelas palavras baixinho, só para ela ouvir.

Os olhos dela se arregalaram.

— Nenhuma?

— Não. — Balancei a cabeça e fechei minhas mãos em punhos para me poupar da inquietação sob sua avaliação.

— Ok — ela assentiu como se eu não fosse a guerreira mais insignificante que ela já tinha treinado. — Vamos com o básico, então. — Wren deu alguns passos para trás e gesticulou para que eu a seguisse. — Vamos começar com informações sobre o movimento dos pés e técnicas de evasão.

Segui a liderança dela, tentando espelhar o modo elegante e sem esforço com que ela se movia. Ela me circundou enquanto eu tentava desajeitadamente posicionar meus pés do modo como ela fazia. A cada passo em falso, Wren oferecia palavras de encorajamento, e, depois de algumas tentativas, consegui equilibrar meu peso entre os dois pés.

Ela voltou a me circundar, os olhos dela percorrendo meu corpo de cima a abaixo, e eu já podia sentir o suor brotando em minha testa.

— Sua postura é a coisa mais importante que você pode aprender. Os pés devem estar na largura dos ombros, com os joelhos levemente dobrados. Mantenha o peso uniformemente distribuído entre os dois pés e posicione seu pé dominante um pouco atrás do outro.

Segui as instruções dela, ajustando minha posição até me sentir confortável. Wren assentiu em aprovação e se aproximou.

— Agora, vamos trabalhar os ataques. — Ela baixou o queixo, deu um passo para a frente e deu um grande murro em um oponente imaginário à sua frente. Copiei o movimento dela, sentindo o esforço do meu ombro enquanto tentava imitar a força do soco dela. Os nós dos meus dedos estavam apertados e meus movimentos, desajeitados.

Wren olhou de relance para mim com um olhar crítico e começou lentamente a corrigir minha postura, guiando minhas mãos e pés para as posições corretas de forma gentil. Treinamos vários golpes e movimentos de pés por um período que pareceu uma eternidade. Meus músculos estavam doloridos e o suor escorria de minha testa até que fui obrigada a enxugá-lo.

Mas ela não tinha terminado.

Ela andava à minha frente e meus olhos não se desviavam do rosto dela.

— Agora precisamos colocar em prática o que aprendeu.

Ela avançou em um ritmo alarmante, com o corpo equilibrado e ágil enquanto se movia ao meu redor com facilidade. Não importava o quanto eu me esforçasse em acompanhar cada movimento ou antecipar um golpe, ela conseguia me pegar desprevenida. O pé dela tocou minha perna em um ângulo perfeitamente calculado, o que me fez cair para trás. O impacto do chão sob minhas costas enviou uma onda de choque até meu abdômen, o que me deixou sem fôlego.

— Você deveria ter me bloqueado. — A risada calorosa dela era como um bálsamo que aliviava meu constrangimento.

Relutantemente aceitei a mão que ela havia me estendido, e ela me puxou para cima com uma força surpreendente, e eu cambaleei um pouco antes de recuperar meu equilíbrio.

— Você está bem? — perguntou ela, com os olhos bem abertos.

Assenti, tentando acalmar minha respiração.

— Sim, estou bem.

Ela me deu um sorrisinho antes de apontar outra vez para o círculo.

— Vamos de novo.

Respirei fundo, então me estabilizei com os pés bem afastados e as mãos erguidas em posição de bloqueio. Eu me concentrei em cada detalhe — o movimento dos pés dela, a tensão de seus músculos, a intensidade de seu olhar. Quando ela avançou, consegui bloquear seu golpe; a dor reverberou por todo meu corpo. Rangi os dentes e tentei acertar o soco, mas antes que meu punho pudesse encostar nela, Wren me agarrou pelo pulso e tirou meu equilíbrio. Em um instante, eu estava de joelhos e ofegante.

— Isso é meio patético.

Ao som da voz profunda e rouca de Dacre, dei um salto, e meus ombros tensionaram. Ele me olhou com desdém enquanto eu me esforçava para ficar em pé.

— Não seja um babaca, Dacre. — Wren cruzou os braços e permaneceu entre nós.

Eu poderia sentir meu coração acelerado enquanto olhava para ele, seus olhos fixos nos meus. Ele estava lindo, a linha angulosa de seu maxilar e seus olhos penetrantes pareciam me cortar como uma faca. Mas as palavras dele e o modo como zombava de mim me davam arrepios.

— Não estou sendo babaca. É a verdade. Ela é peso morto. — Ele moveu a cabeça em minha direção como se eu não pudesse ouvir suas palavras.

Wren endireitou as costas.

— Diminua um pouco o tom. O que você encontrou?

Limpei a sujeira da minha calça e tentei parecer que não estava atenta a cada palavra que ele dizia.

Dacre resmungou.

— Não foi nada.

Um silêncio tenso se estabeleceu entre os dois e me perguntei se ele estava sendo honesto ou se estava escondendo a verdade porque eu estava lá. Porque ele me considerava uma traidora.

Círculos escuros se formaram sob seus olhos exaustos e ele permaneceu imóvel, com os ombros tensos.

— Ela te contou sobre a magia dela? — Dacre inclinou a cabeça como se me estudasse, e meu coração acelerou enquanto a raiva borbulhava dentro de mim.

Wren olhou por cima do ombro para mim, mas eu ainda estava fuzilando o irmão dela.

— Não. Por que eu preciso saber sobre a magia dela?

O maxilar de Dacre estremeceu enquanto ele me encarava.

— Porque ela não tem nenhuma.

A cabeça de Wren virou tão bruscamente de volta para o irmão que foi quase cômico.

— Isso é impossível.

— Concordo — ele assentiu enquanto entrava no círculo. As mãos dele estavam fechadas em punhos enquanto me avaliava.

— O que significa que sua nova amiguinha está escondendo alguma coisa.

— Não estou escondendo coisa alguma — falei entre dentes.

— Isso ainda vamos descobrir. — Ele se aproximou de mim, e reagi aos movimentos dele com um passo para trás.

— Não quero treinar com você. — Arrisquei um olhar na direção de Wren, mas ela ainda estava observando o irmão.

— Isso é não uma opção para você. — O jeito como ele me estudava era tão enervante que eu mal pude lembrar a postura que Wren tinha acabado de me ensinar para ficar de pé.

Tropecei em meus próprios pés enquanto dava outro passo para trás, e Dacre fez seu movimento. Ele era rápido, muito mais rápido do que Wren, e me derrubou antes que eu pudesse perceber o que estava acontecendo.

Dacre estendeu a mão como se fosse me ajudar a levantar, mas a raiva surgiu dentro de mim. Não peguei a mão dele; em vez disso, chutei minha perna para a frente, algo que Wren definitivamente não havia me ensinado, e bati o pé no abdômen duro dele.

O impacto o fez cambalear para trás, e eu me esforcei para ficar em pé, pronta para me defender. Os lábios dele se curvaram em um sorriso malicioso, e ele se moveu em minha direção novamente, seu olhos brilhando à meia-luz.

— Isso que é coragem — disse ele com um sorriso enquanto se atirava contra mim.

Eu me abaixei e desviei, usando o movimento de pé básico que Wren havia me ensinado para tentar evitar o ataque. Consegui me desviar do golpe que ele lançou em direção à minha cabeça, mas ele era rápido demais.

A outra mão dele bateu com força contra minha coxa em um tapa, e eu sibilei de dor.

— Use seu poder para te ajudar a desviar. — Ele deu um chute enquanto falava, balançando a perna em um movimento que era estranhamente semelhante ao que a irmã fizera minutos antes, e me derrubou outra vez.

Eu fiquei sem fôlego enquanto ele se erguia sobre mim. Dacre estava respirando normalmente enquanto meu peito subia e descia com o esforço.

— Já disse que não tenho qualquer poder. — Ergui uma mão trêmula e tirei o cabelo que caiu sobre meu rosto.

— Você vai mesmo se agarrar a essa mentira, hein? — Ele inclinou a cabeça como se me analisasse.

Eu não dei nenhuma resposta porque não importava o que eu dissesse. Ele não ia acreditar em mim de um jeito ou de outro. Ele achava que poderia me destruir, mas não restava nada para ser destruído.

— Amanhã, você treina comigo. — Ele ficou de pé e zombei enquanto observava Wren dar um passo à frente.

— Pega leve, Dacre.

— Não. — Ele me deu as costas e eu me ergui até ficar sentada. — Não confio nela, e ela treina comigo até descobrirmos sobre seu poder.

— E se ela não estiver mentindo? — Wren cruzou os braços e inclinou o quadril. Parecia não ter medo quando se tratava de seu irmão, e eu a invejei.

Dacre virou a cabeça em minha direção com uma expressão indecifrável. Seus olhos escuros pareciam atravessar minha alma como se ele estivesse tentando descobrir um segredo. Era como se o mais leve movimento estilhaçasse aquele momento intenso que parecia se estender para sempre.

— Ela está mentindo. Só não tenho certeza sobre o quê.

CAPÍTULO VIII
NYRA

Eu sentia como se mal conseguisse andar quando Wren finalmente me levou para longe da área de treinamento. Os músculos das minhas coxas tremiam a cada passo que eu dava, mas apenas mordi meu lábio para não demonstrar a dor.

— Sinto muito por Dacre. Ele pode ser... difícil às vezes. — A voz de Wren, suave e hesitante, rompeu o silêncio.

Ergui uma sobrancelha e lancei a ela um olhar penetrante.

— Difícil?

— Juro que ele não é sempre assim. — Wren riu baixinho.

Olhei para ela e fiquei desesperada para que ela soubesse que eu estava falando a verdade. Pelo menos sobre isso...

— Não estou mentindo sobre meu poder. — Olhei para minhas mãos; como elas tinham sido inúteis quando meu pai fez meu treinador bater nelas até que eu pudesse extrair algum tipo de magia da ponta dos meus dedos. — Eu nunca fui capaz de conjurar qualquer tipo de magia.

Os lábios de Wren se curvaram em um sorriso gentil, e ela me fez sinal para segui-la, atravessando a estranha ponte de madeira.

A cada passo que dávamos, eu não conseguia deixar de me sentir completamente desorientada. Todos os caminhos pareciam iguais, mas eu estava quase certa de que nunca tinha passado por ali antes.

— Eu acredito em você. É que nunca ouvimos falar de uma fada que não possuísse pelo menos um pouco de magia. Parece impossível. — Meus ombros se encolheram e minha postura ficou rígida. Ela continuou: — Há ocasiões em que há um atraso na magia de alguém. Algumas pessoas não sabem realmente como manifestá-la até ficarem mais velhas.

Pequenos lampejos de esperança se acenderam dentro de mim e eu olhei para ela.

— Sério?

Ela assentiu.

— Sim, mas geralmente essas pessoas têm vestígios que podem sentir ou usar. E só compreendem toda a extensão de sua magia quando ficam mais velhas. Mas nunca ouvi falar de alguém que chegou à idade adulta sem ela.

Senti meu corpo murchar quando suas palavras me atingiram, todo o ar saindo dos meus pulmões. Eu tinha dezenove anos. Se eu fosse ter magia, ela já deveria ter se manifestado a essa altura.

— Venha. — Ela acenou com a cabeça em direção a uma construção alta de madeira que parecia prestes a desabar a qualquer momento. Ficava na extremidade mais distante do chão da caverna, e a água escura fluía lentamente. Parecia gemer com o movimento do rio. — Vamos comer alguma coisa.

Segui Wren até o prédio, que era um pequeno pub. O interior era aconchegante, com mesas e cadeiras descombinadas. As paredes eram adornadas com armas velhas e enferrujadas ou pinturas descascadas de criaturas míticas que tinham sido quase esquecidas. O cheiro de pão fresco e carne assada enchia o ar e fez meu estômago roncar.

Wren nos levou até uma mesa no canto.

Havia várias pessoas em outras mesas, mas fiquei desconcertada com a mulher que veio até a nossa mesa. Eu me sobressaltei na cadeira, que fez um ruído ao se arrastar contra o chão, e a garçonete apertou os olhos azuis cristalinos.

— Olá, Wren. — Sua voz era aguda e musical. — Quem é sua nova amiga?

— Ei, Kit. Esta é Nyra. Ela é uma nova recruta.

— É um prazer conhecê-la, Nyra.

Eu assenti em saudação.

— É um prazer conhecê-la também.

— O que posso trazer para vocês hoje? — Kit perguntou, e meu olhar se desviou de seu rosto para as delicadas asas iridescentes que brotavam de suas costas. Elas tremulavam suavemente sob a luz quente das tochas, mas notei que elas estavam desfiadas e gastas nas bordas delicadas.

— O de sempre para nós duas.

— Só preciso de alguns minutos.

A cada passo que ela dava para longe de nossa mesa, suas asas batiam suavemente como se tivessem vida própria.

— Ela tem asas? — sussurrei para Wren para que ninguém mais me ouvisse.

— Por quanto tempo você trabalhou naquele palácio? — Ela riu e se recostou na cadeira. — Eles realmente te mantiveram isolada, hein?

Olhei de volta na direção de Kit, mas ela já tinha ido embora.

— Passei toda a minha vida lá, e minha mãe antes de mim.

Foi outra meia verdade, meia mentira.

— Isso é lamentável. — Wren limpou a garganta. — Fadas aladas são uma raridade, e a maioria não mora perto do palácio, se puderem evitar. A única maneira de o rei Roan taxar o poder delas é se ele puder encontrá-las, e ele gastou anos cortando as asas delas a cada dízimo para que não pudessem voar.

Ele cortou as asas delas.

Houve um pequeno estalo no ar, e a comida que Wren pediu apareceu na nossa mesa exalando vapor. Senti que iria vomitar.

— Ah, sim. — Wren pegou seu garfo e o mergulhou depressa, e eu levantei o meu próprio garfo na mão enquanto olhava pelo pub para avistar Kit outra vez.

Ela estava em pé atrás do bar, rindo de algo que alguém estava dizendo, e dessa vez quando olhei para suas asas, prestei mais atenção às bordas desfiadas que eu tinha notado antes. Eu não conseguia dizer agora se suas asas estavam tremulando ou tremendo.

Meu pai fez aquilo?

Ela olhou para cima, percebendo meu olhar, e eu rapidamente o desviei para minha comida. Era uma espécie de peixe com legumes, e mesmo que eu ainda me sentisse enjoada ao pensar na crueldade do meu pai, dei uma garfada.

— Sabe — disse Wren enquanto batia distraidamente os nós dos dedos contra a mesa —, não acho que Dacre odeie você.

Uma risada alta saiu da minha garganta, e os dois homens sentados mais próximos de nós se viraram em nossa direção. Coloquei outro pedaço de comida na boca.

— Estou falando sério. — Wren sorriu. — Ele é apenas protetor.

Eu zombei.

— Protetor?

— Sim. De tudo isso. — Ela acenou com a mão. — Nossos pais passaram a vida construindo esta rebelião, minha mãe deu a vida tentando protegê-la, e ele sente o peso dessa responsabilidade agora mais do que nunca.

Eu queria perguntar a ela sobre o pai deles; também tinha um milhão de perguntas sobre Dacre, mas pedir que ela respondesse às perguntas significava estar disposta a fazer o mesmo.

— Ele estava protegendo a rebelião quando chutou minha bunda no círculo de treinamento?

— Ele não chutou sua bunda. — Wren revirou os olhos de brincadeira. — Ele estava te testando.

Eu levantei uma sobrancelha.

— Testando? Tenho certeza de que meu cóccix deve estar roxo onde ele me derrubou.

A expressão de Wren ficou séria.

— Eu sei. Mas, acredite em mim: ele não é assim com todo mundo. Ele só está tentando identificar alguma pessoa que possa ser uma ameaça à rebelião.

Mordi o lábio, enquanto assentia.

— Então, mal posso esperar por amanhã. — Dei uma risada sem graça. — Espero que ele descarregue um pouco da agressividade hoje à noite, assim estará mais gentil amanhã.

Wren franziu o nariz e fez um barulho de engasgo.

— Não quero pensar em meu irmão descarregando a agressividade dele. — Ela disse essas últimas palavras em tom dramático, e um rubor subiu pelo meu peito.

— Oh, deuses. Não foi isso o que quis dizer — titubeei.

— Eu prefiro muito mais pensar em descarregar minha própria agressividade. — Wren apoiou o queixo no punho. — Especialmente com alguém que sabe o que está fazendo.

Uma risada saiu de mim e não consegui esconder como a conversa me deixou desconfortável. Eu nunca tinha beijado um homem, muito menos feito algo mais. E ali estava eu na mesa de jantar pensando no irmão dela e se ele saberia ou não o que estava fazendo.

Wren me deu um sorriso malicioso e tentei desviar a atenção dela.

— Aquele cara hoje parecia estar interessado em você.

— Tavian? — Os olhos dela se arregalaram e ela balançou a cabeça. — De jeito nenhum, não.

— Por que não?

Ele era bonito e olhara como se ela fosse a coisa mais bela que já tinha visto.

— Ele é só um amigo. — Ela fez um gesto displicente com a mão.

— Então, em quem você está interessada? — Dei outra garfada na minha comida e quase gemi quando os sabores atingiram minha língua.

Um rubor subiu pelas bochechas de Wren e ela desviou os olhos de mim.

— Não posso contar todos os meus segredos.

A culpa doeu no meu peito, mas eu rapidamente a afastei e dei a última garfada na comida.

— Vamos para as fontes termais. — Wren se levantou e se espreguiçou. — Seu corpo provavelmente vai estar te matando amanhã.

Ela não estava errada. Eu já podia sentir a dor nos músculos quando me levantei e saí pela porta.

Passamos por mais trilhas e pontes e o lugar se parecia cada vez mais com um labirinto a cada passo que dávamos.

— Onde ficam as fontes termais? — perguntei enquanto Wren parecia nos conduzir em círculos.

— Só mais um pouco. — Ela se abaixou sob uma grande pedra suspensa e a imitei.

O cheiro de enxofre no ar me atingiu instantaneamente, mas foram as dezenas de piscinas de água escura à nossa frente que me fizeram parar.

Elas eram cercadas por pequenas pedras que impediam que a água se misturasse de uma para outra. O vapor saía da superfície da água como fumaça e gotas de água pingavam vindas das rochas no alto, como se estivesse chovendo.

Em meio ao vapor que subia das fontes termais, notei um homem com a pele do braço cheia de bolhas e descamações mergulhando-o cuidadosamente na água. Ele estremeceu de dor e soltou um pequeno suspiro. Sentada ao lado dele estava uma mulher com camisa e calça de cor creme, coletando a água delicadamente em suas mãos e a derramando sobre a pele ferida. Suas palavras suaves de encorajamento flutuavam pelo espaço silencioso.

— Nunca vi nada assim — admiti em voz alta para Wren enquanto ela nos levava a uma pequena piscina no lado mais distante da caverna aberta.

Ela percebeu que meu olhar ainda estava no homem que estremecia enquanto mergulhava na piscina até que seu ombro estivesse coberto pela água.

— As fontes termais têm muitas propriedades curativas. — Ela puxou as tiras que prendiam seu colete cheio de armas contra o corpo antes de levantá-lo e colocá-lo no chão a seus pés. — E admito que nós, guerreiros, provavelmente as usamos muito mais do que qualquer outra pessoa.

Fiz como ela, tirando meu colete e colocando-o ao lado do de Wren.

As fontes termais eram ainda mais bonitas de perto, e o calor era quase sufocante de tão intenso.

Wren tirou as botas e começou a tirar mais roupas, e eu segui seu exemplo até perceber que ela estava entrando na água usando apenas suas roupas íntimas.

Ela se abaixou na piscina antes de olhar para mim com expectativa. Eu ainda estava coberta com meu uniforme e mexia meus pés descalços contra as rochas.

— Venha. — Ela acenou para as minhas roupas e eu cruzei os braços.

— Tem muita gente aqui.

Ela riu baixinho e olhou por cima do ombro.

— É tranquilo. Além disso, ninguém vai olhar. Estão todos muito interessados no próprio corpo ferido. Prometo.

Olhei em volta e ela estava certa. Ninguém estava olhando para nós. Todos estavam muito ocupados lidando com as próprias dores e sofrimentos.

Olhei em volta mais uma vez antes de abaixar lentamente minha calça até o chão. Minha camisa era longa o suficiente para cobrir a maior parte do meu corpo, e a puxei para cima, em volta dos quadris, enquanto entrava na água.

Assobiei quando o calor atingiu minha pele, mas conforme eu afundava na água, a temperatura começou a parecer reconfortante. Soltei um suspiro enquanto mergulhava mais e gemi quando o calor atingiu meus ombros.

Você está segura.

— Eu falei. — Wren se recostou nas pedras, fechando os olhos. — Essas fontes termais são milagrosas.

O calor irradiava do meu pescoço até os dedos dos pés, e me entreguei à sensação calmante. Meus olhos se fecharam enquanto eu concordava, deixando escapar um suspiro confortável de satisfação.

Senti que estava quase adormecendo quando o som de vozes masculinas me tirou do transe.

Abri um olho com cautela e vi Dacre e Kai caminhando confiantes, lado a lado. Eles ainda não tinham me notado; minhas costas estavam voltadas para eles, mas estava claro que eles vinham em nossa direção. Meu estômago se contraiu até doer quando eles se aproximaram.

— Sério, Wren? — Kai riu, e eu afundei mais na água e forcei minha atenção de volta para minha colega de quarto. — Ouvi dizer que você mal treinou hoje. No entanto, está aqui nas fontes?

O corpo de Wren ficou tenso quando ela abriu um olho.

— Vá se foder, Kai. — Ela esticou os braços sobre a cabeça preguiçosamente, e eu olhei na direção dele bem a tempo de ver a maneira como ele observava o corpo dela. — Eu treino todos os dias. Mas obrigada pela preocupação.

Dacre estava silenciosamente descalçando suas botas e a expressão em seu rosto era letal.

Não ousei dizer uma palavra para chamar sua atenção para mim.

— Você certamente não treinou hoje. — Dacre tirou a camisa, revelando um tronco magro esculpido por horas e horas de treinamento. Os bíceps dele incharam quando ele jogou o tecido displicentemente no chão. Não pude deixar de olhar as linhas de seus músculos definidos com fascínio.

Ele ainda não tinha me notado e me forcei a desviar o olhar enquanto os polegares dele engancharam nas laterais da calça.

Wren estava sorrindo para mim do outro lado da fonte e balancei a cabeça para que ela parasse de me dar aquele olhar cúmplice.

— Tenho certeza de que você ficaria melhor com um parceiro de treino que tivesse perdido as pernas em batalha do que com aquela garota. — Dacre riu, e as palavras dele abriram um buraco em meu peito.

— Ah, é? — Wren inclinou a cabeça enquanto estudava o irmão. — Por favor, conte-me mais.

Kai entrou na água ao meu lado e soltou uma risada áspera quando seu olhar pousou em mim.

— Sim, Dacre. O que tem nessa garota que deixa você tão irritado? — Kai se sentou à minha esquerda, bem entre Wren e eu, e piscou para mim.

Ele tinha me carregado para lá com minhas mãos amarradas nas costas um dia antes e já tinha a ousadia de piscar para mim.

— Ela não me irrita. Eu só não gosto dela.

Sentei-me endireitando o corpo quando Dacre entrou na piscina e se contraiu conforme a água subia pela panturrilha dele. Havia cicatrizes ao longo da pele e manchas desbotadas de hematomas.

Eu me perguntei se aquilo era simplesmente do treinamento ou se o bastardo arrogante realmente esteve em batalha.

— Não se preocupe. Eu também não gosto de você.

Ao som da minha voz, a atenção de Dacre se voltou bruscamente para mim, e ele parou por um instantes. Nossos olhos se encontraram e senti um arrepio percorrer minha espinha sob o escrutínio dele. Seus olhos se afastaram dos meus rapidamente, mas se demoraram em meus seios antes de descerem para a água escura.

Senti um rubor subir pelo meu pescoço e rapidamente afundei mais na água, tentando esconder meu corpo do olhar dele.

— Eu não sabia que você estava aqui. — A voz de Dacre era baixa e perigosa e não tinha a mesma alegria de poucos instantes antes.

— Ah, sério? — Olhei para ele como se não tivesse acabado de ser cruel. — Era de se esperar que eu tivesse percebido isso quando você falou mal de mim tão livremente.

Cerrei os dentes e tentei ignorá-lo enquanto ele se movia mais para dentro da água. Ele se sentou o mais perto possível da irmã, o mais longe possível de mim, embora eu pudesse me esticar e tocá-lo com meu pé sob a água se quisesse.

— Confie em mim, eu não teria vindo se soubesse que você estaria aqui.

— Igualmente. — Cruzei os braços no momento em que Wren deu uma cotovelada em Dacre.

— Não seja tão babaca. — Wren atravessou a piscina até ficar sentada bem ao meu lado. — Você estava certa.

Dacre ergueu uma sobrancelha para mim enquanto sua boca se mantinha como uma linha imóvel.

— Parece que eu não era o único a falar mal de alguém.

— Chamei você de babaca; é a verdade.

O canto da boca dele se curvou em um meio sorriso.

— E eu chamei você de fraca. Parece que ambos estamos apenas dizendo verdades hoje.

Cerrei os punhos debaixo da água, forçando-me para não reagir às palavras dele.

— Não me importo com o que você pensa sobre mim. — Minha voz soou baixa e forte quando encontrei os olhos dele outra vez.

Ele sustentou meu olhar por um momento antes de concordar quase imperceptivelmente.

— Vamos descobrir isso.

Revirei os olhos porque esse cara era muito cheio de si. Sendo ou não irmão de Wren, ele era um babaca, e eu não tinha interesse em passar mais tempo do que o necessário com ele.

Fechei os olhos e tentei me concentrar na temperatura da água e na maneira como o calor penetrava em meus músculos, mas eu podia sentir seu olhar em mim, mesmo quando os três voltaram a conversar.

— Foram trazidos mais três recrutas hoje — disse Kai, e eu finalmente abri meus olhos para olhar para ele.

— E...? — Dacre recostou a cabeça contra as pedras irregulares; os músculos do pescoço dele tensos sob a pele esticada. Não pude deixar de notar as linhas de tensão percorrendo seu corpo enquanto ele exalava pesadamente.

— Dois deles eram seguidores devotos ao rei e escolheram não se juntar.

Ele disse aquilo de forma tão simples, mas eu sabia exatamente o que significava. Eles escolheram morrer.

— Você ao menos deu uma escolha a eles? — perguntei antes de conseguir me conter, e os olhos de Dacre dispararam em minha direção.

— Nós sempre damos uma escolha a vocês, traidores. Eles sabiam exatamente por quem estavam lutando, pelo que estavam lutando, e foi isso que escolheram.

— Você já parou para pensar que o povo de Marmoris não está lutando por nada além de sua própria segurança, para aplacar sua fome? — Sentei-me mais alto na água enquanto minha raiva me alimentava. — Nem todo mundo está preocupado com a guerra entre um rei e esta rebelião. Eles estão preocupados em colocar comida na barriga, em não serem mortos.

O olhar de Dacre estava tão escuro quanto a água que nos envolvia, e nem Kai nem Wren disseram uma palavra.

— Neste mundo, você não tem a opção de não escolher lados. O rei Roan vem drenando este reino há anos, e ninguém consegue sobreviver sob seu governo. Aqueles que não se juntam a nós são um perigo porque ainda estão pagando o dízimo àquele homem. Eles o estão tornando mais forte só por ficar sentado em seu palácio enquanto nós nos matamos todos os dias para fazer deste reino um lugar melhor. — Os músculos do seu pescoço e ombros se contraíram enquanto ele cerrava o maxilar. — Não fale sobre coisas das quais não tem conhecimento. Você passou a vida naquele palácio. Não pode saber nada do que estava acontecendo fora dele.

O pânico apertou meu peito até que me lembrei de que ele só sabia o que eu havia contado a ele.

Mas uma parte de mim queria contar a verdade. Eu queria cuspi-la na cara dele, sem me importar com as consequências, até que ele percebesse que não poderia saber como era a vida naquele palácio, naquela jaula.

Mas eu não podia.

— Você também não deve falar de coisas que não conhece. Você não tem ideia de como era crescer naquele palácio. Você acha que o rei é um monstro, mas já o conheceu? Você teve que encará-lo todos os dias da sua vida?

As palavras que saíram da boca dele me chocaram:

— Talvez você esteja certa.

Seu olhar se desviou do meu, e eu poderia jurar que ele estava olhando para minha boca. Mordi meu lábio inferior e me forcei a afundar na água antes que eu fizesse ou dissesse algo estúpido. A água se moveu sobre meu rosto enquanto eu deslizava abaixo da superfície e fechava meus olhos.

Fiquei debaixo da água o máximo que pude antes que meus pulmões implorassem para que eu emergisse outra vez.

Meu corpo *implorava* para que eu saísse da água escura.

Mas havia algo em mim que parecia mais forte do que antes — agora eu estava fora do reino do meu pai e fora do alcance dele. Dacre era uma força, mas eu não me acovardaria como ele exigia.

Sentei-me novamente, saindo da água até meus ombros ficarem expostos, e, assim que abri meus olhos, tudo que pude ver eram os olhos de Dacre ainda em mim.

Wren estava sorrindo enquanto olhava para mim e o irmão.

— Vamos?

— Sim — assenti e desviei minha atenção dele. Saí da fonte forçando-me a não cobrir um centímetro do meu corpo.

Peguei minhas roupas antes de olhar de volta para Dacre. Seus olhos estavam se demorando em meu corpo quase nu e deslizaram para baixo até chegarem em minha bunda.

Arrepios se formaram em minha pele quando peguei minhas roupas e botas com minhas mãos molhadas.

Eu queria ficar o mais longe possível dele.

— Vejo você de manhã para o treinamento. Não se atrase — disse Dacre rispidamente.

Eu me virei para ele e o saudei com a mão que segurava minha calça.

— Eu serei a fraca. Você não pode sentir minha falta.

CAPÍTULO IX
NYRA

Eu não podia ver o sol, mas sabia que ele ainda não tinha nascido quando Wren me sacudiu para me acordar. Grunhi e tentei puxar meu cobertor sobre a cabeça, mas ela simplesmente riu e o arrancou.

Eu estava exausta.

Mas me vesti e a segui até a área de treinamento, como tinha feito no dia anterior. Parei no meio do caminho quando vi Dacre parecendo irritado e me esperando em um dos círculos de treinamento. Seu rosto estava vermelho e gotas de suor pontilhavam sua testa como se ele já estivesse ali há horas. Seus braços estavam cruzados sobre o peito e seus olhos se estreitaram enquanto eu me aproximava.

Quando entrei no círculo, ele ficou na extremidade oposta, com os músculos contraídos e os olhos fixos em mim. Ele não disse uma palavra, mas seu olhar intenso seguia cada um dos meus movimentos, como se estivesse me estudando em busca de fraquezas.

Nós nos rodeamos cautelosamente, ambos esperando que o outro fizesse algo. Os músculos dele estavam tensos e os olhos estavam fixos nos meus com uma intensidade que me deixou desconfortável.

Seguindo as instruções de Wren, inspirei profundamente e me concentrei em cada pequeno movimento do meu corpo. Mas toda vez que o vislumbrava pelo canto do olho, meu equilíbrio oscilava. Aqueles olhares roubados eram como ímãs, puxando-me para perto dele e para longe da minha concentração.

E assim, pela quarta vez naquela manhã, eu me vi esparramada no chão, cortesia de sua presença perturbadora.

— Sua postura está toda errada — ele resmungou e estendeu a mão para que eu a pegasse, mas eu me obstinei e me levantei sozinha do chão. Minhas pernas tremeram quando me levantei, sentindo uma dor profunda nas minhas coxas sobrecarregadas.

— Estou me posicionando exatamente como você me disse para fazer. — Limpei a sujeira da minha calça e cruzei os braços em uma tentativa de parecer tão irritada quanto ele.

— Não está. — Ele se moveu ao meu redor, com a ponta dos dedos roçando levemente minha coxa direita antes de dar um toque suave, até que eu a movi para tirá-la do caminho. A respiração dele era quente em minha nuca quando ele passava.

Cerrei os dentes enquanto movia meu pé para a frente, mas ele não ficou satisfeito.

— Mais.

Fiz um movimento para dar um passo, e ele rapidamente colocou o pé entre o meu e fez com que o meu deslizasse mais para a direita.

— Você poderia usar palavras, sabia? — Provoquei quando ele quase me fez perder completamente o equilíbrio.

— Poderia, mas descobri que você não é boa ouvinte.

Lutei contra a vontade de resmungar enquanto ele andava ao meu redor e deliberadamente se colocava de novo na minha linha de visão direta. Revirei os olhos antes de soltar um suspiro pesado.

— Sinta como seu peso é distribuído de forma mais uniforme. Você se sente mais firme nessa posição?

Eu sentia, mas não queria dar a ele a satisfação de saber disso.

— Na verdade, não muito.

Ele apertou os lábios e o canto da minha boca se curvou em um sorriso irônico.

— Seus braços devem estar na sua frente, prontos para bloquear qualquer coisa que venha em sua direção. — A mão forte dele envolveu meu pulso como uma cobra antes que ele a colocasse na minha frente. Eu podia sentir sua empunhadura poderosa queimando minha pele, como se estivesse me marcando.

— Sabe, a única vez que fui atacada na minha vida foi por você.

Os olhos de Dacre brilharam perigosamente enquanto ele movia minhas mãos de maneira lenta e firme para onde ele queria. Sua empunhadura era segura, confiante e inflexível. — Você foi capturada pela Guarda Real, e se tivesse sido treinada, teria conseguido escapar, mas aqui está.

Ele deu um passo para longe de mim, estudando minha postura com olhos cautelosos. Seu olhar percorreu lentamente meu corpo, parando em minhas mãos antes de mergulhar devagar até meus pés.

— Seus pais nunca lhe ensinaram nenhum tipo de autodefesa?

— Não. — Ergui o queixo enquanto um arrepio percorreu minha pele. — Acho que eles nunca imaginaram que eu precisaria disso.

Ele deu outro passo para trás e seus olhos se estreitaram enquanto girava à minha volta. Permaneci imóvel, as bochechas coradas e as mãos exatamente onde ele as colocou; enquanto ele avaliava seu trabalho.

— Onde estão seus pais agora?

Minha garganta ficou muito entalada e sufocada quando as palavras dele me atingiram; ainda assim, me obriguei a respirar fundo.

— Não sei onde meu pai está.

Não era mentira. Eu não o via desde o ataque. Houve um aumento da presença de guardas na capital desde então. Todos pensavam que eles estavam procurando um simpatizante rebelde, mas eu sabia que estavam procurando por mim. Foi o motivo pelo qual só fiz minha primeira missão de roubo com Micah meses depois de nos conhecermos.

Mas meu pai não ousaria mostrar o rosto fora do seu palácio.

Havia rumores de que ele ainda estava escondido em segurança dentro dos muros do palácio, mas também de que ele havia fugido.

Porém, eu sabia que meu pai era capaz de coisa pior.

— E sua mãe? — Ele voltou para a minha frente e estudou meus pés.

— Minha mãe morreu.

Ele levantou os olhos para os meus e vi uma sombra passar por eles. A expressão dele se suavizou brevemente no que parecia culpa antes de endurecer de novo.

— Sinto muito.

— Não se preocupe. Não foi sua preciosa rebelião a responsável pela morte dela.

Os nós dos dedos ficaram brancos enquanto ele cerrava os punhos, as veias em seus antebraços saltaram. Seus olhos se afastaram de mim e odiei sentir culpa por minhas palavras enquanto eu observava as narinas dele dilatarem.

— Seu pé direito deve estar sempre atrás. Você tem mais controle dessa forma. — Ele deu um passo para trás e se colocou na mesma postura em que tinha acabado de me colocar. — Precisamos treiná-la para que você esteja preparada para chutar com a esquerda.

— Você já viu que não sei chutar — resmunguei.

— Então vamos treiná-la para que você saiba. — Ele se lançou para a frente tão rápido que não tive tempo de pensar. Senti minha respiração ficar presa na garganta enquanto tentava desesperadamente me afastar dele, mas lutei para manter meu equilíbrio.

— Chute! — gritou ele, e levantei minhas mãos tentando me lembrar do que ele tinha me mostrado. — Ou pelo menos tente me bloquear.

Lancei meu pé para a frente com toda a força que pude reunir, mas foi inútil. Em uma fração de segundo, ele agarrou meu tornozelo e o segurou no ar.

Dacre puxou meu pé para a frente até que meu corpo se chocou contra o dele. Seu corpo estava quente, e minhas bochechas queimavam enquanto eu tentava desesperadamente desviar o olhar.

Mas ele não me soltou. Segurou a parte de trás do meu pescoço, com um toque firme e estável, enquanto me forçava a olhar para ele. Então passou a mão lentamente por minha perna até seus dedos

105

pousarem suavemente na parte de trás do meu joelho. Seus olhos escuros olhavam nos meus, intensos e sem piscar.

— Uma criança poderia ter bloqueado esse chute. — A voz dele era de desdém e pude sentir sua respiração quente contra minha bochecha.

Engoli em seco, meu coração batia forte no peito.

Minha respiração ficou presa na garganta enquanto o pânico começava a crescer dentro de mim. Seu dedos estavam cravados em minha panturrilha, a força de sua empunhadura aumentando a cada segundo que passava. Tentei arrancar minha perna de sua mão, mas ele segurou firme, com uma determinação violenta que me enfureceu.

— Patético. — A voz dele soou baixa, mas a palavra me atravessou como se ele a tivesse gritado.

Deixei minha perna pesar em sua mão e joguei o resto do meu peso contra o peito dele. Ele não esperava, e nós dois perdemos o equilíbrio.

Os olhos de Dacre se arregalaram quando ele caiu de costas, e eu caí em cima dele, soltando um gemido quando meus joelhos colidiram no chão de terra dura. Nossos corpos estavam pressionados, sua mão agora agarrava minha coxa, e eu podia sentir cada centímetro dele sob nossas roupas de couro.

Por um momento, nenhum de nós se moveu, nossos corpos tão próximos que eu podia sentir seus suspiros percorrerem meu corpo como uma brisa morna.

— Filho.

O som da voz de um homem cortou o ar como uma faca, e Dacre me empurrou para longe com uma mão de ferro. Cambaleei para trás, com o coração disparado, enquanto ele se levantava com um salto. O suor escorria de sua testa enquanto o ar fugia de meus pulmões.

— Acho que já chega por hoje — disse Dacre, sério, evitando olhar para mim e se virando para o homem que estava parado do lado de fora do círculo de treinamento.

O homem semicerrou os olhos, estreitando o olhar enquanto me estudava. Ele se parecia muito com Dacre, exceto pelos olhos verdes brilhantes como os de Wren e os fios brancos em meio ao cabelo preto. Seus lábios se separaram e ele falou novamente, a intensidade de seu escrutínio me fazendo tremer desconfortavelmente.

— Preciso de você na patrulha esta tarde.

As costas de Dacre se alinharam e ele assentiu.

— Claro — respondeu com voz firme.

O homem finalmente desviou o olhar de mim para Dacre.

— Termine o que está fazendo e me procure — disse antes de girar nos calcanhares e se afastar de nós.

Mudei meu peso de um pé para o outro. Minhas mãos se entrelaçaram nervosamente à minha frente enquanto eu ficava alguns passos atrás de Dacre. Seus olhos estavam fixos na direção que o homem tinha acabado de seguir, e eu limpei a garganta antes de falar com cautela.

— Vou procurar Wren.

— Não. — Ele me encarou com uma expressão tensa e ilegível. Seu maxilar estava tenso e seus olhos estavam semicerrados como se estivesse tentando entender algo. — Ela vai ser muito branda. Você precisa de alguém que a pressione.

Revirei os olhos e esfreguei meus músculos doloridos que eram a prova de que Wren tinha me pressionado. Quando fomos dormir na noite anterior, pensei que ia chorar por causa da dor.

— Vou procurar Kai. — Ele examinou a grande caverna, franzindo a testa, concentrado. Eu o observei esticando o pescoço para tentar avistar Kai, embora eu não o tivesse visto a manhã toda. Mas isso não importava... Eu só conseguia me concentrar na maneira como Dacre se movia, o movimento dos músculos em suas costas enquanto ele procurava o amigo.

Ele era... *distrativo*.

— Merda — xingou baixinho quando não o encontrou.

— Não se preocupe. Vá fazer sua patrulhazinha e eu o encontrarei. Alguma instrução especial, além de tentar me matar?

O canto da boca de Dacre se ergueu tão sutilmente que quase não percebi. Os olhos escuros dele pareciam perfurar os meus enquanto meu estômago se revirava e eu sentia o calor se espalhar por meu corpo.

— Isso deve ser suficiente — ele murmurou em voz baixa.

Senti seus olhos me examinando enquanto eu permanecia impassível, tentando disfarçar os arrepios que percorriam minha espinha.

— Deixa comigo — falei, esperando que não notasse como eu me sentia inquieta perto dele.

Ele olhou nos meus olhos com um último aceno antes de se virar e sair a passos firmes; seus músculos revestidos de couro se contraíam a cada passo. Conforme desaparecia de vista, balancei a cabeça para limpar a névoa que havia se instalado em mim e respirei fundo, preparando-me para procurar Kai.

Parei e pensei em dar meia-volta, imaginando minha cama quentinha pronta para mim, mas meus pés continuaram me levando para a frente. Havia uma parte de mim que estava desesperada para provar que Dacre estava errado. Para provar que eu não era tão fraca quanto ele acreditava.

Não demorou muito para encontrar Kai. Em instantes, seus ombros largos se tornaram visíveis do outro lado do espaço de treinamento, enquanto ele rodeava um oponente muito menor em seu círculo de treino.

— Ei. — Limpei a garganta e arrastei os pés, olhando à minha volta, insegura. — Dacre disse que quer que eu treine com você hoje.

Kai girou lentamente seu corpo em minha direção e seus olhos mudaram ao se fixarem nos meus. Ele fez uma breve pausa antes de se virar para confrontar de novo o oponente, suas feições fixas em uma expressão determinada.

— É claro. Assim que eu terminar de chutar a bunda dele.

O homem na frente de Kai sorriu, revelando por um instante seus dentes amarelos. Recostei-me cautelosamente contra uma rocha irregular, com a palma das mãos suada enquanto observava os dois continuarem a circular um em torno do outro.

— Estou livre. — Ouvi uma voz rouca e me virei para encontrar a fonte. Um homem estava ao meu lado, seus cachos castanho-claros despenteados em todas as direções no topo de sua cabeça. Seus olhos azuis brilhantes irradiavam calor enquanto ele sorria para mim. Ele me avaliou com curiosidade, e minhas bochechas ficaram quentes sob seu escrutínio.

Havia algo nele que me lembrava de Micah.

— Não vai acontecer, Eiran — gritou Kai, ao mesmo tempo que o homem à sua frente o atacou, e eu estremeci ao som do chute contra a coxa de Kai.

— Certo — assenti enquanto me levantava.

— Não ouse, Nyra. Você está treinando comigo — Kai resmungou quando o homem acertou um golpe.

— Estou aqui sentada assistindo você perder.

— Ele vai ficar bem. — Eiran fez um movimento sutil com a cabeça, um aceno quase imperceptível para a esquerda.

— É sua sentença de morte, Eiran — Kai avisou, e rapidamente segui Eiran antes que Kai pudesse me impedir.

Nós nos movemos pela caverna em silêncio enquanto passávamos por outras pessoas treinando até chegarmos a um canto onde as sombras eram espessas e pesadas o suficiente para nos esconder de quaisquer olhos ou ouvidos curiosos.

— Então, o que exatamente Dacre quer que você treine hoje? — Eiran se moveu dentro de um grande círculo de treino, e eu o segui.

— Tenho quase certeza de que ele estava apenas tentando me humilhar, mas estávamos trabalhando postura e bloqueio.

Os lábios dele se curvaram em um sorriso divertido enquanto seus olhos se moviam do meu rosto para meu peito e depois deslizaram lentamente mais para baixo. Eu podia sentir um rubor subindo em minhas bochechas enquanto eu me mexia desconfortavelmente sob seu olhar.

— Vamos ver então o que você consegue fazer. — Ele se colocou em posição, seus braços estendidos e os pés firmemente plantados no chão, assim como Dacre havia feito.

Inspirei fundo e me acalmei, tentando me lembrar das instruções de postura de Dacre da melhor maneira possível. Meu olhar não se fixava em Eiran; seus olhos azuis penetrantes me deixavam nervosa.

— Relaxe — disse ele com uma risada baixa. — Você não vai conseguir bloquear nada se não estiver respirando.

Fechei os olhos e inspirei profundamente, forçando a manter o foco em Eiran enquanto ele vinha em minha direção. Ele era rápido, mas não tanto como Dacre.

Cada vez que seu punho ou pé voava em minha direção, eu sentia a contração dos meus músculos enquanto me tensionava para bloquear o ataque. Eiran parecia completamente à vontade enquanto o suor escorria pelas minhas costas e eu lutava para recuperar o fôlego.

Ele estava se contendo e não jogando toda a sua força em mim, o que odiei e apreciei. À medida que continuamos, meu corpo se ajustou aos movimentos, e eu não me senti mais tão rígida ou tensa. Eu podia perceber quando ele estava prestes a atacar e reagia rapidamente, lendo seus movimentos antes que fossem executados.

— Bom trabalho. — Ele deu um passo para trás e cruzou os braços, oferecendo-me um daqueles sorrisos descontraídos que eu já esperava. — Parece que você tem um talento inato. — As palavras dele foram como mel quente, recobrindo-me da cabeça aos pés.

— Não sei quanto a isso. — Balancei a cabeça enquanto apoiava as mãos no meus quadris e tentava recuperar o fôlego. — Acho que Dacre me derrubou tantas vezes de bunda que minha resposta de luta ou fuga está começando a entrar em ação.

Eiran riu e esfregou a mão ao longo do queixo.

— Talvez se eu te treinar bem, você possa derrubar Dacre de bunda, para variar.

Uma risada escapou de mim enquanto tentava imaginar.

— Provavelmente seria necessário um milagre para que isso acontecesse.

— Não sei.

Olhei nos olhos dele e meu estômago se agitou. Seus olhos azuis estavam intensos e seu maxilar, ligeiramente tenso.

— Coisas mais absurdas já aconteceram — disse ele baixinho. — Vamos tentar de novo.

Ele me fez sinal para avançar com um estalar de dedos, e eu me permiti imaginar que era Dacre parado diante de mim. Montei guarda bem na hora de desviar de um soco forte. Aproveitando uma abertura, lancei todo o meu peso em um chute que o acertou nas costelas, e então sorri.

CAPÍTULO X
DACRE

Enquanto nossos pés cansados caminhavam pelas ruas ásperas e irregulares, eu me esforçava para manter os olhos abertos.

Meu corpo doía a cada passo, mas meu pai caminhava decidido adiante, quase não se notava o peso da espada longa ao seu lado. Ele nunca reclamava de cansaço, independentemente do tempo que permanecesse em patrulha; apenas uma leve curvatura em seus ombros revelava algum indício de cansaço.

— Descanse um pouco. — Ele estendeu o braço, com a palma da mão e os dedos abertos, o movimento fluido e familiar. Enquanto traçava um movimento circular, a luz suave das tochas tremeluzia e girava antes de se apagarem, e a fumaça se espalhava em volta delas. — Não sabemos o que está por vir.

Era o que ele sempre dizia quando me deixava. Aquilo costumava me encher com a emoção da aventura que enfrentaríamos, mas agora pareceu ameaçador. Tudo sobre a rebelião se tornou incerto desde que perdi minha mãe.

— Boa noite. — Virei-me, com o estômago embrulhado, e caminhei pesadamente na direção oposta. Olhei para a casa à qual ele se dirigia, aquela que continha tantas memórias do que costumávamos ser. Os fantasmas daqueles dias pareciam permanecer nas sombras que a cercavam.

Atravessei a longa ponte em direção aos alojamentos dos guerreiros, e eu mal podia esperar para me jogar na cama. Eu poderia ter aproveitado uma longa sessão nas fontes, mas agora, quando pensava nelas, tudo que eu conseguia pensar era em Nyra.

E isso me irritava.

Ela me irritava.

Confiança era algo raro para mim, mas com ela era inexistente.

Hesitante, empurrei a pesada porta de madeira, estremecendo com o rangido alto quando ela se abriu e o som de risadas altas me envolveu. No canto do cômodo, a figura de Kai estava delineada contra a luz tremulante da lareira.

Os olhos dele se fixaram em mim enquanto eu me aproximava; seus braços estavam cruzados firmemente sobre o peito.

— Alguma novidade?

Balancei a cabeça porque a patrulha noturna não rendeu nada. Meu pai continuava captando ondas de energia perto da base da cachoeira, abaixo de onde o palácio se erguia, só que não conseguimos localizar nada.

Mas ele era implacável.

Sempre foi.

— Como foi o treino? — Estremeci enquanto tentava tirar o peso de meus pés doloridos e apoiá-los na superfície fria e dura da parede atrás de mim.

— Treino com quem? — Ele riu baixinho. — Sua garota me disse que você queria que eu a treinasse, mas assim que pedi para ela me dar um segundo, Eiran se intrometeu.

Minha mandíbula cerrou enquanto eu me forçava a olhar para longe do meu melhor amigo e em direção às pessoas sentadas ao redor da lareira. Eiran era tão presunçoso e arrogante que o pensamento dele ajudando Nyra me fez querer socar a parede. Eu a imaginei compartilhando com ele os segredos que eu estava morrendo para saber, e não consegui evitar que um rosnado frustrado escapasse de dentro de mim.

— Ela não é minha garota. — Percorri o olhar pela sala lotada e finalmente a avistei. Ela estava sentada confortavelmente ao lado de Eiran. A cabeça deles estava inclinada e próxima uma da outra enquanto conversavam e riam, completamente alheios à minha presença. Uma sensação nauseante se agitou em meu estômago e cerrei os dentes até doerem.

Eiran se aproximou, seus lábios a centímetros da orelha dela, e suas mãos se moveram dramaticamente no ar, enfatizando suas palavras. Minha visão se afunilou enquanto ondas de raiva surgiram em mim.

Afastei-me da parede, meu coração pulsava forte enquanto eu atravessava a sala. O grupo estava sentado em um círculo fechado, todos os olhos fixos em Nyra enquanto ela ria.

Wren olhou para mim e sorriu, um sorriso forçado e irritante, como se me decifrasse.

— Olá, irmão.

Nyra se endireitou, seus olhos encontrando os meus. Respirei fundo enquanto tentava não cair nas profundezas daquele olhar, incomodado com meu desejo de estar do outro lado do sorriso dela.

— Você não consegue seguir instruções simples?

Wren soltou uma risada irritada.

— O quê? — Nyra perguntou enquanto seus olhos buscavam os meus.

— Eu disse para você treinar com Kai depois que eu saísse, e você não conseguiu fazer essa única coisa simples. — Bufei.

— Acalme-se, Dacre. — Os lábios de Eiran se abriram em um sorriso lento e irritante, e os cantos dos seus olhos se enrugaram em deboche. Ele sutilmente moveu o corpo para mais perto do dela. — Ela treinou comigo.

Meu olhar encontrou o de Eiran e pude sentir a pequena quantidade de paciência que eu tinha se dissipar.

— Ela não é sua para que você a treine — rosnei, minha voz baixa, mas com o peso da raiva. — E ela não está aqui para ser entretida.

Nyra engasgou com uma risada sem graça.

— Como é que é? — Os olhos dela se estreitaram em fendas enquanto me encarava. Um rubor subiu por suas bochechas, e eu quase podia sentir o calor irradiando de sua pele.

Eu deveria ter parado de provocá-la e ido dormir.

Mas eu queria continuar insistindo.

As pessoas cometiam erros quando estavam com raiva. Elas cometiam deslizes que revelavam o que estavam tentando esconder.

E eu estava desesperado para que ela cometesse um.

— Que parte você não entendeu? — Inclinei minha cabeça ligeiramente, e o rubor em suas bochechas se espalhou por seu pescoço liso.

— Treinei com Eiran porque Kai estava ocupado. Não é grande coisa.

A possessividade que tomou conta de mim me surpreendeu, mesmo que eu me esforçasse para mantê-la sob controle.

— *É* grande coisa — falei, minha voz mal parecia minha. — Você treina com quem eu mandar ou não treina de jeito nenhum.

Nyra enterrou os dentes no lábio inferior como se estivesse tentando segurar as palavras que queria dizer, e eu me vi cativado ao observar o movimento.

— Aprendi mais com Eiran do que com você.

Minha irmã teve a coragem de rir disso, mas eu não dei nenhuma atenção a ela.

— Vamos. — Acenei com a cabeça em direção à escada.

— O quê? — A voz dela era um fio fino e trêmulo de som. Os olhos dela se arregalaram quando ela olhou para minha irmã como se Wren pudesse protegê-la de mim.

— Se você aprendeu tanto com Eiran, então vamos lá. Você pode me mostrar exatamente o que ele ensinou.

— É tarde, Dacre.

Cerrei os punhos e rangi os dentes quando a voz arrogante de Eiran tomou o ambiente. Meu peito apertou, e senti uma necessidade ardente de mostrar a todos eles que nada que Eiran pudesse dar a ela seria melhor do que eu.

— Ninguém te perguntou, Eiran. — Não olhei para ele enquanto falava. — Vamos, Nyra.

Ela xingou baixinho enquanto se levantava, e eu não consegui esconder o sorriso em meu rosto. Ela me odiava tanto quanto eu a odiava, mas me seguiu quando saímos do prédio.

O ar frio e úmido da noite nos atingiu enquanto saíamos. Eu a conduzi até os campos de treinamento e, mesmo que eu não tenha conseguido detectar nenhum traço de poder nela, eu sabia que se o tivesse agora, ela me queimaria até que eu virasse cinzas.

Ela não disse uma palavra quando chegamos à clareira, e uma onda de expectativa aumentou entre nós enquanto nos movimentávamos para o círculo de treino.

Seu cabelo escuro estava solto e caía em ondas grossas ao longo dos ombros, e seus quadris cheios balançavam enquanto ela andava na minha frente.

— Você é sempre tão agradável quando volta da patrulha? — perguntou ela, quebrando o silêncio à nossa volta.

Ignorei a pergunta dela.

— Mostre o que você aprendeu.

A expressão no rosto dela era dura, mas a maneira como seu olhar percorreu meu corpo parecia calculada. *Ótimo.*

Ela assumiu a posição de luta que eu havia mostrado de manhã, e fiquei surpreso com quão poucos ajustes ela precisava.

— Eu mostrei isso para você. — Cruzei os braços enquanto a avaliava.

— Foi mesmo? — Ela ergueu uma sobrancelha e inclinou a cabeça para o lado, espelhando a maneira como eu a havia avaliado antes. — Tenho quase certeza de que foi Eiran.

— E o que mais Eiran ensinou? — Praticamente cuspi o nome dele.

Os olhos de Nyra se estreitaram diante da minha rispidez, e parecia que nós dois estávamos procurando briga.

— Por que você se importa? — perguntou ela, com a voz cheia de raiva. — Você queria que eu fosse treinada, não é?

— Quero que você treine com alguém que saiba o que diabos está fazendo. Eu confio em Kai.

Ela relaxou a postura.

— E não confia em Eiran?

— Não confio na maioria das pessoas — respondi honestamente.

— Isso é mais do que óbvio. — Ela acenou com a mão na minha direção. — O que exatamente fiz para deixar você tão irritado?

— Você quer a lista em voz alta?

— Se isso ajudar...

Eu a circundei lentamente, e ela levantou as mãos, entrando levemente na posição que lhe ensinei como se já estivesse se tornando automático.

— Primeiro de tudo, você é uma traidora de merda.

Ela virou a cabeça e olhou para mim por cima do ombro.

— Porque sou de Marmoris?

— Porque você viveu naquele maldito palácio, viu o que aqueles filhos da puta faziam todos os dias, e ainda assim teve a coragem de usar nossa insígnia como se fosse uma passagem para a liberdade, e não uma sentença de morte para a maioria de nós.

Ela balançou a cabeça gentilmente.

— Não é isso que...

— Eu te reconheci do ataque. — Meu queixo se contraiu enquanto eu me movia em volta dela. — Estávamos lá para libertar nosso povo que seu rei trancafiou. Estávamos lá para tentar deter um monstro que se alimentava de nosso poder até que o resto de nós morresse de fome.

— Ele não é meu rei.

— Minha mãe morreu por causa dessa insígnia. — Levantei minha manga e apontei para a insígnia que eu tinha conquistado. — Ela morreu, e você zomba de todos que morreram por isso ao colocar essa marca em você, que não fez nada para merecê-la.

Ela cobriu o pulso com a mão quase como proteção, mas a falsificação nem era visível através da manga da roupa.

— Sinto muito — gaguejou ela.

— Mostre-me o que ele te ensinou.

Ela examinou meu rosto, e eu não lhe revelei nada. A única coisa que ela descobriria era a raiva que eu estava permitindo me alimentar.

Minha expectativa era que ela esperasse que eu fizesse o primeiro movimento, mas ela avançou e estendeu a perna na minha direção.

Eu desviei facilmente, mas ela se recuperou muito mais rápido do que de manhã.

Talvez Eiran tenha lhe ensinado alguma coisa, afinal.

Ela jogou o cotovelo esquerdo em direção às minhas costelas, e eu o bloqueei com meu antebraço, reagindo batendo depressa minha mão contra sua barriga. Ela grunhiu e cambaleou para trás, mas rapidamente recuperou o equilíbrio.

Agora Nyra tinha um fogo nos olhos que não existia antes.

Nós circulamos no espaço tentando antecipar o movimento um do outro. Eu admirei a largura dos quadris e a maneira como seu peito subia e descia ritmicamente a cada respiração enquanto ela se movia de um pé para o outro.

— Isso é tudo que ele ensinou? — O sorriso no meu rosto combinava com a insolência em minha voz enquanto observava sua expressão se contorcer com mais raiva ainda.

— Não. Todos esses movimentos vieram de você.

Não consegui conter a risada que saiu da minha garganta, e ela tirou vantagem da distração. Avançou depressa e bateu o joelho em minha coxa, e eu xinguei quando uma pontada de dor me atingiu.

Ela rapidamente colocou os braços em volta do meu pescoço como se pensasse que seria capaz de me puxar para baixo, mas não fez nada além de levantá-la do chão.

Apertei meus próprios braços em volta da cintura dela, segurando-a firmemente contra mim, e ela empurrou meus ombros, tentando fugir.

— Vejo que seu tempo com Eiran lhe ensinou muito. — Eu a puxei com mais força contra mim, sentindo seu corpo perfeitamente alinhado ao meu. — Será que ele estava tentando ensinar alguma coisa além de como ir para a cama dele?

O corpo de Nyra ficou rígido contra o meu.

— Mas que merda há de errado com você? — A voz dela era baixa e ofegante, enquanto ela lutava para se soltar de mim.

Seu corpo se contorcia contra o meu, e eu me senti completamente fora de controle.

Eu a soltei, deixando-a cambaleando e dando um passo para trás tentando se equilibrar.

— Saia daqui. — Apontei para o caminho que a levava de volta ao nossos quartos.

— O quê? — Ela cruzou os braços sobre o peito como se isso a protegesse. — Você não pode simplesmente me dispensar assim.

— Acabei de fazer isso. — Eu a encarei enquanto tentava controlar minha respiração, ou qualquer parte de mim. — Você não vai aprender mais nada com Eiran. Você é minha e quem treina você sou eu.

— Eu não sou sua para nada. — Ela deu um passo minúsculo para se afastar de mim.

Eu estava com raiva e frustrado e não tinha controle sobre a possessividade que sentia.

— Você vai treinar comigo e somente comigo. Se eu te pegar com ele de novo...

— Você vai fazer o quê? — ela retrucou com as mãos nos quadris. — Vai me matar?

Dei um passo em sua direção, com meus olhos fixos nos dela. Eles estavam tão azuis naquele momento que me senti perdido no mar.

— Você mostrou a ele seu poder?

— Eu não tenho nenhum poder. — Os músculos do pescoço dela incharam quando cuspiu essas palavras.

— Todo mundo tem magia — eu disse isso displicentemente, e ela desviou o olhar por um momento, incapaz de sustentar meu olhar.

Nyra estava escondendo algo.

— Foi o que meu pai disse também. — O olhar dela parecia assombrado agora, mesmo com a raiva fervendo. — Você sabe quantas horas passei tentando treinar para encontrar minha magia? Quantas pessoas diferentes foram trazidas para o palácio para me fazer encontrá-la?

Ela fechou a boca e eu estreitei meu olhar para ela.

119

— Para a filha de uma serva?

— Para mim essa conversa acabou. — Ela começou a se virar para longe de mim, mas eu agarrei seu pulso antes que ela conseguisse fugir.

— Para mim, não. O que diabos você realmente fazia naquele palácio?

Diga apenas uma das suas verdades.

— Não é da sua conta.

— Mentiras fazem de você uma traidora. — Apertei mais seu pulso, mas não o suficiente para machucá-la.

— Você já acha que sou uma traidora. Guardar segredos não vai mudar isso.

— Guardar segredos é exatamente o que vai fazer você ser morta. — Eu puxei o seu pulso até que ela se aproximasse de mim. A ponta de suas botas bateu contra a das minhas, mas não dei atenção a isso enquanto o peito dela arfava pressionado contra o meu.

Eu podia sentir o calor do corpo de Nyra contra o meu e, por um momento, me permiti me entregar ao desejo que estava latente sob a superfície.

Inclinei-me para mais perto dela, nossos rostos estavam a apenas alguns centímetros de distância.

— Você sabe que eu não vou parar até descobrir a verdade — sussurrei, roçando meus lábios na têmpora dela. — Ela não disse nada, apenas olhou fixamente para o meu peito. — Não diga que eu não avisei. — Soltei seu pulso e dei um passo para trás antes que fizesse algo tolo.

A respiração de Nyra ficou presa na garganta e, por um momento, pensei ter visto o mesmo desejo que de algum modo estava afogando minha raiva.

Dei mais um passo para longe dela.

— Não treine com Eiran novamente.

— Sim, senhor. — Ela fez uma reverência diante de mim. — Eu não ousaria desobedecê-lo.

Mordi a língua para não dizer algo de que me arrependeria. Ou *fazer* algo de que me arrependeria.

Virei as costas para ela e fui embora, caminhando em direção à sala. Eu precisava me acalmar.

— Durma um pouco. Começaremos a treinar cedo amanhã.

Não ouvi nenhum som de seu movimento e, quando me virei, Nyra ainda estava parada exatamente onde eu a havia deixado.

— Sim?

Ela cerrou os punhos ao lado do corpo e olhou para a boca da caverna, e depois para mim.

— Não sei como voltar para o meu quarto.

Abaixei a cabeça enquanto sorria com a frustração dela. Compreender o sistema de cavernas de nossa cidade subterrânea era difícil, mas eu vivia ali havia tanto tempo que o conhecia com a palma da minha mão. Às vezes esqueço como pode ser difícil.

— Tudo o que você tinha que dizer era que precisava da minha ajuda. — Sorri abertamente, e ela estreitou os olhos.

— Eu não disse que precisava da sua ajuda. — Ela cruzou os braços. — Você não pode usar sua magia para chamar Wren ou Eiran?

Suas palavras pareciam pequenas adagas perfurando minha pele. A raiva dentro de mim cresceu até eu ter certeza de que iria explodir a qualquer momento.

— Qual é o seu objetivo aqui? Você só está tentando me irritar hoje à noite?

Ela deu de ombros enquanto olhava para longe.

— Está funcionando?

Esfreguei meus lábios enquanto a observava, então me dirigi para a saída e ela me seguiu.

— Só para você saber: quanto mais me irritar agora, mais difícil será o treino amanhã.

Ela zombou enquanto me alcançava.

— Duvido que você pegaria leve comigo, mesmo que eu estivesse me comportando da melhor maneira possível.

Ela não estava errada.

— Não vou negar isso — respondi rispidamente. — Mas se continuar me pressionando, eu serei mais duro com você.

Os olhos de Nyra se arregalaram, e pude sentir o calor crescendo em meu estômago.

Senti o volume na frente da minha calça enquanto pensamentos de ser *duro* com ela nublaram minha mente.

Ela era uma traidora.

Eu me ajustei discretamente enquanto caminhávamos em silêncio, então acenei para ela ir na frente ao nos agacharmos sob a rocha baixa que mantinha os campos de treinamento separados do resto da cidade.

Chegamos a uma bifurcação no caminho, e o nariz de Nyra franziu.

— Qual lado? — perguntou enquanto olhava ao redor dos túneis mal iluminados.

— Para a direita. — Apontei.

Ela assentiu e nos conduziu pelo caminho, seus passos leves ecoando nas paredes.

— Não há chance de eu dormir até mais tarde amanhã, já que você me manteve fora enquanto o resto desta maldita cidade está dormindo, né?

A cidade estava estranhamente silenciosa, e uma ponta de culpa tomou conta de mim.

— Nem pensar.

— Imaginei. — Ela levantou a mão e deixou os dedos percorrerem a parede úmida da caverna. — Ainda não consigo acreditar que tudo isso esteve aqui embaixo esse tempo todo. É como um mundo totalmente diferente.

Parecia que ela estava falando consigo mesma e não comigo, mas, ainda assim, respondi.

— É o nosso mundo, e ele nos mantém seguros.

Ela soltou um suave *humm* e eu senti uma súbita necessidade de saber o que se passava em sua mente. Mas ela não compartilhou mais nenhum pensamento.

Caminhamos em silêncio por mais alguns minutos antes de finalmente chegarmos aos alojamentos dos guerreiros.

Ela se virou para mim e, por um segundo, pensei que fosse dizer algo.

Mas ela simplesmente acenou com a cabeça uma vez e colocou as mãos nos bolsos antes de desaparecer pela porta.

Eu a segui, e ela olhou por cima do ombro quando me ouviu subindo os degraus atrás dela.

Nós estávamos alojados no mesmo andar. A segurança de Wren era minha maior prioridade.

— Você está me seguindo? — Ela se virou para me encarar quando chegamos ao topo da escada.

— Não. — Zombei e continuei andando até que tive que deslizar meu corpo pelo dela para passar pelo corredor estreito. Ela respirou fundo quando meu peito roçou o dela. — Estou indo para o meu quarto.

Ela bufou enquanto me seguia pelo corredor e parou na porta.

— Seu quarto é tão perto do meu? — Franziu o nariz.

— Acredite, eu gostaria que tivéssemos um quarto vago em outro lugar, mas foi aqui que colocaram você.

Ela apertou os lábios antes de mover a mão para a maçaneta da porta.

— Vejo você de manhã, traidora.

— Mal posso esperar — respondeu ela sob o ombro antes de fechar a porta atrás de si.

CAPÍTULO XI
NYRA

Eu me contorci quando Dacre acertou outro golpe em minha barriga.

Ele mal tinha me batido nos últimos três dias de treinamento. Seus olhos haviam se estreitado ao ver como eu cambaleava no campo de treinamento esta manhã e esteve mais gentil do que nunca.

Mas eu não confiava nele.

— Preste atenção. — Ele resmungou. — Você está me deixando acertar golpes que eu não deveria conseguir.

— Estou dolorida — protestei, ofegante, enquanto tentava recuperar o fôlego.

— Dor não é desculpa. — A voz de Dacre soou séria quando ele fixou os olhos nos meus. — Você precisa superar a dor. — Ele avançou e eu me abaixei e girei no último segundo, sentindo a corrente de ar quando a mão dele quase me atingiu. — Você não está nem tentando.

Cerrei os dentes e me forcei a manter a concentração. Dacre tinha sido implacável no treinamento dos últimos dias e as instruções dele ecoavam em meus ouvidos. Mas as lembranças de suas mãos quentes em minha pele enquanto praticávamos movimentos rotineiros me faziam perder a concentração. O ar à nossa volta era denso, com o cheiro do nosso suor, e a transpiração dele escorria pelos ombros e peito largos.

Inspirei fundo, afastando os pensamentos que me perturbavam, e ataquei com meu punho em direção ao rosto dele. Ele se esquivou com facilidade, mas não permiti que isso me impedisse. Prossegui com um chute contra a barriga dele, atingindo-o com um som satisfatório.

Dacre cambaleou para trás, surpreendido pela minha tentativa repentina de treinar de fato, e agarrou minha mão, puxando meu corpo.

Ele caiu no chão e uma nuvem de poeira flutuou ao seu redor segundos antes de eu cair ao seu lado.

Sem hesitar, fiquei de joelhos e dei um bote. Agarrei os ombros dele, tentando empurrá-lo contra o chão, mas ele era forte demais e logo me dominou, e fiquei imobilizada enquanto ele montava sobre meu torso. Com firmeza, ele segurou meus pulsos acima da minha cabeça enquanto nos contorcíamos no chão.

Eu podia sentir o calor de seu corpo por toda parte.

— Ótimo — resmungou. — Até que enfim você está tentando.

Fiquei deitada no chão, com o corpo imóvel sob a intensidade do olhar dele. Estávamos ambos sem fôlego por causa do esforço, mas eu estava ofegante por mais motivos além desse.

— Ei, Nyra. — Ouvi a voz de Eiran e desviei o olhar de Dacre para vê-lo parado à margem do nosso círculo de treino com os braços cruzados.

Tentei soltar meus pulsos das mãos de Dacre, mas os dedos dele estavam apertados como um garrote, e eu podia sentir que tremiam levemente.

— Oi, Eiran. — Engoli em seco o nó que se formou em minha garganta.

O aperto de Dacre contra minhas mãos ficou mais forte quando o nome de Eiran saiu dos meus lábios.

O olhar de Eiran oscilava entre Dacre e eu, mas seus olhos se demoravam um pouco mais em mim a cada vez. Eu pude sentir o calor subir até meu rosto quando percebi a posição em que Dacre me mantinha.

— Podemos te ajudar com algo, Eiran? — O olhar de Dacre relutou antes de se desviar do meu rosto na direção de Eiran, mas as mãos fortes dele continuaram pressionando meus pulsos com firmeza.

Meus músculos estavam tensos sob o corpo de Dacre enquanto eu me contorcia, e a rigidez das coxas dele pressionava meus flancos enquanto ele mudava seu peso de um lado para outro.

— Vamos sair para beber hoje à noite e vim saber se você quer ir, Nyra. — Eiran olhou diretamente para mim, e o modo como ele disse meu nome especificamente não passou despercebido.

Abri a boca para responder, para dizer que estava cansada demais até para pensar no convite, mas Dacre endireitou o corpo, soltando minhas mãos e respondendo antes de mim.

— Nyra e eu logo vamos para as fontes. Ela não vai conseguir passar por outro dia de treinamento se não se recuperar um pouco fisicamente.

Virei a cabeça para olhá-lo, surpresa com o que Dacre tinha acabado de dizer, mas ele ainda estava encarando Eiran.

— Mas obrigado pelo convite. — Dacre deu um sorriso para Eiran que parecia tudo menos amigável.

Dacre finalmente saiu de cima de mim, e Eiran abriu e fechou a boca enquanto Dacre estendia a mão para me ajudar a levantar. Eu quis recusar, mas sabia que havia uma chance de não conseguir sair do chão sem a ajuda dele.

Ele envolveu a mão em volta da minha e me colocou de pé sem esforço. Cambaleei para a frente, e meu peito se chocou contra o dele e tive de pressionar minhas mãos contra seus braços para não cair mais sobre ele. Meu rosto corou e rapidamente desviei meu olhar de seus olhos escuros e intensos.

— Obrigada, Eiran. Talvez amanhã?

— Sim. — Ele passou a mão pelo cabelo, mas, ao se virar, fixou os olhos em Dacre. — Falo com você amanhã.

Assim que os passos dele se tornaram inaudíveis, girei e me vi encarando o peito de Dacre. Ergui os olhos até finalmente encontrar as íris escuras que brilhavam na penumbra do recinto.

Ele se inclinou mais ainda e sua respiração fez cócegas em minha bochecha enquanto sussurrava:

— O que foi?

— E se eu quisesse ir? — Eu não queria, mas esse fato não importava.

— Azar seu. — Ele passou as mãos no peito, verificando meticulosamente suas armas. — Você acabou de me falar que está com dor. É melhor um fim de tarde nas fontes.

— Não sei. Uma noite bebendo vinho pode me fazer esquecer o meu corpo dolorido.

Os olhos dele percorreram meu corpo, subindo dos pés até alcançar finalmente o meu olhar. Parecia uma carícia lenta, como uma exploração que nenhum de nós deveria ter permitido.

— E você acordaria amanhã com dor de cabeça e o corpo tão dolorido quanto está agora. Você quer beber? Pego um pouco de vinho no caminho. — Ele se afastou e pegou as coisas dele antes de sair andando, deixando-me para trás.

Rapidamente o alcancei, mesmo que minhas pernas protestassem com o esforço.

Dacre não disse nada enquanto atravessávamos os túneis e passávamos por várias pessoas que vagavam pela cidade. Notei a maneira como quase todo mundo acenava ao vê-lo passar.

Elas não confiavam em mim.

— Essas pessoas realmente te adoram, hein?

Dacre resmungou enquanto parava diante de uma construção pequena e batia depressa na porta.

— Elas não me adoram. Elas me respeitam.

A porta se abriu, e uma mulher linda de cabelo comprido e ruivo atendeu com um sorriso no rosto. Um sorriso que era direcionado a Dacre.

— Posso pegar uma garrafa? — Dacre perguntou em vez de cumprimentá-la, mas a mulher simplesmente assentiu.

Ela desapareceu por um único segundo antes de retornar com uma grande garrafa verde-oliva, colocando-a na mão de Dacre.

— Essa é perigosa. Mas nada que você não aguente.

— Obrigado — Dacre respondeu secamente antes de partir sem dizer mais nenhuma palavra.

A mulher o observou partir e eu ri, ainda que o ciúme me revirasse as entranhas.

— Você quase me enganou.

— O quê? — Ele olhou para mim e as sobrancelhas estavam franzidas como se ele não fizesse ideia do que eu estava falando.

— Você mal disse duas palavras para aquela garota lá atrás, e ela estava te olhando como se você fosse a última gota de água no deserto. É óbvio que essas pessoas nunca treinaram com você.

Aquilo fez com que uma risada escapasse da boca de Dacre, e eu sorri.

— Muitas dessas pessoas treinaram comigo, na verdade.

— Bom, posso garantir que não vou gostar de você depois que terminarmos o treinamento. Talvez eu esteja até planejando sua morte enquanto conversamos. — Eu estava brincando, mas mesmo assim estremeci ao dizer aquelas palavras. O homem já não confiava em mim. A última coisa de que eu precisava era fazer com que ele questionasse ainda mais minhas intenções.

— Eu poderia te treinar por cem anos e, mesmo assim, você não seria capaz de me matar.

— Você é muito convencido — resmunguei enquanto dobrávamos a esquina rumo às fontes termais, e o calor sufocante no ar deixou minha respiração presa em meu peito.

Dacre deu uma risadinha.

— Tenho motivos para ser. Tenho lutado em nome dessa rebelião durante a maior parte da minha vida.

Apertamos o passo rumo a uma das fontes mais próximas; olhei à nossa volta e percebi que só havia mais uma pessoa ali. Uma mulher no canto, ao fundo, e pelo jeito que a cabeça dela se apoiava nas pedras, parecia estar dormindo.

— Onde estão todos?

Dacre colocou o vinho perto da borda da fonte antes de tirar as botas.

— Já é tarde. — Ele gemeu baixinho enquanto afastava o colete cheio de armas do peito. — A maioria dos combatentes que precisaram já passou por aqui.

Eu queria que Wren estivesse conosco, ou Eiran. Ou qualquer pessoa, na verdade.

Porque parecia *íntimo* demais.

O ar à nossa volta parecia estar nos pressionando. Era como se o espaço entre nós tivesse se transformado em uma mistura de calor e tensão, completamente diferente do frio gelado dos campos de treinamento, ao qual eu tinha começado a me acostumar.

— Tire a roupa, traidora. — Dacre fez uma pausa, delineando o contorno do meu corpo antes de seus olhos encontrarem os meus. Ele então agarrou a bainha de sua camisa e a puxou por trás do pescoço em um movimento rápido, revelando o peito torneado. — Você não pode entrar nas fontes com roupas de couro.

— Acho que não preciso das fontes hoje — gaguejei enquanto desviava meu olhar de seu abdômen e dos músculos visivelmente ondulados sob a pele bronzeada.

Os olhos dele, apertados, pousaram em mim enquanto ele cruzava os braços.

— Eu consegui ouvir seus gemidinhos a cada passo que demos até aqui. Você vai entrar nessa água.

Ele estava certo, é claro, mas isso não me deixava menos insegura.

Fiz uma careta enquanto me agachava e desamarrava as botas para tirá-las dos pés.

Dacre desabotoou a calça e a jogou no chão. Ele passou por cima da garrafa de vinho que havia deixado ali e, sem hesitar, entrou na piscina quente. As costas largas e torneadas dele afundaram na água envolta em vapor.

Meus olhos traçaram seus músculos definidos, apreciando a maneira como eles se flexionavam a cada movimento. Mas meu olhar identificou um hematoma escuro e mosqueado que marcava a sua pele suave. Começava na escápula e se estendia por seu tronco em tons inflamados, destacando-se em seu corpo bronzeado.

— O que aconteceu? — Tirei meu colete, deixando-o cair no chão ao meu lado.

— Do que você está falando? — O vapor subia por seu corpo e ele o inalava intensamente junto à água que atingia seu pescoço e seus ombros. A pele dele brilhava, molhada sob a luz fraca, e seus dedos afundavam nas pedras ásperas da borda da piscina enquanto ele se acomodava.

— Seu tronco. — Movi a cabeça na direção do corpo dele enquanto desabotoava minha calça com dedos trêmulos e a deslizava pelas pernas.

Os olhos de Dacre percorreram meu corpo, demorando-se em cada curva com uma avidez que me arrepiou a espinha. O olhar dele era intenso, como o de um predador avaliando a presa, e eu não podia deixar de me sentir exposta a seu escrutínio.

— O que aconteceu com o seu tronco? — Cruzei os braços enquanto me aproximava lentamente da água, meus batimentos cardíacos aceleraram.

— A camisa também.

— O quê? — Examinei o rosto dele, notando as sombras escuras sob seus olhos.

— Tire a camisa também. A água precisa tocar diretamente sua pele para acelerar a cura.

— Você está fugindo da minha pergunta.

— E você está evitando tirar essa maldita camisa. — A maneira como Dacre inclinou a cabeça me deixou desconfortável. Ele mal se movia, mas cada parte de seu corpo parecia uma ameaça.

Gemi ao entrar na piscina de água fumegante, o calor irradiando em volta dos meus tornozelos doloridos. O olhar dele pesava sobre mim enquanto eu me aproximava mais, e logo o tecido encharcado da minha camisa grudou em minha pele.

O olhar de Dacre se demorou nas partes encharcadas da camisa no calor sufocante. Arrepios subiram por meus braços enquanto um calafrio descia pela minha espinha. Afundei na água, sentindo seu calor reconfortante penetrar em meus músculos até chegar ao meu peito.

— Não é nada — Dacre finalmente murmurou, em sua voz baixa e gutural. — Só um pequeno desentendimento com um grupo do seu povo.

Estremeci ao ouvir as palavras dele. *Meu povo.*

— Dói? — perguntei, gesticulando em direção ao lado machucado.

Os lábios de Dacre estavam pressionados em uma linha fina enquanto ele balançava a cabeça, e um brilho delicado de suor começou a se formar na testa dele.

— Está tudo bem. Só está um pouco dolorido. E você?

— Tudo dói — respondi entre dentes. Uma risada fraca escapou dos meus lábios enquanto eu tentava não pensar na dor.

Os lábios de Dacre se curvaram levemente, e seus olhos enrugaram enquanto ele sorria.

— Você vai começar a se acostumar.

— Mal posso esperar — falei em tom dramático, e ele riu.

Ficamos em silêncio por alguns instantes, os únicos ruídos vinham da ondulação suave da água e de um eventual suspiro de algum de nós.

Dacre agarrou a garrafa de vinho e habilmente removeu a rolha com um estalo gratificante. Ele inclinou a cabeça para trás, deixando o líquido vermelho-escuro escorrer como uma cachoeira em sua boca. Quando terminou, ele passou as costas da mão pelos lábios antes de me passar a garrafa, e eu a aceitei, ansiosa.

Já fazia tanto tempo que eu não provava vinho e, mesmo no palácio, só me era permitida uma quantidade aceitável em jantares formais.

Isso quando eu tinha permissão para comparecer aos jantares.

Minhas mãos tremeram quando levei a garrafa lentamente aos meus lábios. Fechei os olhos e saboreei o gosto rico e amargo que encheu minha boca, seguido por um gemido profundo e satisfeito.

O vinho era doce e terroso e muito melhor do que qualquer outro que eu já tinha experimentado antes.

— É bom — falei antes de pressionar a garrafa outra vez contra meus lábios e beber outro gole.

— É, sim. — Dacre se inclinou para a frente e pegou a garrafa das minhas mãos. — Também é perigoso. Especialmente neste calor.

Ele ergueu a garrafa e o brilho da luz do fogo iluminou o contorno de suas feições, a curva de seu queixo e os ângulos de sua mandíbula. Então inclinou a cabeça para trás e deu um longo gole; os músculos de sua garganta ondulavam enquanto engolia o vinho.

— Parece que tudo por aqui é perigoso. — Pressionei minhas mãos no fundo da fonte, envolvi meus dedos na camada de seixos que pareciam um mosaico abaixo de mim, e empurrei a palma das mãos contra a superfície firme. As pedrinhas se moveram em volta dos meus dedos enquanto eu as cavava.

— Para você, com certeza. — Ele se inclinou para a frente até que seu corpo encobriu a luz do fogo e colocou a garrafa de volta na minha mão.

Hesitei, sabendo que não deveria beber mais, mas não quis recusar, então peguei a garrafa dele e a segurei firmemente contra meu peito.

— E para você não? — Inclinei a cabeça e o examinei. Ele parecia tão confiante e seguro de si, mas agora uma pequena parte de mim questionava o quanto disso tudo era apenas fachada. Os olhos dele se moveram, evitando os meus, e seus lábios se comprimiram formando uma linha fina.

— Há perigos para mim aqui, é claro. — Ele fixou seu olhar em mim, e meu coração ressoava no peito.

Desviei o olhar dele enquanto levava a garrafa aos lábios.

— Você poderia ter ido beber com todo mundo esta noite. Eu poderia ter vindo para a fonte sozinha. — Passei a manga molhada nos lábios, sentindo o calor do vinho e a intensidade da fonte subindo por minhas veias e esquentando meu rosto.

— E deixar você se perder? — Um brilho malicioso dançou nos olhos dele e o canto direito de sua boca se contraiu em um sorriso quando ele disse: — Nós provavelmente nunca mais encontraríamos você.

— Isso teria sido tão ruim? — Senti meus ombros se erguerem perto das orelhas e caírem novamente antes que eu pudesse me conter, desejando retirar aquelas palavras do ar.

— Não sei. — Os olhos dele estavam vidrados e penetrantes. — Tem alguma coisa para a qual valha a pena você voltar correndo?

Minha voz saiu como um sussurro quando eu disse:

— Eu não quero voltar. — O ar quente e úmido era opressivo; olhei para cima e vi uma única gota de água suspensa na borda do teto baixo. Ela caiu lentamente até atingir minha bochecha, fria contra minha pele superaquecida. Fechei os olhos e me permiti sentir saudade de casa, da minha mãe. Mas ela estava morta e, com ela, morreram todos os vestígios do que eu conhecia como casa. — Não restou mais nada para mim lá.

Fiquei na expectativa de que Dacre diria alguma coisa, mas nada veio. O ar estagnado parecia vibrar à minha volta enquanto eu inspirava no silêncio pesado.

— O que dói mais?

Eu me sobressaltei ao ouvir o som da voz de Dacre, e quando virei minha cabeça, o olhar dele encontrou o meu.

Cerrei o punho fitando os olhos dele, procurando as palavras certas. Memórias de todas as vezes que meu pai me feriu inundaram meus pensamentos, mas eu sabia que não era isso que ele estava perguntando. O silêncio pesava entre nós como uma tarde úmida de verão, e eu senti o suor escorrer na lateral do meu pescoço.

— Meu tornozelo esquerdo.

Dacre assentiu devagar, com os olhos fixos nos meus enquanto se movia para a beirada da fonte. Ele parou até que a água batesse em sua barriga. Sem desviar o olhar uma única vez enquanto estendia o braço para mim, estendeu sua palma aberta para cima e disse:

— Posso ver?

Minha garganta apertou quando ele se aproximou, os olhos escuros fixos em mim.

— O quê? — A palavra tremeu no ar.

— Levante.

133

Ele parou na minha frente e fiz uma pausa antes de me levantar devagar, ficando em pé.

Minha camisa estava grudada na pele, expondo o contorno do meu corpo enquanto eu subia na beirada da fonte. Os olhos dele percorreram cada declive e curva, demorando o que pareceu ser uma eternidade, causando arrepios na minha pele.

O vinho circulava em minhas veias como fogo, turvando meu discernimento, mas eu não queria que ele parasse.

Ele tinha sido cruel comigo, mas ainda assim eu não queria que parasse.

Dacre estendeu a mão lentamente em minha direção e, antes que eu tivesse a chance de reagir, ele já estava segurando meu tornozelo. Seu polegar traçou pequenos círculos ao longo do osso, e eu não conseguia deter a reação do meu corpo ao contato repentino. Apesar de todos os instintos me dizerem para me afastar, permaneci parada.

Com delicadeza, ele ergueu meu tornozelo acima da água e o inspecionou com ternura com a ponta dos dedos, roçando levemente a articulação inchada. Seus ombros se contraíram enquanto ele a examinava com atenção.

— É só uma torção — disse ele, por fim, com os dedos ainda pousados em minha pele. — As fontes vão ajudar, mas ainda vai demorar uns dias para sarar.

Assenti, sem confiança em mim mesma para falar. Cada centímetro da minha pele parecia ganhar vida sob a carícia suave dele, e cada pequena faísca de eletricidade enviava arrepios que percorriam meu corpo. De repente, não queria que ele parasse de me tocar, mas não sabia por quanto tempo ainda conseguiria ficar tão perto dele.

— Ou eu posso curar? — O olhar dele encontrou o meu, ardendo com uma intensidade que parecia alcançar e acariciar minha pele tão intensamente quanto seus dedos.

Assenti com um movimento de cabeça, fechando os olhos quando seus dedos começaram a massagear os músculos doloridos da parte inferior da minha panturrilha. Seu toque ficava mais firme a cada círculo que ele traçava lentamente em minha pele, o calor de suas mãos enviava um rastro de alfinetadas e agulhadas à minha perna. Mordi o lábio com força para conter o gemido que ameaçava escapar.

Desloquei meu peso, e os olhos de Dacre seguiram o movimento das minhas pernas enquanto eu pressionava as coxas uma contra a outra. O olhar dele era abrasador.

— Isso pode doer um pouco.

Eu já tinha sido tratada dezenas de vezes antes pelas curandeiras do palácio, porque meu pai não queria nenhuma prova de seus métodos implacáveis. Elas não eram fadas comuns; eram de uma categoria superior, treinadas para curar o rei. Meu pai se certificava de que nenhuma marca fosse deixada para trás depois que elas concluíam a cura.

Eu era a herdeira desprovida de poder, mas ele se certificava de que eu permanecesse sem marcas de sua crueldade.

As cicatrizes que ficaram depois que Micah me curou foram as únicas que permaneceram. A primeira vez foi logo após o ataque. As curandeiras de meu pai não tiveram tempo de tratar a brutalidade dele antes que os rebeldes invadissem nosso palácio.

E eu ainda menti para Micah sobre a origem das chicotadas que contornavam minhas costas até a boca do meu estômago. Menti para ele, mesmo enquanto ele curava uma estranha que havia encontrado escondida nos barracos.

— Tudo bem. — Minha voz foi quase inaudível quando os dedos calejados de Dacre contornaram o osso do meu tornozelo.

Sem aviso, a outra mão dele se ergueu e os dedos úmidos deslizaram pela parte de trás da minha panturrilha, segurando-a mais alto, fora da água. O movimento abriu um pouco minhas pernas e inspirei fundo quando senti o poder dele se espalhar de seus dedos e penetrar na minha pele.

A pontada de dor foi fraca, mas me manteve ancorada enquanto eu ofegava e meus pulmões queimavam em busca de ar. **135**

Um calor parecia serpentear por minhas veias e me senti como se estivesse em transe enquanto a ponta dos dedos dele roçava minha pele e uma suave luz dourada envolvia meu tornozelo.

Ele me segurou com firmeza por um longo tempo enquanto sua magia queimava minha pele até que ele finalmente voltou a olhar para mim.

— Como é a sensação?

— Boa — respondi, mas eu não estava pensando no maldito tornozelo. Mal conseguia pensar em outra coisa além da maneira como seus dedos ainda estavam me envolvendo e nos filetes de água que escorriam por seu peito nu diante de mim.

— Que bom. — Ele limpou a garganta suavemente e abaixou meu tornozelo até estar cercado novamente pela água quente. O olhar dele pousou em minha boca, e eu passei a língua pelos lábios para saborear o vinho que ainda permanecia ali. — Devíamos voltar. — Apesar de pronunciar as palavras, ele não se afastou de mim. Eu podia sentir o calor da pele dele enquanto me observava com atenção e me senti muito exposta.

— Devíamos. — Concordei, e a água da fonte bateu nas minhas coxas.

Dacre ainda não tinha se movido, nem eu.

O ar à nossa volta parecia pesado e parado, pontuado apenas pelo som de nossa respiração superficial.

— Eu devia levar você de volta para seu quarto. — Ele se virou, concentrando-se na pilha de nossos pertences que estava no chão ali perto.

— Tudo bem. — Concordei novamente, passando a mão trêmula pela garganta.

Dacre olhou para mim, mas eu já estava me levantando, com as pernas trêmulas enquanto eu passava por ele e saía da fonte; minha camisa se grudava ao meu corpo como uma segunda pele.

Ele inspirou profundamente com um ruído que ecoou pelas cavernas. Meu coração disparou enquanto forçava meu olhar para longe dele. Com os dedos tremendo, peguei uma toalha que estava pendurada perto da borda da piscina e sequei minhas pernas depressa.

Segurei a toalha nas mãos e a levei até o peito, sentindo o tecido áspero e úmido da camisa grudada em mim como se estivesse colado. Passei a toalha sobre ela, tentando absorver pelo menos um pouco da umidade, mas foi inútil.

A presença de Dacre atrás de mim era avassaladora, e ouvi a batida suave de seus pés enquanto ele caminhava. Não ousei me virar, minha cabeça ainda estava enevoada por causa do vinho e consciente demais sobre como ele era atraente quando não estava agindo como um babaca.

Eu não confiava em mim mesma.

Então rapidamente peguei minha calça e me esforcei para vesti-la ainda com a pele úmida antes de enfiar os pés nas botas. Peguei meu colete do chão e o segurei contra o peito.

Sentindo-me um pouco mais segura, eu me virei e, com cautela, olhei-o nos olhos. Ele também estava quase completamente vestido e me permiti observar enquanto ele puxava lentamente o tecido preto da camisa sobre a cabeça, escondendo os braços torneados e o peito largo, fazendo uma onda de calor percorrer meu corpo.

Ele me observava com atenção, muita atenção, enquanto se inclinava para a frente e pegava seu colete e as armas do chão, puxando-o sobre a cabeça e prendendo tudo antes de me fazer um sinal para segui-lo.

E eu segui.

CAPÍTULO XII
NYRA

Caminhamos com dificuldade na escuridão, com os braços roçando um no outro. O silêncio no ar tinha o peso de palavras não ditas. O calor do vinho tomava minhas bochechas e, de tempos em tempos, uma frase se formava em minha mente, que logo era engolida pelo medo de dizê-la em voz alta.

— Obrigada por curar meu tornozelo. — Eu analisava as tábuas gastas da ponte que estávamos atravessando. — Está bem melhor, de verdade.

— De nada — ele assentiu e seu olhar se demorou em mim. — Você não vale nada se não for capaz de lutar, menos ainda se não andar.

Estremeci quando as palavras dele perfuraram a bruma de vinho que atordoava minha mente. A verdade gelada foi como uma ferroada de mil agulhas e me trouxe de volta à realidade.

— É claro. — Bati continência para ele quando nos aproximamos da porta principal e odiei como meu estômago doía enquanto ele me observava. — Imagino que você faça esse tipo de tratamento em todos os seus guerreiros.

Assim que as palavras saíram da minha boca, fui bombardeada pela ideia de que ele tocava outras mulheres da mesma forma, de que ele tocava Mal.

Alguém que ele respeitava.

Uma raiva irracional ferveu dentro de mim e me fez refletir com clareza pela primeira vez durante toda a noite.

Antes que ele tivesse a chance de responder, subi correndo a escadaria escura e prossegui pelo corredor tomado por sombras. Meu coração batia forte no peito enquanto eu me afastava dele desesperadamente.

Eu teria de ficar frente a frente com ele dali a poucas horas, quando o treinamento recomeçasse, mas precisava respirar por um instante em algum lugar onde o cheiro dele não estivesse enevoando o ar.

— O quê...? — Parei de repente na porta do meu quarto e olhei fixamente para o par de botas que estavam penduradas pelos cadarços na maçaneta.

O estrondo grave da risada rouca de Dacre encheu o corredor enquanto ele passava por mim em direção à porta do próprio quarto.

— Boa sorte com isso aí. — Ele passou a mão pelo cabelo escuro.

— Não entendi.

A resposta dele foi outra risada profunda que sacudiu todo o corpo em ondas de diversão. Ele ergueu um braço e acenou em direção à porta.

— Botas na porta. Só há um significado.

— Que é?

— Não perturbe.

Assim que ele disse aquelas palavras, um gemido baixo veio do quarto e eu dei um passo para trás.

— Você quer dizer que Wren está lá dentro com...

— Essa é uma informação que não quero saber. — Ele balançou a cabeça e estendeu a mão para a maçaneta da própria porta. — Minha irmã é uma mulher e pode fazer o que quiser, mas tenho zero interesse em saber com quem ela está.

Dei outro pequeno passo para trás e fiz uma prece silenciosa aos deuses para que, independentemente do que estivessem fazendo, não fosse na minha cama.

Ela era a única coisa pela qual eu ansiava todas as noites.

Atravessei o corredor e me encostei na parede. Eu estava tão cansada, exaurida de uma forma que nunca tinha me sentido antes, nem mesmo quando dormia nas ruas.

— Tem um sofá lá embaixo, não tem? — Virei a cabeça para olhar para Dacre e fui surpreendida pelo modo como ele estava me observando.

— Tem, mas você não vai dormir lá embaixo. — A voz dele soou serena, mas o maxilar dele estava tenso.

— Por que não? — Abracei meu corpo tentando conter a onda de arrepios que tomou conta de mim com o tecido úmido da camisa congelando minha pele.

— Porque ninguém aqui confia em você, e eu não confio em ninguém com você. — As palavras dele não faziam sentido, mas ainda assim conseguiram me encher de raiva.

— Então você sabe onde fica o quarto do Eiran? Tenho certeza de que ele vai me deixar passar a noite lá.

O resmungo baixo e ameaçador de Dacre ecoou ao longo do corredor, e um arrepio glacial desceu por minha espinha. Os olhos dele estavam fixos nos meus e pude ver seu maxilar se projetando com a raiva. Apesar de querer muito, não desviei o olhar.

— Isso não vai acontecer de jeito nenhum, porra. — Ele jogou algo pela porta aberta de seu quarto antes de se virar para mim.

— Também sou uma adulta — falei, apontando para meu peito para enfatizar as palavras. — Exatamente como sua irmã. Posso dormir onde quiser.

— Entre — grunhiu ele, apontando para dentro do quarto, e senti meu estômago como se tivesse despencado de uma montanha-russa.

— Não vou dormir aí. Confio menos em você do que em qualquer outra pessoa neste maldito lugar.

As narinas dele se dilataram com minhas palavras, e fiquei hipnotizada pela maneira como a garganta se moveu quando ele engoliu.

— É meu quarto ou o corredor até ela terminar. A escolha é sua. — A voz dele saiu baixa e hostil, e seu olhar escuro se fixou em mim.

Eu sabia a resposta sem qualquer hesitação.

— O corredor — falei, com voz esganiçada, enquanto escorregava pela parede, mal conseguindo me controlar até minha bunda chegar ao chão.

Dacre deu um suspiro pesado. Meu estômago se contorceu dando nós, e lutei contra a vontade de me levantar e invadir meu quarto. Mesmo sem fazer ideia do que Wren estava fazendo, não poderia ser pior do que passar a noite com o irmão dela.

— Entre no meu quarto, Nyra. Estou cansado e não vou me preocupar com você neste corredor a noite toda. — A casualidade daquelas palavras traía a intensidade em seus olhos.

Inclinei lentamente minha cabeça para trás até descansá-la contra a parede.

— Você está preocupado comigo?

Ele soltou um grunhido profundo e gutural que reverberou entre nós antes que ele deixasse a porta fechar e marchasse em minha direção. Meu coração batia forte enquanto eu apertava meu colete com mais força contra o peito, sentindo o metal frio do cabo da minha adaga pressionar a pele. Os passos dele trovejaram contra o chão e ecoaram por todo o corredor.

Eu me esforcei para lembrar algum treino que ele tivesse ministrado nos últimos dias, mas me deu um branco enquanto ele se aproximava ameaçadoramente.

Sem hesitar, ele se abaixou e colocou as mãos ásperas atrás das minhas coxas e me levantou. Soltei um grito involuntário quando minha barriga bateu contra o ombro duro dele.

Bati meu punho contra suas costas largas e musculosas, mas ele permaneceu inabalável.

— Me ponha no chão! — gritei, com a voz trêmula de raiva. — Não estou brincando, Dacre, me ponha no chão, ou...

Ele fechou a porta atrás de nós com um chute assim que entrou, antes de me jogar na cama.

— Ou o quê? — Ele se inclinou para a frente, com a mandíbula travada e uma intimidação nos olhos. Seus lábios se afastaram ligeiramente e ele se inclinou, chegando tão perto que pude sentir o calor da sua respiração em meu rosto.

— Não vou dormir aqui. — Eu mal conseguia ver além dos ombros largos e dos braços esticados pressionando o colchão nos dois lados do meu corpo.

— Você não tem outras opções. — Ele hesitou por um instante, respirando pesado e mantendo o olhar em meus lábios. Então, subitamente se afastou e caminhou até a cômoda alta em um canto do quarto, abriu a gaveta de cima, pegou uma camisa branca amassada e uma calça cinza macia e as jogou na cama sem olhar para trás. — O banheiro é bem ali. — Ele apontou para a porta à direita. — Pelo menos troque essa camisa para não molhar minha cama.

Eu o encarei com despeito, sem me mover, sem querer ceder à exasperação que irradiava dele. Naquele momento eu soube que não o obedeceria tão cedo. Não naquela noite. Não naquele quarto.

Atirei meu colete com desleixo em uma cadeira antes de tirar minhas botas. Elas deslizaram para o chão duro e caíram perto do pé da cama. Dacre ainda estava de costas para mim enquanto se movia para o outro lado da cama, e eu fulminava o teto com os olhos.

Mordi meu lábio e inspirei de modo enérgico, puxando a camisa pela cabeça. Meus dedos trêmulos lutaram com o tecido molhado antes de deixar a camisa cair perto das botas; os arrepios na minha pele expostos.

Eu não quis ficar nua na frente dele nas fontes, mas, agora, eu queria provocá-lo. Queria provar a ele que não era o único capaz de exercer o controle, ainda que parecesse ser assim.

Coloquei os dedos no cós da minha calça, empurrando-a lentamente para baixo pelos meus quadris, revelando centímetro por centímetro de pele nua. Olhei por cima do meu ombro enquanto me sentava na cama e vi os músculos de Dacre tensos sob a camisa, embora ele ainda se recusasse a olhar para mim. O ar, carregado de tensão, era lancinante e parecia zumbir entre nós.

— Terminou? — Quis saber ele em um tom de voz áspero e cortante, como se ele estivesse falando entredentes.

— Você acabou de me ver praticamente nua nas fontes. — Tentei manter a voz firme. — Qual é a diferença?

— Você está no meu quarto — grunhiu ele, enfatizando cada palavra.

— Posso ir embora — retruquei sem hesitar.

Ele se virou lentamente para mim, com o maxilar apertado e os olhos semicerrados. Examinou meu rosto por alguns segundos antes de falar:

— Você tem que ser sempre tão difícil?

— E você tem que ser sempre tão babaca?

O olhar de Dacre esfriou, como se uma nuvem carregada de tempestade tivesse passado por ele, e eu sabia que estava brincando com fogo, mas não consegui me conter.

Ele abriu a boca e eu me preparei para uma resposta arrogante. Mas ela não veio.

Em vez disso, o olhar dele se demorou em minhas costas, e ele ficou imóvel. Parecia ter visto um fantasma ou...

Minhas cicatrizes.

— Quem fez isso com você? — A voz já não expressava controle.

Peguei depressa a camiseta que ele tinha me jogado e a vesti.

— Não é nada.

— Não é nada? — Ele estava olhando para a camisa como se ainda pudesse ver as cicatrizes. — Quem foi o maldito que fez isso com você? — Ele enunciou cada palavra, e o medo recobriu cada milímetro do meu corpo. Nunca tinha visto Dacre tão furioso antes.

— Não importa.

— Não importa — ele repetiu minhas palavras com uma risada que não tinha vestígios de humor. — Quem faria isso?

— Sou uma traidora, lembra? — Atirei o apelido que ele tinha me dado, na cara dele. — Traidores não escapam sem cicatrizes.

— Termine de se vestir — grunhiu ele, em uma voz tão baixa que fez meu estômago doer.

Olhei-o nos olhos e disse com firmeza:

— Você não pode me dizer o que fazer.

Os olhos dele desceram pelo meu corpo, examinando cada curva e cada reta com uma avidez e uma irritação que eu nunca tinha visto antes. Quando seu olhar finalmente encontrou o meu, foi como mergulhar nas profundezas da escuridão que parecia consumir a cidade. A gravidade disso ameaçava me engolir por inteiro.

Ele passou a mão pelo queixo, traçando os lábios carnudos com os dedos. O silêncio era pesado e preenchia o quarto como uma massa de neblina, expondo-me à sua presença fria e opressiva.

Desdobrei cuidadosamente a calça que ele havia deixado na cama. Os olhos dele acompanharam cada movimento meu enquanto eu me levantava e deslizava as pernas dentro da roupa. Era bem maior que o meu tamanho, então eu a enrolei e prendi em volta da cintura.

Abri a boca para falar, mas ele me interrompeu. O olhar dele ainda permanecia no meu corpo enquanto dizia:

— Vá para a cama. Logo vai amanhecer.

Cerrei os punhos, a raiva enevoando todas as outras emoções, quando ouvi as ordens dele. Mas havia algo na maneira como ele falava que enfraquecia minha determinação e me vi subindo na cama em movimentos hesitantes.

Dacre se deslocou para o outro lado da cama e pude ouvir o farfalhar de suas roupas quando virei as costas e puxei o cobertor acima dos ombros.

Eu estava o mais na beira da cama possível, mas ainda conseguia sentir o calor que irradiava dele, com o colchão oscilando sob seu peso.

A estrutura de madeira da cama rangeu quando ele se acomodou no colchão. O peito dele subia e descia a cada respiração e eu estremeci ao sentir um sutil zumbido de energia no ar, a mesma sensação do momento em que ele usou seu poder em meu tornozelo. Antes que eu conseguisse pronunciar alguma palavra, a luz das tochas do quarto se apagou.

O silêncio era pontuado por nossa respiração superficial. Minhas pálpebras estavam pesadas, mas o sono foi fugidio enquanto eu estava ali, ouvindo o leve rangido da cama atrás de mim que sinalizava cada movimento de Dacre.

Eu me revirei e me contorci na cama, tentando encontrar uma posição confortável, até que desisti e acabei deitada de costas. Meus olhos se fixaram no teto e tentei relaxar, mas meu olhar se voltou para Dacre, e percebi que ele estava deitado exatamente na mesma posição. O braço repousava sobre sua barriga, o cotovelo estava a poucos centímetros de roçar o meu, e o calor que emanava dele parecia preencher o quarto.

A maneira como seu peito ondulava a cada inspiração e expiração, a maneira como seu braço roçava o meu quando ele se movia... Eu estava plenamente ciente de cada movimento dele.

Meu corpo estava me traindo.

— Durma, Nyra. — A voz baixa dele perfurou o ar silencioso e me sobressaltei, assustada com o ruído.

— Estou tentando dormir — suspirei e me mexi debaixo do cobertor. — Parece que não consigo desligar minha mente.

O silêncio tomou conta do quarto por alguns instantes e olhei para ele. Seus olhos estavam fechados e ele respirava de modo lento e regular. Então, de repente, ele disse, em um murmúrio baixo que encheu o espaço como um bálsamo:

— Feche os olhos e se concentre na sua respiração. — Respirei fundo e fechei os olhos enquanto fazia o que ele instruiu.

Meu peito ondulava a cada inspiração e depois afundava no colchão quando eu exalava lentamente. Uma onda de calma tomou conta de mim, e meus músculos começaram a relaxar.

O braço de Dacre roçou o meu quando ele o estendeu para colocá-lo sobre a cabeça, e antes que eu percebesse o que estava fazendo, eu me vi inclinando nele.

Mesmo com o calor do seu corpo me envolvendo, minha pele ainda se empolou com mil arrepios quando senti o corpo dele contra o meu. Ele não fez um único movimento para se afastar do ponto onde tocamos, nem eu.

A escuridão densa do quarto me envolveu enquanto eu ficava ali e me permiti pensar em como seria se aquela não fosse minha vida. Se aquele não fosse nosso mundo.

145

Deixei que aquele pequeno ponto onde estávamos nos tocando me alimentasse, e imaginei como seria deixar as mãos dele percorrerem meu corpo. Minhas coxas se apertaram tão firmemente quanto meus olhos, e respirei fundo.

O braço de Dacre se moveu novamente, e eu pude sentir o corpo dele se aproximando do meu. Deixei meu corpo mergulhar em seu toque e o calor de seu corpo se infiltrar no meu. E antes que eu percebesse, caí no sono.

CAPÍTULO XIII
DACRE

O golpe estrondoso de um punho contra minha porta me acordou de repente e gemi de frustração. Meus olhos estavam pesados e pisquei para abri-los, vendo a luz fraca da tocha do lado de fora entrando pela janela.

Meus músculos estavam rígidos e meu ombro latejava levemente porque eu tinha dormido sobre ele. Tentei mudar de posição, mas um calor suave pressionou minha pele.

Apertei os olhos contra a luz enquanto observava a figura adormecida de Nyra ao meu lado. Sua pele pálida estava iluminada com um tom dourado, e o peito dela ondulava a cada respiração; eu podia sentir a maciez de suas curvas por meio de nossas roupas.

Meu peito estava colado ao dela, e o resto de nós, entrelaçado, sua coxa roçando na minha enquanto ela se aconchegava mais perto.

Ela fez questão de manter distância de mim antes de cairmos no sono e fiquei grato.

Quer dizer, até que ela não manteve mais distância.

Tê-la em meu espaço foi uma péssima ideia.

Eu não confiava nela. Inferno, eu nem gostava dela, mas senti algo ao ficar envolvido pelo cheiro dela em meu quarto, ao não ser capaz de olhar para lugar nenhum sem observar suas curvas, e isso me deixou louco. Mesmo agora me vi olhando para os lábios carnudos antes de vislumbrar seu corpo até a curva acentuada em seu quadril.

A batida na porta veio novamente, e xinguei baixinho antes de me desenredar cuidadosamente sob o corpo de Nyra e me sentar na cama.

Puxei o cobertor para cobrir o corpo dela, que estava com minhas roupas, antes de me dirigir depressa para a porta.

Agarrei a maçaneta de latão frio e abri a porta. O brilho quente das tochas se espalhou pelo quarto escuro como luz líquida do sol, lançando sombras na parede. Tomando cuidado para ser o mais silencioso possível, saí para o corredor e fechei delicadamente a porta atrás de mim.

Meu pai estava parado diante de mim, totalmente vestido em sua armadura de couro e com todas as suas armas presas ao corpo; seu rosto era indecifrável como sempre.

— Que horas são? — perguntei, com a voz rouca de sono.

— Cedo. — Ele cruzou os braços, e pude sentir seu olhar avaliador em mim. — Um dos novos recrutas deu informações sobre como acessar o palácio por baixo.

Levantei rapidamente o olhar ao ouvir aquilo.

— Por baixo? — Tínhamos procurado diferentes maneiras de entrar no palácio durante toda minha vida, mas como ele era cercado por água e enormes cachoeiras, nunca houve nenhuma outra maneira se não passar pelo portão da frente e ser recebido pelo exército do rei.

— Os túneis. — A resposta do meu pai foi curta enquanto ele mudava o peso entre os pés.

As lendas contavam sobre um túnel secreto que passava diretamente por baixo das cachoeiras, mas o procuramos por toda parte sem encontrar nenhum vestígio.

Minha mente se lembrou imediatamente de Nyra, que ainda estava deitada na minha cama. Se ela trabalhou no castelo tanto tempo, havia uma boa chance de que o conhecesse.

Nyra foi uma das primeiras recrutas que tinha passado a vida inteira naquele lugar, e mesmo sabendo que ela poderia ser a chave para as respostas que buscávamos, não quis falar sobre ela com meu pai.

Não com ela dormindo na minha cama.

— Certo. Vou me vestir. Encontro você nos campos de treinamento.

Meu pai assentiu sem dizer mais nada, e eu voltei para o quarto em silêncio. Nyra ainda estava esparramada onde a deixei, mas agora o braço esquerdo estava enrolado em volta do meu travesseiro e ela o apertava com força contra o peito.

Eu me permiti contemplá-la enquanto me despia e vestia uma armadura de couro limpa. Eu provavelmente deveria tê-la acordado para avisar que estava saindo, mas ainda era cedo e eu estava quase certo de que ela ia querer voltar para o próprio quarto.

Conhecendo Wren, ela provavelmente já tinha expulsado o homem com quem estava na noite anterior. Nyra poderia facilmente ter voltado para lá e dormido o resto da manhã na própria cama, mas eu não a acordei.

E isso me frustrou profundamente.

Enfiei minhas adagas nas bainhas em meu peito enquanto olhava para a curva delicada do pescoço dela.

Enquanto ela continuava deitada em minha cama, seu pequeno corpo parecia afundar nos lençóis macios. Meu olhar viajou por cada centímetro de seu corpo, demorando-se no modo como os lençóis caíam sobre seus seios e na maneira como o cabelo se espalhava pelo travesseiro. O desejo me invadiu e fiquei ansioso por saber se ela teria a mesma ousadia quando eu a esparramasse e a provasse com minha língua.

Desviei o olhar e comecei a amarrar minhas botas.

Eu não tinha motivo para pensar nela daquele jeito. Não tinha motivo para arrastá-la ao meu quarto, mas quando ela mencionou Eiran e a ideia de ir encontrá-lo, fui consumido pelo súbito desejo de fazer.

Eiran era um idiota. Ele tinha sido colocado na unidade de guerreiros simplesmente porque o pai dele era próximo do meu. Eu não confiava nele nem em suas mãos pegajosas perto dela.

Mas ele se agarrou a ela no momento em que a viu comigo.

Não fiquei surpreso. Ele nunca foi capaz de suportar que eu tivesse algo que ele não tinha.

Por isso ele se tornou tão próximo do meu pai assim que percebeu que estávamos nos afastando.

Antes de desviar meus olhos, permiti a mim mesmo mais um instante, memorizando os detalhes do rosto dela, a maneira como seus cílios escuros pressionavam as bochechas macias. Um peso pressionou meu peito enquanto eu saía do quarto e entrava no corredor. O ar estava denso e úmido, dificultando a respiração enquanto eu pensava nela e na aparência dela nas fontes na noite anterior.

Porra, aquelas malditas fontes.

Aquilo realmente tinha sido uma péssima ideia.

Saí do prédio e respirei fundo na tentativa de clarear a mente. Eu tinha um trabalho a fazer e não poderia fazê-lo pensando em como ela teria ficado em minha cama se eu tivesse tirado minhas roupas que ela estava vestindo e a tivesse tocado das maneiras que inundavam minha mente quando estávamos treinando.

A cidade ainda dormia ao meu redor e eu deveria estar ansioso para descobrir as informações que meu pai tinha recebido. Mas tudo que eu conseguia pensar era nela.

Percorri o caminho e me dirigi aos campos de treinamento onde meu pai estava me esperando.

Os edifícios pelos quais passei eram antigos e desgastados, e as trilhas estavam se desintegrando depois de anos escondidas e sem ninguém para cuidar delas.

Diminuí meus passos quando avistei uma tocha com luz fraca na loja à minha frente.

Meus olhos pousaram sobre a gravação na vitrine de vidro, e meu coração subiu à garganta. Meu peito doeu e engoli um nó duro enquanto fitava o vitral.

Flores de camélia rosa claro cobriam a vitrine e minha mente foi inundada por pensamentos sobre minha mãe.

Minha mãe foi uma guerreira em todos os sentidos da palavra, mas sempre foi minha mãe e de Wren em primeiro lugar. Era um trabalho que ela levava a sério, e eu odiava que todos nesta cidade a celebravam pela maneira como ela havia lutado e morrido, e não pela maneira como ela havia nos amado.

Até mesmo meu pai.

Uma parte de mim se perguntava se ele conseguia se lembrar do quanto ela amava a nós três antes do ataque.

Eu conseguia.

Ela não era uma guerreira para mim.

Ela era minha mãe, e enquanto passava pela vitrine e a deixava para trás, a tristeza ameaçou abrir um vazio em meu peito.

Cheguei aos campos de treinamento e me abaixei passando pela rocha baixa enquanto tentava guardar as memórias dela. Afastei todos os pensamentos, exceto o que seria esperado de mim quando eu pisasse nos campos de treinamento.

Meu pai estava do outro lado esperando por mim, junto ao pai de Eiran, Reed, e outros três que sempre estavam ao seu lado.

— Vamos em frente — ordenou meu pai assim que os alcancei.

CAPÍTULO XIV
NYRA

Quando acordei pela manhã, Dacre tinha sumido do quarto. Eu estava deitada na cama dele com os lençóis entrelaçados às minhas pernas. Ainda vestia as roupas dele, envolta no cheiro dele, e ele não estava em lugar nenhum.

Eu estava dividida entre a raiva e a mortificação quando acordei, agarrada a um travesseiro que cheirava exatamente como ele.

Rapidamente juntei minhas roupas espalhadas do chão, saindo do quarto na ponta dos pés como uma ladra na noite, voltando furtivamente para o meu quarto como se tivesse feito alguma coisa errada.

E a maneira como Wren não conseguia parar de sorrir para mim, até durante nosso treino, causou a sensação de que fiz mesmo.

— Você está melhorando muito. — Eiran passou a mão no rosto e enxugou o suor da testa. Ele tinha acabado de me dar uma surra no círculo de treino, mas eu preferia o elogio dele aos gritos de Dacre sobre os erros que eu havia cometido.

Foi por isso que me odiei por procurar por ele nos campos naquele momento.

Ele não só não estava no quarto quando acordei, como também não estava nos campos de treinamento quando cheguei.

Eu estava preparada para ignorá-lo totalmente e me colocar à prova o máximo possível e para mal dirigir qualquer palavra a ele, mas sequer tive a chance.

E isso me deixou mais irritada do que já estava.

— Vamos todos sair hoje à noite. — Wren colocou o braço em volta dos meus ombros, e eu estava tão distraída procurando pelo irmão dela que nem a vi se aproximar.

— O quê? — Eu ainda estava tentando recuperar o fôlego do nocaute de Eiran.

— Estamos treinando duro e merecemos uma pausa. — Ela sorriu como se fosse a melhor notícia que poderia dar, e, sinceramente, foi. Meu corpo precisava descansar, e aparentemente, eu precisava de uma pausa ainda maior de Dacre. — Então, minha querida, você vai ter que me aguentar esta noite. — Ela tremulou as sobrancelhas, e eu a cutuquei de lado com o cotovelo.

Não queria que ninguém soubesse que passei a noite no quarto do irmão dela, muito menos Eiran.

— Você também vai ter que me aguentar. — Eiran esboçou um sorriso que deveria ter feito meu estômago revirar. Mas não fez. — Vou voltar para me arrumar e encontro vocês antes de sairmos?

— Combinado. — Wren colocou o braço em volta do meu e não me deu escolha enquanto me levava para longe dos campos de treinamento, voltando para nosso quarto.

Ela também não me deu escolha quando jogou roupas em mim assim que terminei de tomar banho.

— Todo mundo está acostumado a te ver na armadura de couro. Se queremos encontrar um homem para você nesta rebelião, precisamos mudar isso.

— Não estou interessada em encontrar nada — bufei enquanto me jogava na cama e largava as roupas de lado.

— Aham... — Com os olhos semicerrados, ela me estudou. Seus lábios se estreitaram antes que um sorriso furtivo escapasse sem que ela pudesse conter. — Por isso que você voltou hoje de manhã vestindo as roupas do meu irmão.

— Foi por sua causa! — Apontei para ela, e seu sorriso finalmente desapareceu.

— Você sabe quantas das minhas colegas de quarto ficaram no corredor enquanto eu recebia uma visita? — Ela arqueou uma sobrancelha.

— Deuses, nem quero saber.

— Inúmeras. — Ela deu uma risadinha e colocou a mão no quadril. — Você sabe quantas delas Dacre deixou dormir na cama dele porque não queria que passassem frio?

— Não, mas tenho certeza de que você vai me contar.

— Nenhuma. — Ela disse aquilo tão depressa que mal consegui terminar minha frase. — E com certeza ele não leva garotas para a cama dele sem que elas pareçam completamente destruídas na manhã seguinte.

Estremeci, tomada pelo ciúme. Não pude deixar de pensar na mulher que deu o vinho a ele na noite anterior e o olhou como se o *conhecesse*.

— Esse é seu irmão.

— Confie em mim. Estou ciente. — Ela fez um ruído de ânsia de vômito e revirei os olhos. — O fato de ele insistir que nossos quartos fossem lado a lado para poder me vigiar saiu pela culatra para nós dois.

Peguei a blusa que ela havia me entregado e meus olhos se arregalaram. Tinha menos tecido do que qualquer roupa que eu já vira antes, e mais do que depressa a larguei de lado.

— Acho que você pode ser tão maluca quanto seu irmão.

— Talvez. — Ela deu de ombros antes de apontar para mim. — Agora se vista. Já está tarde.

Fiz uma careta e resmunguei, vestindo a blusa apertada demais, com relutância e tentando desesperadamente fazê-la chegar ao cós da minha calça. Mas por mais que eu puxasse, o tecido pressionava meu peito e se recusava a ceder.

— Pare de puxar. Você está linda — sussurrou Wren enquanto descíamos as escadas.

Eiran se virou em nossa direção e os olhos dele me mediram de modo apreciativo.

— Vamos cair fora daqui. — Ele sorriu e fez sinal para irmos na frente.

Wren nos guiou pela cidade, e Eiran me puxou para o lado dele. Ele continuava me olhando com um leve sorriso no rosto, e eu retribuí.

Só depois de ter passado por meia dúzia de pontes e de as tochas flutuantes começarem a se tornar mais escassas que comecei a me perguntar para onde estávamos indo.

— Para onde vocês dois estão me levando? — Minha voz ecoou nas paredes da caverna e Wren riu.

— Não posso contar. — Ela se aproximou e inclinou a cabeça em minha direção. — Não deveríamos estar lá.

— Isso parece promissor. — Suspirei pesadamente e olhei para Eiran.

Mesmo que eu quisesse desesperadamente confiar em Wren, ela fazia parte da rebelião, e eu não conseguia confiar completamente em nenhum deles.

Wren era minha amiga agora, mas se ela soubesse a verdade...

À medida que caminhávamos mais para dentro da caverna, o ar ficava mais frio e a luz se tornava mais fraca. Eu mal conseguia enxergar enquanto Eiran me mostrava o caminho, mas ele estendeu o braço e segurou minha mão para me ajudar.

Tentei não pensar em como era diferente com Dacre. O simples toque da pele dele contra a minha me fazia queimar como um inferno, ao passo que a sensação dos dedos de Eiran envolvendo os meus era agradável.

Com Dacre, a sensação não era nada agradável.

Fizemos uma curva e um leve brilho alaranjado apareceu a distância. Quanto mais andávamos, mais brilhante ficava, até que labaredas de fogo iluminaram nosso caminho. Quando emergimos das sombras, vi várias pessoas reunidas em volta do fogo, com o rosto iluminado por chamas dançantes. Garrafas de vinho estavam espalhadas no chão e risadas ecoavam pelas paredes.

A escuridão naquela parte da caverna era quase absoluta, e a única fonte de luz vinha das chamas tremulantes do fogo. Estalactites se projetavam das paredes de rocha como dentes afiados.

— Este é nosso lugar secreto. — Wren se virou para mim e andou de costas enquanto um sorriso iluminava seu rosto. — Trazermos você aqui significa que não pode contar para mais ninguém.

155

— Para quem vou contar? — Ri enquanto observava tudo à minha volta.

— Para mim. — A voz de Dacre atingiu minha espinha e me virei, avistando-o recostado contra uma grande pedra. Ele apoiava um dos braços no joelho dobrado, enquanto o outro pendia frouxamente com uma garrafa de vinho quase vazia entre os dedos. Os olhos escuros estavam penetrantes, e ele continuou: — Sou o responsável por seu treinamento. Você nem deveria estar aqui.

Meu corpo enrijeceu ao lado de Eiran, e um rubor profundo subiu por meu pescoço enquanto Dacre falava. O tom dele era condescendente, e parte de mim queria simplesmente ignorá-lo e sair dali, mas meu orgulho me manteve enraizada no lugar.

— Bem, já que você não apareceu para o treinamento hoje, Eiran assumiu seu lugar, e ele me convidou para vir.

Enquanto as palavras saíam da minha boca, senti meu rosto ficar ainda mais ruborizado e desejei fervorosamente que Dacre não conseguisse perceber. A verdade é que eu não teria ido se não fosse por Wren.

Dacre inclinou a cabeça e me estudou. Deuses, ele olhou cada centímetro de mim com sua leitura lenta, como se não se importasse que todos à nossa volta pudessem ver exatamente o que estava fazendo. A mão de Eiran apertou a minha, como se pudesse me proteger do escrutínio do filho do líder da rebelião.

Dacre estava usando a armadura de couro, mas sem o colete, e só vi uma adaga em seu flanco. Seu corpo estava relaxado, seu olhar vidrado em razão do vinho, e ele estava devastadoramente bonito.

— Eiran assumiu meu lugar, é? — Ele levou a garrafa à boca e tomou um longo gole da bebida. Seu pomo de adão ondulava enquanto engolia, e a garrafa tilintou contra seus dentes antes que ele a abaixasse novamente.

Pude ver Wren olhando de um lado para o outro pela minha visão periférica, mas não ousei tirar os olhos dele.

— Isso significa que você vai tirar a roupa no quarto dele hoje à noite e dormir na cama *dele*?

Eiran ficou imóvel ao meu lado, e Wren inspirou fundo com um som que ecoou no silêncio enquanto todos observavam a conversa. Mas Dacre só olhava para mim.

O calor subiu por meu pescoço e fiquei extremamente consciente de como minha camisa era curta e de como estava apertada, parecendo pressionar minha pele. Os dedos de Eiran se contraíram contra os meus enquanto ele segurava minha mão com mais força, mas eu estava muito focada na maneira como o olhar de Dacre ardia lentamente como um incêndio prestes a explodir a qualquer momento.

— Qual é o seu problema, porra? — Mostrei meus dentes enquanto cuspia as palavras.

Dacre se inclinou para a frente, os olhos brilhando com uma satisfação perturbadora. A risada dele soou baixa e distorcida, causando arrepios na minha espinha.

— Qual é o meu problema? Absolutamente nenhum. Eu só estava dizendo a verdade para o sujeito. — Ele levantou a garrafa de vinho e apontou o gargalo para Eiran. — Você não acha que ele merece saber que você estava na minha cama ontem à noite, já que ele está agarrado a você como se esta noite você fosse para a dele?

Meu corpo inteiro ficou tenso e uma onda de humilhação me percorreu. Eu queria arrancar minha mão da de Eiran, mas me recusei a dar essa satisfação a Dacre.

Eu não tinha confiança em mim mesma para falar, então girei sobre os calcanhares e deixei o silêncio falar por mim. Senti o olhar dele abrindo buracos em minhas costas como mil sóis. Passei o peso para outra perna e fitei Eiran, cujos olhos estavam tão estreitamente fixos em Dacre que nem percebeu que eu o observava.

Abri a boca para falar, mas Dacre não havia terminado.

— Venha aqui, traidorazinha — sussurrou, e estremeci, odiando que ele arrancasse de mim uma reação com tanta facilidade. — Venha me mostrar o que Eiran lhe ensinou hoje.

Eu podia ouvir os outros rindo à nossa volta. Cada parte do meu corpo gritava para ir embora, mas eu não conseguia controlar a raiva que me fez cerrar o punho.

Senti a palma da minha mão se soltar de Eiran enquanto me virava; meu rosto estava quente. Quando Dacre percebeu minha expressão, seus lábios se esticaram em um sorriso arrogante, e uma covinha se formou em sua face direita. Ele se colocou sobre os dois pés e o gargalo da garrafa de vinho balançou entre dois dedos.

Eu me precipitei na direção dele, deixando Eiran e Wren para trás, ignorando todos os outros.

— Dê um gole. — Ele estendeu a garrafa em minha direção. — Isso te ajudou a relaxar ontem à noite.

O tom de voz dele era brincalhão, mas a maneira como ele olhava para Eiran por cima dos meus ombros, com seus olhos escuros estreitos, era tudo menos isso.

— Já volto — disse Eiran atrás de mim, mas não me virei.

Cruzei os braços, atraindo o olhar de Dacre para o volume dos meus seios. Minha garganta estava apertada quando perguntei:

— Por que você é tão cruel?

Ele estendeu a mão e delicadamente tirou uma mecha de cabelo do meu peito, roçando minha pele com a mão e se inclinando para mais perto de mim. Senti sua respiração quente em minha bochecha enquanto sussurrava:

— Você não me viu ser cruel. Se eu fosse, deslizaria meu pau entre seus lábios para manter você calada quando eu estivesse cansado de te ouvir falar.

As palavras dele me atingiram como um golpe físico, fazendo minha respiração ficar presa na garganta e meus músculos se contraírem involuntariamente. Ele continuou perto de mim, dissipando o minúsculo espaço entre nós com sua respiração suave fazendo cócegas em meu pescoço. O calor que vinha dele era palpável, apesar de não estarmos nos tocando.

— Você não pode me dizer coisas assim. — Minha voz saiu trêmula, e eu não tinha certeza se era raiva ou desejo o que envolvia minhas palavras.

— Por que não? — A voz dele foi como um líquido se derramando sobre mim. — Porque te irrita ou porque você está ficando molhada entre essas coxas perfeitas que está apertando só de imaginar a cena?

Respirei fundo e me afastei dele, zonza, com o coração disparado, enquanto os olhos escuros permaneceram em meus lábios. A maneira como lambia os próprios lábios me fez suspeitar que ele estava muito mais embriagado de vinho do que eu imaginava.

— Isso não é verdade.

O olhar dele desceu para minhas coxas e ele não demonstrou nenhum controle na maneira como olhava para mim.

— Você vai me mostrar o que ele ensinou?

Apoiei meu peso na ponta dos pés, pronta para me mover.

— Acho que você precisa de um pouco de água — respondi, e comecei a estender o braço para a garrafa de vinho. Mas antes que eu pudesse alcançá-la, a outra mão dele se interpôs à velocidade da luz, e ele agarrou meu pulso. Seu aperto era forte, mas não muito; mesmo bêbado, ele ainda era mais rápido que eu.

— Venha. — Ele fez um gesto de cabeça para trás. — Quero te mostrar uma coisa.

Olhei por cima do ombro dele e tudo que pude ver foi escuridão. O fogo não chegava às paredes ali, mas o olhar de Dacre me desafiava a dizer sim.

Meu estômago revirou quando a palavra *sim* se formou na minha língua, embora a parte racional do meu cérebro gritasse para que eu dissesse não. Hesitei, com a boca ligeiramente aberta.

— Aqui. — Com uma taça pequena e cheia de um líquido vermelho escuro nas mãos, Eiran apareceu outra vez ao meu lado, o que me fez sobressaltar. — Trouxe uma bebida para você. — Ele a ofereceu com um sorriso forçado, mas seus olhos iam e voltavam entre mim e Dacre.

— Estamos abastecidos, obrigado. — Dacre o saudou com a garrafa de vinho, e os lábios de Eiran se curvaram em uma expressão de repulsa ao mesmo tempo que fuzilava Dacre com o olhar.

Mas levei a taça que Eiran me deu aos lábios e tomei um grande gole para ajudar a acalmar meus nervos. Meus dedos tremiam em

159

volta da taça e percebi com um sobressalto que não era medo. Não havia nada além de desejo fluindo em mim.

E esse desejo não tinha nada a ver com Eiran.

— Obrigada, Eiran. — Pressionei os dedos contra meus lábios, limpando o vinho que tinha grudado neles. Dacre me observava com atenção, sem piscar. — Dacre, amanhã vou mostrar o que aprendi nos campos de treinamento.

Eu me virei, esperando desesperadamente escapar da presença dele, mas sua risada presunçosa ecoou atrás de mim. Eiran teve a mesma ideia que eu e me puxou para longe de Dacre o mais rápido que pôde.

Eu me sentei perto do fogo ao lado de Wren, e Eiran ficou do meu outro lado.

A testa de Wren franziu e seu olhar se voltou para o irmão, que ainda me observava atentamente.

— O que foi aquilo? — perguntou ela, em voz baixa, mas exigente.

— Não sei. — Coloquei minhas mãos na frente do fogo crepitante e as mantive paradas até o calor começar a descongelar a ponta dos meus dedos, que estavam frios apesar de todo o resto de mim queimar por dentro. — Ele claramente bebeu demais.

Wren franziu o nariz, mas não fez nenhum comentário enquanto o observava.

As pessoas à nossa volta conversavam sobre a vida, sobre a rebelião, e eu tentei ouvi-las e ignorar Dacre. Tentei não me concentrar na maneira como me observava ou se movia até perceber que ele se aproximou e se sentou no chão, bem na minha frente, do outro lado do fogo.

— Você está dolorida? — A mão de Eiran tocou minha coxa externa e fiquei tensa, afastando-me bruscamente de seu toque.

— Não. — Balancei minha cabeça e tentei disfarçar. — Estou bem. Passei muito tempo nas fontes ontem à noite. — O olhar dele se voltou para onde Dacre estava sentado, mas fingi não notar. — E você? Eu não fui muito dura com você hoje, fui?

Eiran riu e afastou o cabelo do rosto.

— Já enfrentei coisas piores, mas você definitivamente estava no controle.

Ele estava mentindo, e nós dois sabíamos disso. Mas Eiran era gentil e não queria jogar na minha cara como eu era péssima, o que Dacre faria.

— Você é gentil em dizer isso, mas sou horrível. — Dei um tapinha na mão de Eiran, e ele riu de novo.

— É. Você meio que é. — Ele estava me observando, e não da mesma forma que Dacre. Eiran me observava como se houvesse algo especial em mim. Não como se eu fosse um segredo que ele tivesse que desvendar, mas como se eu fosse uma história que ele mal conseguia esperar para ouvir. Um homem como Eiran não apressaria as coisas comigo.

Ele me adoraria de uma maneira que eu sequer poderia sonhar.

Mas enquanto eu tentava imaginar isso, só conseguia pensar no homem do outro lado da fogueira e na maneira como ele iria me destruir.

— Eiran, eu estive com seu pai hoje. — Dacre falou mais alto do que todas as outras vozes, e fechei os olhos enquanto Eiran desviava o olhar de mim e se virava na direção dele.

— Ah, é?

— Sim. — Dacre ergueu lentamente a garrafa, tomou um longo gole do vinho tinto, e então passou uma mão pelo cabelo grosso e escuro. — É uma pena que você não tenha vindo conosco.

— Dacre — Wren disse o nome dele em tom severo, mas ele não deu atenção.

— Você poderia ter sido bem útil lá. — O rosto de Dacre se tornou sombrio enquanto ria. — Eu não estaria tão dolorido agora se tivesse um parceiro.

Olhei para ele e Eiran, e a tensão ali era tão forte que eu poderia praticamente me engasgar com ela.

— Talvez você devesse visitar as fontes se está tão dolorido. Deixe o vinho de lado. — A voz de Eiran soou mais firme do que estava um minuto antes.

— Eu poderia, mesmo — Dacre assentiu enquanto girava lentamente a garrafa entre as mãos. — Mas toda vez que estou nas fontes e fecho os olhos, tudo em que consigo pensar é no corpo dela e na sensação de ter as pernas dela sob a palma das minhas mãos.

— Ok. Chega. — Wren se levantou antes que Dacre pudesse dizer qualquer outra coisa, e senti minhas bochechas queimando enquanto ajustava o peso do meu corpo. — Eu acho que você já bebeu o suficiente.

— Nem pense nisso. — Dacre tirou a garrafa do alcance de Wren enquanto ela se aproximava dele.

— Não estou brincando, Dacre. Não sei o que deu em você nesta noite, mas já foi o suficiente. — Wren cruzou os braços e arqueou uma sobrancelha, mas ele evitou o olhar dela e manteve os olhos fixos em mim.

— Eu não acho. — E bebeu outro gole, ignorando-a completamente.

— Dacre, sério. Dê essa garrafa aqui.

— Certo — Dacre assentiu e inclinou a cabeça para trás para olhar para a irmã. — Eu dou, mas com uma condição.

— Qual?

— Nyra.

Eu xinguei baixinho e pude sentir todos os olhos se voltando para nós.

— Nyra é uma pessoa. Não uma condição, seu babaca.

Dacre virou a cabeça antes de olhar novamente em meus olhos.

— Quero mostrar uma coisa para ela.

Ele só podia estar brincando.

— Não vai acontecer nada disso, porra — respondeu Eiran em um tom de voz sério e protetor, e embora eu pudesse compreender o sentimento, fiquei puta por ele achar que podia falar por mim.

— Ela não é um cachorro, Eiran. Pode soltá-la da coleira.

Eiran abriu a boca para responder, mas eu já estava me levantando.

— Bom, se vocês dois terminaram de me desrespeitar, vamos lá.

Dacre olhou para mim com um sorriso desleixado no rosto, como se eu não tivesse acabado de insultá-lo.

— Vamos então.

Ele se levantou e, quando Wren foi pegar a garrafa, ele estalou a língua para ela.

— *Tsc, tsc.* Vou entregar depois que Nyra cumprir a parte dela no acordo.

Eiran estava encarando Dacre, mas não disse uma palavra enquanto se inclinava para a frente, escondendo o rosto por um momento enquanto apertava uma mão contra a outra.

Relutante, contornei a fogueira, mantendo meus olhos fixos nas sombras enquanto me aproximava dele. Ele não esperou por mim; já estava caminhando para o fundo da caverna, supondo que eu fosse o seguir sem questionar. E foi o que fiz.

Meu corpo ficou tenso à medida que a luz do fogo se distanciava. Seixos se estilhaçavam sob minhas botas a cada passo, ecoando nas paredes úmidas da caverna.

— Para onde estamos indo? — Corri para acompanhá-lo, a escuridão me envolvia. Eu mal conseguia distinguir a silhueta dele nas sombras, e meu coração batia forte de medo diante da ideia de me perder ali.

Ele inclinou a cabeça na direção do invisível e falou baixinho:

— Você vai ver.

Um arrepio percorreu minha espinha quando percebi que não havia nada além de um manto de escuridão à frente.

— Se você estava planejando me matar, deveria ter feito isso no primeiro dia. — Olhei por cima do ombro, mal conseguia distinguir os outros agora. — Eu realmente me afeiçoei a Wren.

— Só a Wren? — Ele arqueou uma sobrancelha para mim. — Você parecia estar gostando bastante de Eiran.

— Ciúme não pega bem para um cara tão bonito.

Ele parou no meio do caminho e me choquei contra ele. O braço livre dele se estendeu depressa para me segurar quando cambaleei para trás. Ao fixar os olhos em mim, seu toque foi tão gentil que me arrepiou a espinha.

— Você acabou de me chamar de bonito?

— Tenho quase certeza de que estava falando sobre Eiran.

— Acho que não estava, não. — Ele lambeu os lábios de novo e, embora parecesse fazer o movimento de modo distraído, aquilo era completamente irritante. — Tudo bem você me achar bonito.

— Eu também te acho um babaca, mas você só está se apegando a essa coisa de bonito, não é?

— É. — O sorriso em sua voz me fez dar um passo à frente 'sem pensar.

— É aqui que você estava me trazendo? — Tentei recuperar o fôlego, mas não adiantou; ele conseguia ouvir cada falha da minha respiração.

— Não. — Ele agarrou meu pulso e me puxou para a frente. — Estamos chegando. Cuidado com a cabeça.

Ele levantou minha mão até tocar o teto frio e úmido que pairava sobre minha cabeça, então eu o observei se abaixar na minha frente e desaparecer sob o teto baixo. A abertura era pequena, menor do que qualquer outra que eu já tivesse visto na caverna, mas controlei a ansiedade que batia no meu peito e o segui.

Pude ver uma insinuação de luz azul enquanto rastejava, e quando fiquei totalmente de pé outra vez, do outro lado, respirei fundo. Uma poça de água brilhava com um tom azul frio, lançando uma luz misteriosa sobre as paredes úmidas da caverna. Estalagmites nos cercavam e Dacre se movia atrás de mim; seus passos ecoavam nas paredes enquanto eu assimilava tudo.

— Que lugar é este?

— A maior parte da água da cachoeira vai para lá. — Ele apontou para um ponto distante à esquerda, onde uma pequena abertura parecia infinita.

O silêncio entre nós foi quebrado pelo suave gorgolejar da corrente do lado de fora, levando sua carga de água rio abaixo.

— Mas, por alguma razão, essa poça de água não é puxada na mesma direção, e está sempre assim: cristalina.

Dacre se agachou ao lado da poça com os dedos estendidos perturbando a superfície vítrea. Eu me aproximei, maravilhada com a luz azul que parecia vir do fundo.

— Por favor, não caia aí dentro. Você vai se afogar antes que eu consiga te tirar.

Dacre sorriu com malícia.

— Você está preocupada comigo?

— Estou preocupada em encontrar o caminho de volta para sair daqui. — Olhei para trás, para a pequena abertura pela qual havíamos entrado enquanto ele ria.

— Não se preocupe. Tenho certeza de que Eiran não descansaria até te encontrar.

— Você realmente não gosta dele. — Eu me virei e o analisei.

A mão dele ainda se arrastava pela água distraidamente.

— É uma forma delicada de dizer. — Ele olhou para mim e percebi que estava me aproximando dele e da borda da poça.

— Por quê?

— Não é um assunto sobre o qual quero falar esta noite. — Ele estendeu a mão e hesitei quando seus dedos se entrelaçaram aos meus, e ele me puxou para perto.

Eu não tive escolha a não ser me sentar ao lado dele à beira da água. Ele se acomodou ao meu lado e estendeu a garrafa de vinho em minha direção. Peguei-a, mas não bebi. Apenas a coloquei do outro lado do meu corpo, fora do alcance dele.

— Não estrague o clima. — Ele estreitou os olhos, mas eu apenas revirei os meus.

— Por que você está bebendo tanto esta noite?

Empurrei meu cabelo para descobrir meu rosto antes de me inclinar para a frente e correr os dedos pela água. Estava muito mais fria do que eu esperava, e arrepios percorreram minha pele.

— Eu só precisava desligar.

— De quê, exatamente?

Os olhos de Dacre se moveram lentamente por meu rosto enquanto ele pressionava os lábios em reflexão. Seu olhar era intenso e calculista, como se ponderasse se podia confiar em mim para o que quer que estivesse prestes a revelar.

— O quanto você sabe sobre a rebelião? Quer dizer, sabe de verdade? — Se as palavras já não tivessem me enchido de hesitação, a maneira como ele estava me olhando teria feito isso.

— Tudo que sei é o que aprendi no palácio. — Dei de ombros porque era a verdade. — Você provavelmente não quer saber o que eles dizem lá.

Ele assentiu, e me perguntei se ele já sabia. Será que estava ciente do que meu pai fazia sempre que pegavam alguém que estava conspirando ativamente como um rebelde? Eu sabia muito bem do que meu pai era capaz quando se tratava daqueles que tentavam derrubar o reino... Emergiram memórias de *traidores* pendurados nas paredes do castelo ao amanhecer, os corpos sem vida oscilando sob a brisa. Um arrepio me percorreu quando me lembrei de todas aquelas noites que passei tentando tirar essas imagens da minha mente.

— Bem, nossa rebelião não é o que as pessoas naquele palácio fariam parecer. Sei que nos odeia por termos te trazido para cá e feito se juntar à nossa causa, mas você sabe quantas pessoas salvamos da ira do rei Roan? Quantas pessoas temiam pela vida até as trazermos para cá?

Eu balancei a cabeça porque não tinha certeza se queria saber. Conheci a crueldade do meu pai por experiência própria, mas eu não conseguia imaginar o que ele faria a estranhos depois de eu ter testemunhado o que fez com pessoas que deveria amar.

— Hoje, quando estávamos em patrulha, meu pai nos levou até a base da cachoeira. — Dacre engoliu com tanta força que pude ver sua garganta se mover, tensa. — Ultimamente tem havido rumores de movimento perto dali, e ele obteve informações sobre uma possível maneira de entrar no castelo. — Fiquei tensa, em parte porque esperei que Dacre me questionaria sobre isso, sobre o que eu sabia, mas ele simplesmente continuou. — Mas quando chegamos lá... — Ele balançou a cabeça e seu olhar escureceu como se estivesse sendo assombrado por memórias. — Havia dois meninos deitados na base das quedas-d'água. Ambos estavam mortos. Foi o pai deles que nos forneceu as informações. — Dacre desviou o olhar de mim e um lampejo de remorso cruzou seus olhos. — Ele vinha suprindo meu pai de informações de dentro do castelo há anos. Não temos ideia de como descobriram.

Meu estômago sentiu as palavras dele.

— Quem era?

— O quê? — Ele passou a mão pelo cabelo e olhou para mim.

— O homem que estava dando as informações. Quem era? — Eu conhecia quase todos os homens e mulheres daquele castelo. Passei a vida inteira com essas pessoas e prendi a respiração enquanto esperava a resposta de Dacre.

— Griffin. Ele foi conselheiro do rei. — Ele me observou para ver minha reação.

Eu não demonstrei nenhuma. Mesmo que meu coração parecesse estar batendo fora do meu peito. Eu não gostava de Griffin na época em que ele foi um dos conselheiros do meu pai, mas eu tinha cuidado dos meninos. E se o que Dacre estava dizendo fosse verdade...

Não. Eu não conseguia pensar nisso.

Engoli a emoção que ameaçava me afogar e tentei não permitir que Dacre visse qualquer traço dela em meu rosto.

Meu pai era o responsável?

— Você o conhecia? — perguntou Dacre, mas em uma voz baixa como se ele realmente se importasse que eu tivesse perdido alguém de quem gostava.

Minha garganta estava apertada e minha voz falhou quando respondi:

— Só de vista. — Meus olhos se lançaram para o entorno, evitando contato visual. Tentei não pensar no tempo que passei com os filhos dele. — Mas eu conhecia os meninos.

— Sinto muito.

O pesar de Dacre foi como uma flecha em meu peito, e me esforcei para manter a compostura. As palavras dele me fizeram tomar consciência, dolorosamente, de que a única coisa que me mantinha segura de me tornar uma traidora aos olhos do meu pai era o fato de que ele não tinha conhecimento do meu paradeiro.

Mas eu era uma traidora, exatamente como Dacre me apelidou no momento em que nos conhecemos.

Eu era a princesa de Marmoris, e estava ali sentada com o inimigo, conversando sobre as crueldades do meu rei.

Um rei que não deveria ter uma súdita mais leal que a própria herdeira.

Meu coração disparou enquanto eu imaginava o pior. Se Dacre descobrisse minha verdadeira identidade, ele me mataria sem piedade ou talvez me usasse de formas que me fariam desejar a morte.

Eu tinha ouvido falar das crueldades da rebelião tanto quanto tinha vivenciado as do meu pai.

Não queria pensar em qual delas era pior.

— Gosto de vir aqui. — O som da voz de Dacre afastou meus pensamentos, e o observei enquanto ele olhava para a água. — Venho aqui sempre que o dia foi muito difícil ou quando os pensamentos sobre minha mãe não param de atormentar minha mente.

— Sinto muito pela sua mãe. — Não conseguia lembrar se já havia dito aquilo para ele, mas me pareceu imperativo dizer naquele momento. Eu queria dizer que sentia muito que minha própria família tivesse participado da morte da mãe dele. Que eu sentia muito que ela tivesse passado a vida lutando contra um rei que não se preocupava que ela vivesse ou morresse.

Meu pai considerava a rebelião um incômodo, e eu não achava que ele realmente a levava a sério até que invadiram o castelo. Só então eu vi o medo em seus olhos. Meu pai estava se apropriando da magia do dízimo, mantendo-a como para alimentar sua ganância por poder, mas eu tinha visto um traço de dúvida em seu rosto naquele dia. Tudo o que ele havia tirado das pessoas podia não ter sido suficiente.

O homem tinha tudo, e, ainda assim, não foi o bastante para protegê-lo quando seu povo finalmente decidiu revidar.

Nunca imaginei que algo assim aconteceria.

Dacre acenou com a cabeça antes de se inclinar para trás e fechar os olhos com força.

— Estou bêbado demais para essa conversa.

Eu ri baixinho, embora sem humor.

— Sobre o que você gostaria de falar, então?

— Você não estar vestindo nada além da minha camisa. — Ele não hesitou, as palavras saíram lentamente, como se pudesse saboreá-las, e pairaram no ar como uma promessa não dita, fazendo minha pele formigar de antecipação. — É realmente a única coisa em que consigo pensar desde ontem à noite.

Engoli em seco enquanto o encarava. Seus cílios estavam espalhados sobre as maçãs de seu rosto, ele parecia tão em paz assim.

— Eu estava vestindo mais do que apenas sua camisa.

— Eu sei — ele gemeu suavemente. — Mas tudo o que conseguia pensar enquanto estava deitado lá no escuro é o que aconteceria se você não estivesse. — Lentamente, ele virou a cabeça para mim e olhou nos meus olhos com uma intensidade que me fez prender a respiração. A voz dele me surpreendeu, baixa e grave. — Fiquei sonhando em despir você de todo o resto, até que não tivesse nada mais para esconder.

Pude sentir o calor subindo ao meu rosto enquanto desviava o olhar, incapaz de enfrentar o olhar dele.

— Acho que é hora de irmos — falei, com voz tensa enquanto engolia as palavras que queria dizer.

— Seria inteligente. — Ele estendeu a mão e passou os dedos pela borda da minha camisa. Brincou com o tecido distraidamente, mas havia um gritante contraste com o fogo que ele atiçava em mim a cada toque cheio de segurança. — Você usou isso esta noite para me punir?

— Como isso seria uma punição para você?

— Por você não ser minha.

As palavras dele me intoxicavam muito mais do que qualquer vinho jamais conseguiria.

— Eu não sou de ninguém.

Seus olhos ensombreceram enquanto seguiam o rastro de suas mãos, e seu toque ficou mais firme.

— Eiran tocou em você?

Tropecei nas palavras, mal conseguindo proferir um "o quê?" antes de uma risada incrédula escapar dos meus lábios. Balancei a cabeça em descrença.

— Você não pode estar falando sério.

— Estou falando seríssimo. — Ele ergueu o olhar do meu abdômen para meu rosto, e senti uma onda de raiva me percorrer. Os olhos dele estavam me provocando com o mesmo desdém de todas as sessões de treinamento pelas quais ele me fez passar.

Eu me levantei depressa e me afastei dele antes de fazer algo de que pudesse me arrepender.

Ele gritou meu nome, mas não parei, voltando pela entrada da caverna. Dacre estava bêbado, e eu não estava com vontade de lidar com ele esta noite.

Não com ele me tocando daquele jeito.

Não quando imploraria a ele, mesmo ele sendo cruel.

Eu me abaixei com cuidado, esticando o pescoço para baixo, e senti a borda fria e irregular da rocha raspar minhas costas. Exalei de alívio quando finalmente emergi do outro lado da passagem estreita, apenas para ser recebida por uma escuridão aterrorizante. O fraco brilho da luz que havia me guiado pelo túnel estreito agora estava completamente obscurecido, e combati meu pânico crescente enquanto pensava em voltar para lá.

— Nyra, espere.

Eu estava prestes a continuar andando quando Dacre saiu cambaleando da abertura envolta em sombras e bateu em minhas costas. As mãos dele se esticaram e agarraram meus braços antes que eu pudesse cair.

— O que você está fazendo?

— Não consigo ver porra nenhuma! — falei de modo um pouco histérico.

— Se você usasse sua magia, poderia produzir luz.

— Oh, graças aos deuses. Você não perdeu sua capacidade de ser um babaca lá dentro. — Eu deveria ter me afastado dele.

— Não seríamos capazes de continuar sem isso. — Ele riu atrás de mim e pude sentir o calor de sua respiração na minha nuca.

Fui tomada por um tremor, sabendo que ele podia senti-lo.

— *Você* não seria capaz de continuar sem isso, porque é sua personalidade inteira. Eu ficaria muito bem.

Dei um salto quando Dacre tocou minha nuca, e eu podia praticamente sentir o sorriso dele enquanto passava o nariz pela minha pele.

— O que você está fazendo?

— Aproveitando você por um instante. — Ele inalou e pressionei minhas coxas uma contra a outra enquanto o estrondo profundo da voz dele me invadia. — Não há para onde você fugir agora.

— Eu poderia gritar por Eiran. — Eu não falei sério, mas sabia que essas palavras o irritariam. E eu queria ser capaz de chegar aos nervos dele com a mesma facilidade que ele chegava aos meus.

— Faça isso. — Ele me puxou mais perto, com seu braço musculoso envolvendo minha cintura. A ponta dos dedos dele roçou minha barriga nua enquanto ele murmurava em meu ouvido: — Eu adoraria que Eiran chegasse aqui e nos visse exatamente assim.

— Não importaria. — Meu corpo estremecia sob seu aperto forte enquanto ele se aproximava, pressionando seu corpo contra minhas costas. Sua respiração quente se enlaçou em meu ouvido quando eu disse: — Não estamos fazendo nada.

— Não estamos? — Ele se aproximou de mim, pressionando os quadris contra os meus, e pude sentir o volume duro de sua ereção pressionada contra minha bunda, enviando um arrepio que me atravessou quando percebi meu poder sobre ele.

Fechei os olhos e senti o calor através de minhas roupas enquanto seus braços fortes me envolviam. Eu queria ficar naquele momento, mas não devíamos.

— Devíamos voltar — eu disse baixinho.

— Não devíamos — Dacre gemeu contra o meu pescoço, e o som fez meu estômago doer e se contrair. — Ainda não estou pronto para voltar.

Estava na ponta da minha língua implorar para ele me tocar, mas eu não queria dar a ele nada que pudesse usar contra mim mais tarde.

— Você está bêbado, Dacre. — Minhas palavras soaram muito baixo, como se eu não quisesse que fossem verdadeiras.

— Estou pensando com mais clareza do que há muito tempo.

As palavras me invadiram como uma onda de calor enquanto seus lábios corriam pelo lóbulo da minha orelha.

— Juro que eles foram por aqui. — A voz de Eiran chegou ao fundo da caverna onde estávamos, mesmo que não pudéssemos vê-lo, e Dacre enrijeceu atrás de mim. — Você os vê?

— Não. Vamos, Eiran. — Era Wren. — Dacre é mais do que capaz de cuidar de Nyra.

A mão de Dacre percorreu lentamente meu corpo, enviando um arrepio que me atravessou enquanto seus dedos passeavam pela pele macia do meu pescoço. Ele a moveu para cima e segurou minha boca com dedos longos e gentis, pressionando com força suficiente para me manter quieta.

Seu hálito quente soprou em meu ouvido enquanto ele proferia um enfático "shhh", e sua outra mão deslizou sob a bainha da minha camisa, pressionando levemente minha barriga.

— Dacre. — O som do nome dele foi abafado contra a palma de sua mão, e ele gemeu em minha nuca.

— Deuses, eu adoro quando você diz meu nome. — Sua mão comprimiu minha barriga e me puxou com mais força contra ele, contra a evidência de que ele me queria muito. — E adoro mais ainda saber que Eiran está procurando por você.

Minha boca se abriu, pronta para dar uma resposta espirituosa, mas antes que eu pudesse emitir uma palavra, seu dedo roçou levemente entre meus lábios até correr pela ponta da minha língua.

— Nyra! — Eiran gritou, e Dacre riu baixinho.

— Deixo você voltar para ele com uma condição — Dacre respirou contra meu ouvido. — Diga que você não me quer e deixo você fugir com ele.

Abri a boca, pronta para fazer exatamente o que ele instruiu. Mas antes que eu pudesse falar, uma de suas mãos escorregou da minha boca, arrastando-se pelo meu pescoço, e a outra se moveu lentamente para o cós da minha calça, seus dedos traçando círculos suaves que me deixaram sem fôlego.

Tudo o que eu conseguia pensar era naquela maldita mão e como a ponta de seus dedos deslizava abaixo do cós da minha calça.

— Você está molhada, traidorazinha? — ele sussurrou em meu ouvido, e um gemido atravessou meus lábios sem que eu pudesse impedir.

Eu queria poder parar de reagir a ele, mas tinha contado tantas mentiras que não conseguia resistir e lhe contar a verdade.

Balancei a cabeça, mas isso não foi o suficiente para ele.

— Use suas palavras, Nyra. Preciso ouvir você dizer o quanto me quer.

O constrangimento me inundou, mas não consegui me importar. Não no escuro, onde ninguém mais podia me ver ou me ouvir.

— Estou.

— Você está o quê? — Suas palavras eram um rosnado.

— Estou molhada para você. — Eu podia sentir a umidade se acumulando entre minhas coxas, e senti que ia morrer se ele não me tocasse.

Um gemido baixo e gutural saiu da minha garganta enquanto suas mãos exploravam meu corpo. Seus dedos estavam firmes contra minha pele, e senti um calor irradiando deles, que lentamente deslizaram por baixo das minhas roupas. Minha respiração vibrou quando os dedos dele envolveram minha carne, desenhando círculos que faziam minhas pernas tremerem de ansiedade.

Ele pegou meu queixo, e seu polegar calejado pressionava gentilmente minha pele para trás até que meus lábios colidiram com os dele.

O beijo não foi gentil ou provocador, foi punitivo e brutal, e ele roçou os dentes nos meus lábios antes de forçar a entrada e provar

173

minha língua com a dele. Seus dedos exploraram e me empurraram com mais firmeza e eu me joguei para trás em seus braços.

Era a primeira vez que eu era beijada e não foi nada parecido com o que eu havia esperado. Eu tinha sonhado com aquele momento por anos, mas, de alguma forma, foi muito melhor.

Seus dedos deslizaram mais para baixo, brincando comigo enquanto ele traçava cada parte de mim, e ele gemeu quando foi recebido pela umidade que esperava por ele.

— Deuses, você *está* mesmo muito molhada para mim.

Beijei-o com força, tentando conter meus gemidos de prazer, mas ele levantou o polegar e afastou meu lábio dos meus dentes. Ele esfregou a ponta de seu polegar rudemente sobre meu lábio antes de mover sua boca de volta para a minha, mantendo-a aberta com a língua no momento em que um dedo deslizou para dentro de mim. Eu congelei por um segundo antes da palma de sua mão começar a esfregar círculos suaves em meu clitóris sensível.

Nunca fui tocada assim antes, nunca me senti tão completamente fora de controle.

Eu me recostei contra ele, sentindo seus músculos se contraírem sob meu toque. A respiração dele se enlaçou em minha boca enquanto eu passava a mão por sua coxa e cravava minhas unhas em suas roupas de couro.

— Nyra! — Eiran chamou de novo e rapidamente virei minha cabeça na direção da voz dele. Eu ainda não conseguia vê-lo, mas conseguia ver um ponto de luz vindo em nossa direção.

— Dacre.

— Não ouse. — Seus dedos começaram a bombear para dentro e para fora de mim suavemente, e minhas coxas envolveram a mão dele em um aperto. — Não vou te deixar ir a lugar nenhum até poder sentir você gozar em meus dedos.

Eu respirei fundo porque nunca tinham falado comigo daquele jeito antes. Eu era a princesa, e todos me tratavam como se eu fosse quebrar a qualquer momento.

Mas Dacre não.

E suas palavras não fizeram nada além de deixar os dedos dele mais molhados enquanto continuava a brincar em mim.

— Você quer gozar? — ele perguntou tão baixo que pensei ter imaginado.

— Sim — suspirei, e ele enfiou um segundo dedo dentro de mim.

Eu me senti tão satisfeita. Satisfeita demais, e eu choraminguei quando ele moveu a mão com mais força e mais velocidade.

— Você está me aceitando tão bem, traidorazinha. — Ele mordiscou minha orelha, e senti o movimento em todo o meu âmago. — Deuses, posso imaginar quão bem vai receber meu pau. Eu poderia morrer pensando nessa bucetinha apertada me envolvendo como se tivesse sido feita para mim.

Meu estômago se contraiu a ponto de doer e pressionei as costas contra Dacre, deixando-o suportar meu peso enquanto eu me concentrava em nada além de perseguir a euforia que ele estava me oferecendo.

— Você gosta dessa ideia, não é? Eu enterrado dentro de você enquanto você grita meu nome.

Assenti, mas seu comando foi imediato.

— Palavras.

— Sim.

— Boa menina. — Ele pressionou seu volume contra minhas nádegas e eu gemi. — Eu a recompensaria muito bem. — A palma de sua mão pressionou com mais força meu clitóris, e eu não achei que conseguiria lidar com aquilo por mais um segundo. — Eu me deleitaria com essa boceta como se tivesse passado fome por anos.

Eu protestei, mas ele não tinha terminado.

— Eu estava faminto, Nyra. Até encontrar você.

A represa se rompeu dentro de mim e gemi seu nome enquanto o prazer percorria cada centímetro de meu corpo. A mão dele não parou de me atacar, e a euforia que senti foi tanta que me fez querer chorar. Era demais, um prazer muito extremo, e apertei meus lábios para impedir que todos nesta maldita cidade me ouvissem gritando o nome dele.

— Nyra. — Era a voz de Eiran outra vez, agora mais perto, e Dacre tirou a mão da minha calça com facilidade.

Choraminguei pela perda dele, e ele riu baixinho atrás de mim.

— Limpe-os. — Ele levou os dedos aos meus lábios. — A menos que queira que Eiran veja você pingando dos meus dedos quando chegar aqui.

Abri a boca imediatamente, com avidez, sem querer admitir para mim mesma que não tinha absolutamente nada a ver com Eiran ou com o que ele veria.

Eu me provei nos dedos de Dacre, e ele os pressionou em minha boca até atingirem o fundo da minha garganta. Pouco antes de eu pensar que iria me engasgar, ele parou.

— Chupe — exigiu ele, falando baixinho, e obedeci.

Eu esvaziei minhas bochechas e chupei seus dedos na minha boca. Passei minha língua sobre seus dedos, saboreando cada centímetro, até que ele finalmente os tirou da minha boca. Ele me beijou então, provando meu sabor em meus lábios, e gemeu em minha boca no momento em que a luz inundou minha visão.

— Nyra, você está bem?

Dacre me soltou e pisquei para ele antes de olhar para Eiran. Ele estava a cerca de cinco metros de nós e realmente parecia preocupado. Eu não era capaz de imaginar como me veria naquele instante, mas a vergonha me inundou enquanto os choques do prazer ainda se agarravam a cada parte de mim.

— Sim. Estou bem. — Minha voz soou trêmula e esperei que Eiran não percebesse isso. — Estávamos voltando.

O olhar dele saltou de mim para Dacre antes de voltar para mim novamente.

— Estávamos ficando preocupados com vocês. Sabemos o quanto Dacre bebeu esta noite.

As palavras dele me atingiram, e a vergonha que senti um segundo antes não era nada comparada à que sentia naquele momento. Era como se Eiran estivesse me lembrando de que tudo que aconteceu entre Dacre e mim foi resultado do vinho e nada mais, e talvez ele estivesse certo.

Dacre me odiava, mas esta noite, ele estava... Bem, eu não sabia como ele estava, mas ainda podia sentir seu toque entre minhas coxas.

Eu podia sentir seu toque *em todo meu corpo.*

— Estou perfeitamente bem, Eiran — disse Dacre atrás de mim, e eu me assustei com o som da voz dele. — Mas obrigado pela preocupação.

— Eu não estava preocupado com você. Só com ela.

— Eu diria que ela está mais do que bem. Não está, traidorazinha? — Dacre passou à minha frente, e minha boca se abriu enquanto eu o observava deslizar dois dedos entre os lábios. Ele piscou para mim enquanto deslizava sua língua entre eles. Ele não escondeu o que estava fazendo de Eiran e eu quis matá-lo quando ele finalmente parou. — Perfeita até.

— Certo. — Os olhos semicerrados de Eiran recaíram em mim, e odiei a cautela dele. Ele sabia exatamente o que Dacre tinha acabado de fazer? O que eu tinha permitido que ele fizesse? — Você quer que eu deixe vocês aqui?

— Não. — Dei um passo à frente rapidamente e passei por Dacre antes que pudesse pensar melhor. — Por favor, pode me levar de volta.

Dacre riu atrás de mim, mas Eiran apenas assentiu.

Eu me coloquei ao lado dele, mas dessa vez ele não estendeu a mão para pegar a minha como tinha feito antes.

Ele ainda estava observando Dacre, e o olhar de repulsa em seu rosto era mais do que claro.

— Vamos. — Eiran acenou para que eu avançasse e passei à frente dele, sem esperar que ele me seguisse.

— Vejo você no treino. — A voz de Dacre ecoou nas paredes, mas eu não parei.

Eu precisava sair dali.

CAPÍTULO XV
NYRA

A palma das minhas mãos estava escorregadia de suor enquanto eu percorria os campos de treinamento com o olhar, absorvendo cada detalhe. Wren estava à minha direita, suas pernas longas estendidas à sua frente, e eu assentia para algo que ela estava dizendo.

— Você me ouviu?

— O quê? — Pisquei e olhei para ela.

— Você deveria se alongar mais. Prometo que vai ajudar com a dor depois.

Ela se inclinou para a frente e tocou os dedos dos pés, e fiz o mesmo.

A dor. A única dor em que eu conseguia pensar era a que sentia entre minhas coxas com a lembrança do toque de Dacre, que tinha simplesmente desaparecido depois que saí com Eiran na noite anterior.

— Você viu seu irmão esta manhã? — Estiquei meus braços acima da cabeça enquanto olhava ao redor.

— Não. — Ela riu. — Eu diria que ele provavelmente está dormindo depois de todo aquele vinho, se eu tivesse que dar um palpite. Não sei o que deu nele ontem à noite.

Mordi a língua porque também não sabia o que tinha dado nele, mas não era algo que eu estava pronta para discutir com Wren.

Ele era irmão dela.

— Isso significa que posso voltar para nosso quarto e dormir mais um pouco? — Eu ri porque sabia que isso nunca iria acontecer.

— Hoje não — disse uma voz masculina grave que não reconheci atrás de mim.

— Pai. — Wren se levantou e se ajeitou em frente dele. Ela não se aproximou nem o abraçou como eu esperava. Em vez disso, posicionou-se como uma guerreira diante de um comandante.

Então fiz o mesmo.

— Você deve ser Nyra. — O pai dela olhou para mim, e se parecia tanto com o filho que era perturbador. Ele tinha cabelo grisalho nas têmporas e o rosto estava marcado pela idade, mas as feições eram as mesmas do filho.

Tudo, exceto os olhos.

Eu o tinha visto apenas uma vez antes, quando ele tirou Dacre do treinamento, mas aquela era a primeira vez que falava comigo.

— Sou. — Assenti e mexi os pés, desconfortável sob sua atenção.

— Ouvi dizer que meu filho tem treinado você. — Ele percorreu os campos com o olhar. — Alguma ideia de onde ele está agora?

— Ele não estava se sentindo bem ontem à noite — respondeu Wren antes que eu pudesse dizer qualquer coisa. — Ouvi ele passando mal do outro lado da parede.

Fiquei de boca fechada porque as mentiras dela para o pai não eram da minha conta.

Eu tinha minhas próprias mentiras com que me preocupar.

— Então você está comigo hoje, Wren. — As palavras dele eram uma ordem, e ela simplesmente assentiu.

— E você? — Ele inclinou a cabeça e me estudou. Sua expressão era bastante parecida com a de Dacre, mas me perturbava de uma forma que Dacre nunca tinha conseguido.

Minha coluna se alinhou sob seu escrutínio.

— E eu?

— Você já esteve em campo?

— Ela só teve alguns dias de treinamento — respondeu Wren em meu lugar, mas o pai não lhe deu atenção.

179

— Você virá conosco, então. — Ele se afastou de nós. — Já estamos saindo.

— Merda — xingou Wren baixinho, e eu arregalei os olhos.

O pai dela já estava se afastando de nós, mas ela puxou duas adagas diferentes das bainhas em seu colete antes de colocá-las no meu.

— Vou matar Dacre. — Ela olhou por cima do meu ombro como se ele fosse aparecer de repente.

— Devo me preocupar? — Minhas mãos tremiam ao lado do corpo, mas eu não tinha ideia do que significava ir a campo. E não conseguia tirar da cabeça a imagem do que Dacre me disse naquela caverna na noite anterior. Aqueles meninos. Não sabia como lidar com aquilo. Não sabia se seria capaz.

Não sabia o que faria se ele me obrigasse a chegar perto do palácio.

— Apenas fique do meu lado. — Ela puxou as alças do meu colete antes que seu olhar de preocupação encontrasse o meu. — Você vai ficar bem.

Ela seguiu o pai e fiz exatamente o que ela disse, mantendo-me ao lado dela enquanto caminhávamos para onde ele se encontrava com outros dois homens e Mal.

Ela abriu a boca como se fosse falar algo antes de fechá-la outra vez. Eu não a via desde o dia em que cheguei e, sinceramente, estava grata por isso.

— Ótimo. Vamos lá. — O pai de Wren mal lançou um olhar antes de conduzir a todos por um caminho sinuoso que nos levou para longe do campo de treinamento e para as profundezas das cavernas estreitas.

Ele estava andando tão depressa que mal conseguia acompanhar, mas fiquei ao lado de Wren quando chegamos ao fim de uma caverna enorme e começamos a subir uma escada em caracol que estava muito encoberta por trepadeiras — a ponto de eu jamais saber que ela estava lá se não me mostrassem.

Quando o pai de Wren chegou ao topo, ele ergueu a rocha circular que se deslocou para o lado e permitiu que a luz ofuscante do sol entrasse. Eu já tinha passado tantos dias na cidade subterrânea que tive que proteger meus olhos para que se adaptassem à luz do dia.

O pai de Wren e os outros desapareceram pelo buraco no teto; ela e eu os seguimos.

Wren estendeu a mão para me segurar e me ajudar a subir antes de movermos a pedra de volta sobre a abertura.

Estávamos no meio de uma floresta, cercados por árvores e uma densa camada de musgo no chão. Eu não tinha ideia de onde estávamos nem se era longe do palácio, mas podia ouvir o barulho alto da água batendo onde a cachoeira atingia a superfície. Era um som pelo qual eu costumava ansiar à noite. Eu abria minha janela e deixava o som familiar embalar meu sono depois que minha mãe não estava mais lá para fazer isto.

Mas naquele instante o som me fazia estremecer e a ansiedade envolvia minhas veias. Estávamos perto o suficiente para ouvi-lo, o que significava que também estávamos perto do meu pai.

— Davian, precisamos ir para o leste — disse Mal enquanto olhava ao redor. — Supostamente o encontraremos em breve.

O pai de Wren olhou para nós uma vez antes de acenar com a cabeça.

— Vamos acabar com isso.

Nós os seguimos enquanto eles se moviam pela floresta como se fizessem parte dela. Os passos deles eram silenciosos e tão rápidos que minha respiração entrava e saía do meu peito depressa, tentando alcançar o ritmo deles.

Wren era quase tão furtiva quanto os outros, mas pude identificar facilmente que eles tinham mais anos de treinamento do que ela.

Inclusive Mal.

O suor escorria pela minha nuca quando eles finalmente pararam atrás de um aglomerado de grandes árvores e tentei acalmar minha respiração ofegante enquanto eles observavam uma pequena clareira à nossa frente.

Eu não sabia pelo que estavam esperando, mas a tensão no ar era espessa e sufocante. Podia ouvir meus próprios batimentos cardíacos enquanto observava os homens à nossa frente, seus olhos focados em algo na clareira.

— Por que você a trouxe aqui? — Mal falou baixinho enquanto se movia ao lado de Wren.

— Davian exigiu. — Wren estreitou os olhos para Mal. — Você gostaria de ser a pessoa que lhe diz não?

Mal não respondeu; em vez disso, ela se agachou e olhou para a clareira.

Perdi o fôlego quando o movimento nos arbustos das redondezas revelou a figura de um homem alto e de ombros largos, com uma mandíbula forte e cabelo preto curto. Faris.

Nós nos conhecíamos havia anos, desde que eu era uma garotinha brincando nos pátios do castelo. Ele era um dos principais comandantes do exército do meu pai, e não havia possibilidade de não ser reconhecida por ele. Senti uma vertigem ao ser dominada pelo medo e me forcei a respirar fundo.

Davian fez sinal para que ficássemos parados enquanto ele e os outros homens desapareceram pelas árvores do entorno. Wren agarrou minha mão e me puxou para junto dela, seu gesto foi firme e reconfortante.

Ambas nos agachamos perto da base de uma árvore enorme, perto de Mal, e pude sentir a tensão no corpo de Wren.

Não havia dúvidas de que elas também podiam sentir a tensão em mim.

— Você sabe quem é? — perguntei a Wren em um tom tão baixo que mal ouvi minha própria pergunta.

Ela balançou a cabeça sem tirar os olhos de Faris.

— Nunca o vi antes.

— Ele é um dos comandantes do exército do rei Roan — murmurou Mal sem se virar para nos encarar.

Observei Faris andando de um lado para o outro na clareira, seus olhos se moviam depressa. Ele parecia não dormir há dias, o rosto abatido e esquelético.

Senti um arrepio percorrer minha espinha ao observá-lo. Faris era conhecido por ser implacável em batalha. As histórias que meu pai costumava contar sobre seus grandes esforços de guerra eram suficientes para revirar meu estômago, e não me senti segura com ele diante de nós.

— Ele me conhece. — Falei as palavras no ouvido de Wren antes que pudesse pensar melhor nelas, mas se eu tinha de enfrentar aquilo, queria fazê-lo com alguém em quem eu confiava e que pelo menos sabia parte da verdade.

A única verdade que eu poderia contar.

Wren olhou para mim com olhos avaliadores, mas sem julgamento. Sem ódio.

— Vamos esperar e observar. — Sua voz foi firme e calma. — Permanecemos escondidas, a menos que meu pai nos diga o contrário.

Assenti, meu coração batia forte no peito.

— Foi você que pediu por esse encontro. — Davian estava diante dos outros. — O que quer?

Os olhos de Faris se voltaram para o pai de Wren, e ele deu um passo à frente.

— Tenho informações que podem ser de grande utilidade para vocês.

A expressão de Davian permaneceu indecifrável e ele ficou parado esperando Faris continuar.

— Tenho informações sobre o paradeiro da princesa. — A voz de Faris saiu em um tom baixo e senti o aperto de Wren em minha mão.

— O que faz você pensar que estaríamos interessados nisso? — O tom de Davian era duro, mas vi a maneira como ele se inclinou minimamente em direção a Faris.

— A princesa Verena é uma moeda de troca valiosa — respondeu Faris com os olhos percorrendo a clareira. — O rei tem homens procurando por ela há meses.

Era a primeira vez que ouvia meu nome em tanto tempo e aquilo me desestabilizou.

Davian deu de ombros e se remexeu nos pés.

— Porque ela é filha dele. — Ele parecia quase entediado com a conversa, mas estava observando Faris atentamente enquanto respondia. — Mas isso não a torna valiosa para mim.

— Ele não se importa com ela por ser filha dele — lançou Faris, e a vergonha me inundou. — Se ela tivesse sido suficiente, ele não teria passado anos matando a rainha, forçando-a a tentar lhe dar outro herdeiro.

A culpa e a tristeza eram piores do que qualquer arma que alguém pudesse atirar em mim, e minhas mãos tremeram quando as palavras me atingiram.

— Então o que ele quer com ela? Ele tem uma nova rainha agora. — A mão de Davian se moveu quase imperceptivelmente, mas percebi a maneira como ela se aproximou das armas ao lado de seu corpo.

Faris balançou a cabeça e seu olhar recaiu sobre a mão de Davian e depois retornou ao rosto dele.

— Ele está desesperado para encontrá-la.

Meu pai sequer olhou na minha direção quando os rebeldes invadiram o palácio. Sua nova rainha estava protegida, mas e eu? Eu não era sequer um pensamento na mente dele, e essa foi a única razão pela qual consegui escapar sem nenhum deles me encontrar.

Faris se inclinou, sua voz reduzida a um sussurro, e seu olhar, ainda errático, observava o entorno.

— Ela é a única herdeira dele. Há rumores de que a nova rainha o está decepcionando, assim como a primeira.

Minha respiração ficou presa na garganta e a pressão em meu peito ameaçou me derrubar. Ele sempre foi cruel, mas ainda era meu pai.

Eu ainda era a única filha nascida da rainha que ele um dia amou.

Minha mão disparou para a frente, pressionando a árvore, e me segurei antes de cair. A mão de Wren apertou a minha, tentando me fazer olhar para ela, mas eu não conseguia pensar em nada além do que Faris tinha acabado de dizer. Se meu pai me quisesse morta, não haveria como impedir.

— O que foi isso? — A mão de Faris pousou sobre sua adaga enquanto ele a arrastava para trás e seu olhar disparou em nossa direção. — Tem mais alguém aqui?

Os olhos de Davian se voltaram em nossa direção, e senti Wren me puxar para perto dela. A tensão no ar era sufocante, e eu já estava quase incapaz de respirar.

— Quem está aí? — Faris gritou, sua adaga agora totalmente desembainhada enquanto ele examinava a área.

Davian deu um passo à frente, sua mão apoiada no cabo da própria arma bloqueando-nos do campo de visão.

— Fique quieto, Faris. São só duas das minhas aprendizes.

— O que estão fazendo aqui? — Faris contornou Davian e tentou obter uma visão melhor de nós. — Apareçam.

Davian assentiu uma vez em nossa direção e Wren se levantou. Ela me puxou para cima, mas hesitei.

O medo, puro e implacável, corria por mim e me paralisou. Eu não conseguia me mover. Não conseguia respirar. Senti Wren puxando meu braço, mas não conseguia encarar Faris.

— Está tudo bem, Nyra. — A voz de Wren era calma e reconfortante, mas ela não entendia.

Observei Faris virar sua adaga na mão e fiquei ansiosa para pegar a minha. Mas mesmo com toda a pressão de Dacre no treinamento, eu não teria a mínima chance de lutar contra ele, muito menos contra os outros.

— Faris — avisou Davian com a mão apoiada na própria arma enquanto Wren saía de trás da proteção da árvore.

Com a mão ainda segurando a minha com força, ela se mostrou altiva e orgulhosa, com o queixo erguido. Seus olhos nunca se desviaram de Faris e respirei fundo e saí de trás dela.

Os olhos de Faris piscaram entre nós duas, sua adaga ainda empunhada com firmeza, antes que seus olhos se arregalassem ao me encarar.

— O que você está fazendo aqui? — quis saber ele, em voz baixa e ameaçadora.

Eu podia sentir Davian e os outros se virando para olhar para mim, mas não ousei desviar os olhos de Faris.

— Faris, por favor. — Levantei minha mão em sua direção, esperando acalmá-lo.

Mas os olhos dele se estreitaram apenas um segundo antes que eu visse a arma sair de sua mão.

Meu coração disparou enquanto eu observava o brilho da lâmina voando em nossa direção, apontando direto para Wren, que ainda me bloqueava da visão completa de Faris. O tempo desacelerou e tudo à minha volta pareceu se misturar.

Meu aperto na mão de Wren aumentou e eu a puxei para trás de mim com força. A arma se movia tão depressa que mal notei quando a ponta afiada perfurou minha camisa, arranhando meu braço, e uma dor ardente se espalhou antes que a adaga se enterrasse profundamente na árvore atrás de nós.

O pai de Wren desembainhou a espada, mas não antes de Faris ter outra arma na mão.

Mas Wren não se esquivou, não hesitou.

Ela já tinha a própria arma desembainhada na mão, que não tremia como a minha.

— Como você a conhece? — perguntou o pai dela a Faris, apontando a espada na minha direção; mas enquanto Faris grunhia, Wren já estava se movendo.

Eu não consegui acreditar na rapidez com que ela havia reagido. Com movimentos graciosos e fluidos, Wren lançou sua arma com uma facilidade treinada.

A lâmina dela foi letal, pois atingiu Faris na lateral do pescoço. O sangue jorrou do ferimento, e Faris cambaleou para trás, com os olhos arregalados de surpresa.

— A princesa. — As palavras de Faris soaram abafadas enquanto ele lutava para respirar, mas não havia dúvidas sobre o que ele havia dito.

— O que tem a princesa? — Davian perguntou, em uma voz estrondosa e caótica.

— Ele vai matar todos vocês por causa dela. — Ele não tirou os olhos de mim. — Ele vai matar vocês.

Faris caiu para a frente, seus joelhos bateram na terra dura, com um baque alto de sua adaga, que caiu de seus dedos sem vida.

Enquanto ele me encarava, seu corpo pareceu enfraquecer e finalmente colapsou no chão, com o rosto repousando na terra úmida coberta de manchas de musgo. Fiquei paralisada, meu coração disparou contra o peito enquanto eu o observava lutar para respirar na grama.

— Que porra foi essa? — um dos homens com o pai de Wren praguejou enquanto Davian se virava em minha direção.

Sua testa estava franzida e sua mandíbula, cerrada, a raiva e a confusão, entalhadas em seu rosto. Minhas mãos tremiam incontrolavelmente ao lado do corpo e a dor percorreu meu braço se intensificando a cada segundo que passava.

O sangue escorreu pelo meu braço até pingar dos meus dedos e atingir o chão, mas não ousei tirar os olhos dos homens à minha frente por tempo suficiente para verificar o ferimento. A expressão de Davian se transformou em pura raiva, seus músculos se tensionaram enquanto ele avançava em minha direção. Eu me preparei para o impacto, sabendo que meus próprios ferimentos não eram nada se comparados ao que ele faria.

Cambaleei para trás, tropeçando no musgo espesso e nas raízes que estavam rompendo a superfície como se tentassem agarrar meus tornozelos. Mal consegui me segurar no tronco da grande árvore atrás de mim e estremeci ao colocar peso no braço ferido.

Davian estava sobre mim antes que eu pudesse pensar ou mesmo respirar, e ainda que eu pudesse ouvir Wren dizendo ao pai para parar, ele era a única coisa que eu conseguia enxergar.

Uma de suas mãos envolveu meu pescoço enquanto a outra pressionava a ferida em meu braço sem nenhum cuidado e eu gritei de dor, ainda lutando para respirar.

— Maldição, quem é você? — ele perguntou, e sua saliva respingou em meu queixo.

187

Levantei minha outra mão, arranhando a mão dele que estava cortando meu ar. Eu não conseguia falar, mas mesmo se conseguisse, nunca contaria a verdade.

Minha mente acelerou, o pânico me dominou enquanto ele pressionava meu ferimento com mais força.

— Como ela vai responder, merda? — Wren gritou atrás de mim, mas eu só conseguia ver o rosto de Davian, cuja semelhança com o do filho era assustadora.

O olhar de Davian recaiu sobre a mão dele em meu pescoço por um momento antes que finalmente afrouxasse o aperto, mas apenas o suficiente para me permitir uma respiração furtiva e uma resposta.

— Eu já disse a todos vocês quem sou.

— Não minta para mim, porra. Eu não sou o meu filho. — A mão dele se tensionou em meu pescoço, e seu olhar destemido investigou meu rosto. — Como Faris te conhece?

— Vivi no palácio a minha vida inteira. — Era verdade.

Dê a ele verdades.

— E a princesa? — As duas mãos me pressionaram com mais força, e um gemido que tentei deter escapou dos meus lábios.

— O que tem ela? — O sangue estava envolvendo meus dedos.

— Precisamos encontrar a princesa.

— Vocês o ouviram. Isso é pedir para morrer.

A mão em meu pescoço apertou e ele sacudiu minha cabeça até que a parte de trás do meu crânio bateu na casca da árvore. Minha visão ficou turva e lutei outra vez para respirar enquanto o sentia se aproximar ainda mais de mim.

Wren estava gritando, mas eu não conseguia mais entender o que ela dizia.

Senti a sombra da barba de Davian arranhando minha bochecha e quis empurrá-lo, sacar minha adaga do colete como Dacre vinha tentando me ensinar, mas não conseguia me concentrar em nada além de piscar para afastar a fumaça escura que parecia nublar minha mente.

— Traidores não têm lugar nesta rebelião. — A boca dele estava tão perto do meu ouvido que pude sentir seus lábios se movendo enquanto ele falava apenas para mim. — Você sabe mais do que está dizendo. Vai nos ajudar a encontrar a princesa, ou vai morrer tentando.

Eu não tinha ar. Minhas pálpebras estavam pesadas, e aquela fumaça escura estava chegando a cada canto de meu campo de visão. Pisquei novamente, tentando eliminá-la, mas sua presença era muito inebriante.

As mãos de Davian me soltaram, e quando o ar voltou aos meus pulmões, minhas pernas cederam. Desabei no chão e fiquei grata pelo musgo espesso que suavizou minha queda, ainda que lágrimas escapassem dos meus olhos quando a dor latejante do meu braço se intensificou.

Davian deu mais um passo para trás, e Wren se colocou ao meu lado imediatamente.

— Merda — xingou ela entredentes, e quando olhei para os olhos dela, que eram como mel quente misturado com o mar verde, pude ver seu próprio medo me encarando.

— Leve sua aprendiz de volta para o subsolo, Wren — disparou o pai, sem me poupar de outro olhar. — Temos de fazer o controle de danos agora que você matou nosso informante.

Ele virou as costas para nós, e as mãos trêmulas de Wren correram por meu rosto.

— Nyra, vou precisar que você me ajude a te levantar.

Nyra.

Deuses, eu sentia tanta falta dela.

Tentei lembrar o som da voz dela, o olhar em seu rosto quando ria, mas tudo parecia vazio.

Eu sentia tanta falta que mal conseguia me lembrar dela.

— Nyra, olhe para mim.

Eu pisquei para Wren, desejando desesperadamente poder contar meu nome verdadeiro. Eu queria poder contar tudo a ela.

— Está tudo bem — sussurrou ela, com um movimento de cabeça. — Vou te ajudar.

— Vamos, Mal — chamou Davian, e olhei para a minha direita, vendo Mal ajoelhada ao meu lado e amarrando uma atadura branca fina em volta do meu braço.

Ela não me olhou nos olhos enquanto trabalhava.

— Estou indo — gritou olhando para trás, mas aproximou a cabeça da de Wren.

— Leve-a de volta para o subterrâneo — ordenou. — Leve-a para Dacre.

CAPÍTULO XVI
DACRE

Eu mal conseguia me concentrar em qualquer coisa que Kai dizia.

A minha cabeça latejava para caralho.

— Estou preocupado com o que eles farão se não encontrarem nada logo. Eles estão impacientes, e a impaciência pode ser a morte de uma rebelião.

— Eu diria que eles estão mais do que impacientes. — Cruzei os braços enquanto observava os atuais recrutas treinando. — Meu pai se tornou sanguinário desde o momento em que saímos do palácio sem minha mãe.

Muito antes disso, na verdade.

Kai assentiu, e pude ver os mesmos fantasmas que me assombravam anuviando o olhar dele. O pai dele havia sido perdido no mesmo cerco que levou minha mãe.

Foi uma missão impossível, cujo preço todos nós pagamos.

— Onde está minha irmã? — Olhei pelo campo de treinamento e evitei perguntar o que realmente queria saber.

Onde estava Nyra?

Eu tinha ido longe demais na noite anterior, tinha sido muito rude, mas não conseguia me arrepender. Porque mesmo odiando Nyra, eu queria desesperadamente tocá-la outra vez.

Ela era tão dócil sob minhas mãos, tão ansiosa pelo meu toque quando eu tinha certeza de que iria me afastar.

191

E mesmo que ela tenha me olhado sem nada além de repulsa no rosto quando foi embora com Eiran, tudo que eu pude fazer foi sorrir.

Porque ela me queria tanto quanto eu a queria.

— Eu não a vi. — A voz de Kai interrompeu meus pensamentos, e eu olhei outra vez para meu amigo enquanto ele ria. — Você está preocupado com sua irmã ou com sua nova amiguinha?

— Eu não poderia me importar menos com Nyra, exceto pelo fato de ela não ter trazido aquele traseiro para treinar. Ela é capaz de matar um de nós de tão ruim que é na luta.

— Certo. — Kai esfregou a mão na boca que formava um sorriso astuto. — É por isso que todos no café da manhã hoje não pararam de falar sobre você e ela e, ao que parece, do papel de babaca que você fez ontem à noite.

A frustração tomou conta de mim só de pensar em alguém falando sobre nós dois.

— Não fiz papel de babaca. Eu fui um babaca. Tem uma diferença. — Observei os dois homens na minha frente e fiz uma nota mental para corrigir a postura do da direita assim que eles finalmente parassem.

— Se você diz. — Ele riu de novo antes que um "merda" irrefletido saísse de seus lábios.

— O quê? — Olhei para ele outra vez.

O olhar de Kai estava fixo à nossa frente, perto do fundo da caverna, e quando me virei para olhar, o sangue correu pelos meus ouvidos.

— Nyra — xinguei baixinho enquanto disparava na direção delas.

Ela estava se apoiando pesadamente em Wren, e eu pude perceber a preocupação no rosto de minha irmã enquanto seu olhar saltava entre Kai e eu.

— O que aconteceu? — perguntei enquanto me aproximava. Havia uma faixa ensanguentada no braço de Nyra, que ela aninhava junto ao corpo, e pela quantidade de sangue seco que cobria até a ponta dos dedos, eu sabia que ela devia estar com dor.

— Só mais um pouco — disse minha irmã calmamente para Nyra, mas eu ainda não tinha visto o rosto dela.

— Isso não é bom — Kai praticamente grunhiu, e eu observei Nyra levantar a cabeça e olhá-lo nos olhos antes de finalmente se virar para mim.

A raiva turvou minha visão como gelo espesso sobre um lago preto, e cerrei os punhos até meus dedos ficarem brancos.

Havia marcas amareladas por todo o pescoço delicado dela, marcas inconfundíveis que já estavam começando a arroxear.

Alguém tinha tentado esganá-la.

— O que diabos aconteceu? — Minha voz ecoou, mas eu não conseguia controlar minha raiva.

— Estou bem. — Os olhos de Nyra não se desviaram dos meus, mas eu podia ver o desespero que ela estava tentando esconder profundamente. — Só preciso me sentar por um segundo.

Ela estava mentindo.

Eu me movi para a frente e fechei e abri meu punho antes de apoiar o peso do corpo de Nyra contra o meu e ajudá-la a se sentar em uma grande pedra na margem da caverna.

— Não vou perguntar de novo, Wren. Que porra aconteceu?

As mãos de Wren tremiam enquanto ela mexia no cabo de uma de suas adagas, seus olhos alternavam entre mim e Kai.

— Nosso pai nos levou lá para cima. — Wren falou tão baixo que quase não a ouvi, mesmo assim, as palavras me atingiram como se tivessem sido gritadas.

Minhas mãos permaneceram em Nyra enquanto eu olhava para seu braço machucado.

— Como é?

— Davian.

— Eu sei quem é nosso pai — respondi, e Nyra se irritou, finalmente se virando para me olhar.

— Não seja babaca com ela. — As marcas no pescoço de Nyra estavam escurecendo a cada segundo que passava sentada diante de mim, e ali estava ela defendendo minha irmã contra... mim.

— Não estou sendo babaca.

— Sim. Está. — Ela bufou e se virou para Wren, que começou a falar de novo.

— Ele estava procurando por você e quando eu disse que você não estava se sentindo bem, ele me quis em campo. Davian não se importou que Nyra só tivesse alguns dias de treinamento. Ele a quis lá em cima também.

A culpa percorreu meu corpo. Porra. Se eu estivesse ali, isso nunca teria acontecido. Ele não teria levado Nyra, muito menos Wren, lá para cima. Ele já sabia minha opinião sobre colocar Wren em situações de perigo desnecessariamente.

Mas a vida dela não era importante. Para ele, ela era apenas mais um soldado.

Todos nós éramos.

— E então o que aconteceu? — falei com muito mais calma, embora mal conseguisse conter minha raiva enquanto tirava com cuidado a gaze suja do braço de Nyra para verificar o ferimento.

Wren abriu a boca para falar, mas então olhou para Nyra. O que quer que fosse, ou era ruim ou elas não queriam que eu soubesse.

— O que aconteceu? — repeti enquanto afastava a gaze do ferimento de Nyra, e ela estremeceu quando um pouco de sangue seco foi puxado com o tecido.

Examinei o braço ferido de Nyra. O ferimento era profundo, mas limpo, como se uma lâmina o tivesse cortado com facilidade.

Passei suavemente o polegar sobre o sangue seco para ver melhor e Nyra gemeu.

— Davian estava se encontrando com um informante — Wren falou, mas eu não olhei para ela.

— Quem? — Eu conhecia quase todos os informantes do meu pai. Fui eu que os consegui para ele.

— Faris — respondeu Nyra antes que Wren pudesse falar.

— E Faris fez isso? — perguntei, indicando o braço de Nyra com a cabeça.

Ela assentiu enquanto Wren retomou a palavra.

— Ele continuou falando sobre a princesa e como o rei ficou irascível por ela estar desaparecida.

— Ela está desaparecida?

— De acordo com Faris. Mas a maneira como ele disse não fez parecer que o rei queria a filha de volta. Ele queria a herdeira. Como se ele a quisesse morta.

Nyra ficou tensa com meu toque e tentou puxar o braço, mas eu a segurei firme.

Examinei a face que ela me permitia ver, mas não revelava nada.

— E?

— E então ele viu nós duas, eu e Nyra — sussurrou Wren dando um passo em nossa direção, assim como Kai. — Ele atirou a arma em mim antes mesmo que eu tivesse tempo de reagir. Teria me acertado no peito se Nyra não tivesse me puxado para trás dela.

Meu coração batia forte no peito enquanto eu ouvia as palavras de Wren. Minha irmã quase foi morta e não foi meu pai que a salvou, e sim a traidorazinha diante de mim.

Ela foi uma inimiga a vida inteira e, ainda assim, salvou minha irmã.

— E o pescoço dela? — Balancei a cabeça em direção aos hematomas escuros em sua pele.

— Foi o papai. — Wren desviou o olhar de mim para o caminho de onde tinham acabado de chegar como se ele pudesse aparecer a qualquer instante.

Minha mão no braço de Nyra ficou imóvel e eu examinei o rosto da minha irmã.

— O quê?

— Ele ficou furioso depois que matei Faris. E ficou bravo porque Faris conhecia Nyra. — O olhar de Wren percorreu todo o espaço. — Ele fez isso enquanto exigia que ela desse respostas que não podia dar.

Apertei o braço de Nyra involuntariamente.

— Porra, ele a estrangulou?

Sem pensar, minha outra mão se moveu para segurar o queixo dela, virando-o suavemente em minha direção para que eu pudesse ver completamente as marcas que meu pai havia deixado. Os olhos azuis e quentes dela encontraram os meus e, onde eu esperava que houvesse dor e medo, havia determinação me encarando.

— Onde ele está?

— Ele disse que ia fazer o controle de danos. — Wren cruzou os braços e havia medo no olhar da minha irmã. — Mal me disse para trazer Nyra até você.

— Mal estava lá?

Nyra deu um gemido baixo e voltei o olhar para ela, afrouxando o aperto em seu braço. *Eu a estava machucando.*

— Precisamos limpar essa ferida.

E eu precisava me afastar dela antes que fizesse algo estúpido. As lembranças de como a toquei na noite anterior, das coisas que falei para ela, tinham me assombrado desde a ocasião em que ela foi embora com Eiran e, naquele momento, ver as marcas que meu pai deixou nela me tornou possessivo mesmo que ela não fosse minha.

Mas eu queria ter certeza de que todos nesta maldita rebelião soubessem que era.

— Se ele não encontrar algo logo... — Wren parou e mordeu o lábio inferior antes que as próximas palavras passassem por eles.— Estou preocupada com ele.

— Wren, leve-a para ver as curandeiras e depois para as fontes. — Fiquei de pé e passei as mãos sobre o peito, verificando minhas armas distraidamente. — Preciso ter uma conversa com nosso pai.

Eu também estava preocupado com ele. Preocupado com o homem que ele estava se tornando desde que perdemos minha mãe. Ele não era mais o pai que eu conhecia.

Ele se tornou um homem que eu não queria conhecer.

Meu olhar encontrou o de Kai e comecei a me virar. Eu precisava sair dali antes de perder a cabeça, mas a mão de Nyra agarrou a minha.

Seu toque foi um sussurro em minha pele, mas ela não encontrou os meus olhos enquanto afastava a mão e dizia:

— Não quero ir até as curandeiras.

— Nyra, você precisa que seu braço seja examinado. — Wren falou baixinho dando um passo em direção a ela. — E seu pescoço.

Nyra balançou a cabeça e odiei o modo como ela parecia perdida.

— Não quero que toquem em mim. Não confio nelas para tocarem em mim.

— Temos que garantir que você se cure.

Eu observava cada movimento de Nyra, o jeito como seus olhos dispararam para o meu rosto antes que ela desviasse rapidamente o olhar.

— Dacre pode me curar.

Senti os olhos de Wren e Kai em mim, mas me recusei a tirar os olhos de Nyra.

— Dacre não cura — explicou Wren quase sussurrando, como se as palavras dela pudessem me irritar.

Ela não estava errada. Eu não curava. Não mais. Não desde que o poder que herdei de minha mãe falhou quando eu mais precisei.

Minha mãe tinha mais poderes de cura do que qualquer outro soldado na unidade de combate, assim como eu, mas aquilo não fez diferença quando a magia usada para tirar a vida dela foi forte demais para combater.

Tentei salvá-la várias vezes com meu pai gritando comigo para fazê-lo. Eu ainda era capaz de sentir o sangue dela cobrindo minhas mãos enquanto eu tentava ao máximo usar minha magia.

Mas não foi o suficiente.

E não curei mais ninguém desde então.

Não até Nyra.

As sobrancelhas de Nyra franziram quando ela finalmente olhou para cima e examinou meu rosto.

— Ele já me curou antes.

— O quê? — O som da voz de Wren foi o suficiente para me destruir, e eu precisava sair dali.

— Vamos. — Fiz um gesto para Nyra antes de estender minhas mãos para ajudá-la a ficar em pé. — Vamos limpar esse ferimento para que eu possa examinar melhor.

— Certo. — Ela olhou para mim e para Wren, mas não hesitou em pegar minhas mãos.

— Kai, você pode levar Wren para ser examinada? Quero ter certeza de que ela não tem nenhum ferimento.

— Estou bem — afirmou Wren, e a maneira como estava me observando me deixou desconfortável.

— Só me deem um minuto de paz. — Ajudei Nyra a se levantar e a puxei para perto do meu corpo. — E me avisem assim que alguém souber que meu pai voltou.

CAPÍTULO XVII
NYRA

Em meu braço latejava uma dor profunda e implacável que parecia alcançar até os ossos, mas me recusei a olhar. Eu não conseguia suportar ver a extensão do dano.

Meus olhos seguiam os movimentos apressados de Dacre pelo cômodo apertado e desconhecido. Era minha primeira vez naquela construção e me senti deslocada enquanto ele vasculhava um velho armário de madeira.

O edifício, outrora grandioso, estava em ruínas, contrastando fortemente com os vitrais coloridos que de algum modo sobreviveram aos anos de abandono. Lá dentro, camas improvisadas se alinhavam às paredes, e o cheiro forte de antisséptico perdurava no ar. Guerreiros estavam espalhados pelo espaço, cerca de uma dúzia no total, e Dacre me guiou até uma área privada. Uma curandeira estava cuidando de vários ferimentos, alguns mais graves que outros.

— Não poderíamos ter feito isso nas fontes? — Pressionei a palma das mãos contra a cama improvisada onde eu estava sentada e deixei meus dedos se curvarem na borda áspera.

Mais dor percorreu meu braço.

Aquele lugar me lembrava demais de casa. Trazia de volta memórias das dezenas de vezes que tive que visitar minha mãe em uma sala semelhante quando ela falhava em gerar um herdeiro legítimo para meu pai.

Foi lá que vi o rosto dela, como eu conhecia, definhar.

199

Era o mesmo maldito cômodo que visitei o corpo frio e rígido dela, antes de meu pai encontrar alguém para substituí-la.

Dacre estava movendo uma garrafa de líquido transparente e um pouco de gaze limpa para uma mesinha ao lado da cama.

— Primeiro, seu ferimento precisa ser limpo. Minha magia só vai até certo ponto, a última coisa de que precisamos é que você tenha uma infecção antes de eu fechar a ferida.

Assenti calada, meus dentes cerrados enquanto o observava puxar a rolha da garrafa. O cheiro forte de álcool pinicou meu nariz e estremeci imaginando seu contato áspero em minha pele. As palavras de Wren sobre Dacre ter deixado de curar permaneciam em minha mente, mas me contive de perguntar a ele.

Mesmo que eu estivesse desesperada para saber se era verdade.

Desesperada para saber *por quê*.

Mordi o lábio com mais força para impedir que alguma pergunta escapasse.

Meus pensamentos eram um emaranhado confuso enquanto eu o observava. A sensação persistente das mãos dele em minha pele na noite anterior me provocava, e eu odiava que ele tivesse evitado nossa sessão de treinamento matinal. Mas eu também podia sentir a mão do pai dele em volta da minha garganta, cortando meu ar. Eu podia sentir o pânico crescendo em meu peito.

Ele estava me ameaçando porque não confiava em mim, e nisso Devian estava certo.

Eles não tinham motivos para confiar em mim, mas a lembrança das ameaças me fazia sentir completamente exposta e vulnerável diante de Dacre.

Eu era uma traidora.

Uma traidora da minha família, uma traidora do meu reino, e ele me desprezaria quando me tornasse uma traidora ainda maior para ele.

Eu era a verdadeira herdeira do trono e, apesar de Dacre ter me tocado daquele jeito na noite anterior, eu sabia que ergueria uma adaga em meu pescoço se descobrisse.

Eu era a vantagem de que eles precisavam nesta guerra.

E estava permitindo que eles sofressem ao esconder quem eu era.

Mas eu não podia colocar nenhuma das questões que me assombravam, então apenas perguntei:

— Vai doer?

Dacre se colocou diretamente na minha frente, arrastando o banco contra o piso de pedra áspera. Ele fez uma pausa, seus olhos tremulando de hesitação.

— Pode doer um pouco, mas não será pior do que a dor que já está sentindo. — Ele indicou os suprimentos ao lado com um gesto e disse: — Assim que fizermos a limpeza, vou curar você da melhor maneira que puder. Depois Wren pode te levar para as fontes.

Inclinei minha cabeça ligeiramente para concordar de maneira silenciosa enquanto ele falava.

Ele evitou fazer contato visual e se concentrou na garrafa em sua mão. Meu estômago revirou de vergonha quando me lembrei do seu toque na noite anterior.

Eu estava desesperada por ele. Eu implorei.

E agora ele não conseguia nem olhar para mim.

Com mãos firmes, Dacre apertou o conta-gotas e colocou cuidadosamente várias gotas de líquido na gaze limpa. Depois levantou meu braço, expondo a ferida vermelha e irritada. Cerrei a mandíbula como antecipação à sensação de ardor no meu corpo no momento em que o líquido frio atingiu minha pele. Eu me esforcei para manter uma expressão impassível, sem querer mostrar a Dacre que doía muito. Minhas expirações saíam como suspiros curtos enquanto eu lutava para controlar a dor.

— Respire, Nyra. — Ele pressionou a gaze mais profundamente na ferida, e gritei. — A ferida é profunda, mas é um corte limpo. Só precisamos tirar qualquer sujeira e sangue seco do seu braço para que eu possa curá-lo.

Abri a boca e engoli em seco enquanto tentava assentir. Por minha mente passavam aceleradas as memórias de suas palavras cruéis que me cortaram como faca na noite anterior. Mas eu não conseguia segurar a raiva, e sentia uma atração familiar por ele, meu corpo reagindo à sua proximidade e contrariando meu bom senso.

— Onde você estava hoje de manhã? — Meu olhar foi para o chão enquanto criava coragem para fazer a pergunta.

Os dedos calejados de Dacre pararam brevemente em meu braço e então retomaram os movimentos meticulosos sobre minha pele. Meu coração batia forte no peito enquanto aguardava a resposta, com medo do que poderia ser.

— Meu pai não fará isso de novo. Não se preocupe — disse ele em tom severo, colocando a gaze suja sobre a mesa antes de pegar outra.

— Não foi isso que eu quis dizer.

Dacre esfregou os lábios enquanto continuava a trabalhar sem olhar para mim.

— O que você quis dizer, então?

— Você estava me evitando depois de... — Não conseguia me forçar a dizer as palavras em voz alta.

— Depois do quê? — Dacre ergueu os olhos, a intensidade penetrante de seu olhar escuro me congelou enquanto eu procurava uma resposta para a pergunta.

Minha voz estava trêmula quando falei, quase em um sussurro:

— Você sabe o quê — disse, tentando mascarar a vulnerabilidade em minhas palavras. Mas no fundo, eu odiava que aquilo me fizesse sentir tão fraca e pequena.

— Diga, Nyra. Depois do quê? — As mãos de Dacre passavam a gaze cuidadosamente por minha pele em volta da ferida, e cravei minhas unhas na cama.

— Depois que você... — Minha voz tremeu enquanto eu falava. — Depois que você fez aquilo — respondi, com os olhos fixos no chão. O peso das memórias me inundou outra vez e não conseguia impedir a vergonha que sentia.

Dacre jogou descuidadamente a gaze suja na mesa e então se inclinou para mim. Sua respiração quente estava em meu rosto, e instintivamente me inclinei para trás, mas ele se aproximou mais.

— Quando eu fiz você gozar em meus dedos enquanto Eiran te procurava desesperadamente?

Olhei para ele em choque, a crueza de seu tom contrastando com o toque suave dos dedos que passavam pela borda do meu cotovelo. Era como se ele estivesse me punindo por meus desejos, por sucumbir ao prazer proibidor que ele havia me oferecido.

Suas palavras pairavam no ar, pesadas com o peso do que eu havia feito.

— Dacre — comecei. Engoli em seco, tentando recuperar alguma aparência de compostura. — Não é...

— Não é o quê? — murmurou ele com a voz cheia de tentação. — Não é como se você tivesse me implorado por tudo que dei?

Suas palavras fizeram uma onda de desejo me atravessar, lutando contra a dor e a vergonha que ainda se agarravam a mim como uma segunda pele. Meu coração batia forte em meu peito enquanto eu me esforçava para encontrar minha voz.

Meu braço formigava no ponto onde ele me tocava, mas eu não conseguia desviar meus olhos dos dele. Respirei fundo, inalando o cheiro inebriante de seu corpo misturado com indícios do álcool estéril. A sala pareceu encolher à nossa volta e cerrei meus punhos ao lado do corpo, tentando desesperadamente recuperar o controle sobre mim mesma enquanto a sensação no meu braço ficava mais forte.

— Dacre — falei em voz áspera. Eu me virei para olhar o meu braço machucado, mas os dedos dele tocaram meu queixo e fizeram com que meu olhar encontrasse o dele novamente. — O que você está...

— Está quase acabando. — A voz de Dacre soou baixa, com uma mistura de intensidade e preocupação. Seus olhos penetraram nos meus, procurando por algo além da dor física.

Meus músculos se contraíram e tiveram espasmos enquanto suas mãos se moviam por meu corpo, canalizando uma magia poderosa que me costurou de volta. Com cada leva de energia, uma onda de adrenalina intensa percorria minhas veias, fazendo com que meu coração disparasse e minha pele formigasse, cheia de eletricidade. Foi emocionante e angustiante sentir seu poder de uma forma tão íntima.

Eu podia praticamente sentir o gosto da eletricidade no ar, um sutil gosto metálico que me lembrou de uma tempestade de fim de verão.

Ofeguei, meu corpo arqueou involuntariamente com a explosão de energia. Foi diferente da outra vez que ele me curou. Aquele ferimento não havia exigido tanto de seu poder.

Sua magia era familiar, mas diferente de tudo que eu já havia experimentado antes, uma mistura de dor e prazer que parecia me fazer desejar seu toque sempre que parava.

Seu olhar não se desviou do meu em nenhum momento. Seus olhos, cheios de uma mistura de desejo e tormento, estavam mais escuros do que nunca, e era impossível não ser afetada por eles.

À medida que a intensidade de sua magia diminuía, Dacre lentamente retirava as mãos do meu corpo. Ele deu um passo minúsculo para trás, e o ar ao nosso redor estalou. Resquícios de seu toque permaneciam em minha pele.

Meu corpo tremia, sem saber como processar as emoções conflitantes que giravam dentro de mim.

Passei meus dedos trêmulos pelo braço. Ainda havia uma dor da contusão, mas a agonia aguda de antes havia desaparecido e minha pele estava unida de novo como se o corte nunca tivesse existido.

A voz de Dacre estava rouca e cheia de emoções que ele se recusava a revelar enquanto dava outro passo para trás.

— Encontre Wren nas fontes. — Ele correu a mão por uma de suas adagas. — Você precisa deixar isso terminar de curar para poder voltar a treinar amanhã.

Treinar.

Era realmente só com isso que ele se importava?

— Claro. — Minhas bochechas queimaram enquanto abaixava as mãos em punho ao lado do corpo para me impedir de estender o braço para ele. Eu ainda estava atordoada pela sua magia, mas suas palavras eram sérias.

— Amanhã vamos treinar com arco e flecha. — Ele virou as costas para mim e eu fiquei rígida.

— O quê? Por quê? — Desci depressa da mesa e dei um passo em direção a ele.

Eu nunca tinha segurado um arco e uma flecha, e só os deuses sabiam que eu seria pior nisso do que era com uma adaga.

Ele mal olhou para mim por cima do ombro.

— Porque aparentemente você não consegue desviar de uma adaga ou puxar a sua a tempo de se proteger. — Ele lançou as palavras com desprezo, e cada pontinha da agitação que eu havia sentido um instante antes se esvaiu do meu corpo. — Talvez você fique melhor com um arco na mão.

— Wren pode me ensinar. — Cruzei os braços enquanto passava por ele rumo à porta.

— Wren é péssima com arco — afirmou ele com desdém.

— Então vou encontrar outra pessoa. — Abri a porta e o som dos guerreiros que circulavam pelos aposentos de cura inundaram o recinto.

— Só por cima de meu cadáver, Nyra. — Ele falou casualmente enquanto eu me afastava. — Você está comigo.

CAPÍTULO XVIII
NYRA

As batidas fortes reverberavam pelas paredes, fazendo minha cabeça doer. Gemi e peguei um travesseiro, pressionando-o contra meus ouvidos numa tentativa inútil de abafar o barulho.

Eu mal tinha dormido na noite anterior, minha mente estava acelerada pensando em Dacre e nas emoções conflitantes que surgiram dentro de mim.

Fiquei mais irritada pelo fato de continuar esquecendo o quanto ele era um cretino mesmo que me provasse isso repetidamente.

Mas quando fechava os olhos, era o pai dele que eu via, com a mão ainda em volta do meu pescoço, então me forcei a abri-los e deixei meus pensamentos fluírem outra vez para Dacre.

Eles sempre encontravam o caminho de volta para Dacre.

— Wren — chamei o nome dela, mas ela não se moveu um centímetro ao ouvir o som.

As batidas não paravam.

Joguei o travesseiro de lado e balancei as pernas para fora da cama.

O quarto estava com uma luz baixa, de uma única tocha acesa do lado de fora da nossa janela, projetando sombras assustadoras nas paredes.

Envolvi meus braços em volta do corpo para impedir os arrepios que se formavam em minha pele.

Cambaleei em direção à porta e a abri com um puxão para interromper as batidas insistentes.

A mão de Dacre estava erguida no ar e fiz uma cara feia. Era cedo demais para lidar com ele.

Encostei no batente da porta e vi seus olhos tempestuosos observando minha camisa amarrotada até meus pés descalços. Ele levantou uma sobrancelha em desaprovação.

— Você sempre atende a porta assim?

— O quê? — Respirei fundo e gesticulei em direção à janela. — Vou partir do princípio de que o sol ainda não nasceu, já que a luz do fogo ainda está fraca. Sinto muito por não ter tido tempo de arrumar meu cabelo antes de atender a porta.

— Não estou falando do seu cabelo. — O olhar dele recaiu sobre minhas pernas e se demorou tempo demais ali.

O calor subiu pelo meu rosto e abaixei minhas mãos, puxando a barra da minha camisa que mal chegava ao meio da coxa.

— Bem, eu não esperava visitas — retruquei, sendo tomada por minha irritação.

Como ele não respondeu e seu olhar ainda não havia se desviado das minhas coxas nuas, bufei.

— Precisa de algo ou posso voltar para a cama?

— Você não tem o luxo de dormir até tarde enquanto seu treinamento está se desenrolando pessimamente.

— Você é um babaca.

O olhar dele finalmente se levantou e encontrou o meu.

— Você já me disse.

— Acredito que também te disse que vou encontrar outra pessoa para me treinar.

Ele se apoiou no batente da porta, mas não deixou o olhar desviar de mim.

— E como você está se saindo com isso?

— Wren vai me treinar.

— Não. Ela não vai. — A voz dele soou baixa e perigosamente calma, com um tom sinistro que fez minha espinha arrepiar. — Vista-se e me encontre nos campos de treinamento. Começaremos em dez minutos.

Ele não esperou minha resposta. Apenas se virou e seguiu pelo corredor como se eu não ousasse desobedecê-lo.

Eu o observei se afastar, com meus punhos cerrados ao lado do corpo. Que audácia a dele, achando que poderia controlar todos os aspectos da minha vida.

Eu já tinha vivido aquela vida com meu pai e tinha escapado.

Embora Dacre não tivesse me mostrado a mesma crueldade que meu pai, eu ainda estava enjaulada. Ainda estava sob o controle de outra pessoa.

Fechei a porta e me vesti silenciosamente enquanto minha raiva continuava se acumulando. Wren sequer mudou sua respiração enquanto eu puxava minhas botas e colocava minha adaga na bainha.

Quando cheguei ao círculo de treinamento, Dacre já estava lá na penumbra, de braços cruzados, com um olhar entediado no rosto. Meu sangue ferveu ao vê-lo, mas em vez de deixar minha raiva me consumir, respirei fundo e me forcei a permanecer calma.

— Até que enfim. — A voz dele estava cheia de arrogância enquanto se afastava da parede.

— Não tem mais ninguém aqui. — Ergui uma sobrancelha, sem me preocupar em esconder minha irritação. — Ainda está escuro.

— Não vamos treinar aqui — respondeu ele sem olhar para mim.

Ele se dirigiu na direção do centro da caverna onde havia vários tipos de armas empilhados junto à parede, e eu o segui.

— O quê?

Dacre pegou um arco e o estendeu em minha direção. Eu o peguei antes de poder pensar melhor.

— Você é muito lenta com uma adaga e no combate corpo a corpo. Se você vai ajudar esta rebelião de alguma maneira, preciso te dar a chance de lutar.

Se eu fosse ajudar a rebelião. Não sobreviver a ela.

Meu pescoço ainda estava dolorido por causa da mão do pai dele, e eu sabia que ele não conseguia ignorar os hematomas enquanto me olhava.

— Tire o colete e coloque sua adaga na cintura.

— O quê? — Olhei para ele e pela primeira vez percebi que ele não estava vestindo o colete ou o conjunto usual de armas que ele carregava.

Ele parecia tão *normal*.

— Você pode fazer o que eu peço uma vez sem me questionar? — reclamou enquanto continuava olhando as armas.

— É claro.

Deslizei meu colete sobre a cabeça antes de puxar minha adaga e a enfiei na parte de trás da minha calça, conforme as instruções dele. Eu me senti nua sem o peso agora familiar do colete sobre o peito, mas passei o arco sobre o ombro, a corda esticada até meu quadril, e respirei fundo.

O peso da arma nas minhas costas parecia estranho, mas encarei o olhar intenso de Dacre de cabeça erguida.

Ele caminhou até uma pilha de flechas e selecionou uma, examinando-a atentamente antes de colocá-la na aljava com várias outras.

— O arco exige paciência e precisão, mas pode dar a você mais tempo do que praticamente qualquer outra arma.

Assenti, embora tivesse certeza de que seria tão terrível com um arco quanto era com uma adaga. Corri meus dedos pela corda grossa junto ao meu peito. Parecia tão simples e ao mesmo tempo tão complexo.

Dacre levantou a aljava sobre o ombro antes de me fazer sinal para segui-lo para mais fundo da caverna. A mesma direção em que o pai dele nos levou no dia anterior.

A lembrança fez um arrepio percorrer minha espinha. Eu me sentia mais segura ali embaixo. Mais segura na cidade subterrânea do meu inimigo do que na terra que conheci por toda a minha vida.

— Você já atirou antes? — perguntou Dacre, tirando-me de meu devaneio.

— Nunca nem segurei um arco antes — admiti, sentindo uma centelha de vergonha tomar conta de mim.

Ele suspirou profundamente, como se minha resposta fosse um inconveniente para ele.

O ar ficou mais frio e úmido à medida que descíamos para as profundezas da caverna, o som de nossos passos ecoava nas paredes. Dacre me levou para uma área isolada, onde um único feixe de luz se infiltrava por uma rachadura no teto, lançando um brilho suave no chão.

— Vamos subir? — perguntei, e não consegui esconder o tremor em minha voz.

— Vamos. — Dacre se virou para mim, com uma expressão indecifrável. — Podemos praticar muito melhor lá em cima do que aqui embaixo.

Ele escalou uma grande rocha antes de estender a mão para mim. Eu o ignorei e enfiei meus dedos na fenda como o vi fazer momentos antes.

Impulsionei-me em direção à rocha e senti uma pontada de dor no meu braço. Dacre o havia curado a ponto de o ferimento estar quase completamente imperceptível, mas ainda havia uma leve dor que não me deixava esquecer o que havia acontecido no dia anterior.

Aquilo tinha instalado em meu peito o medo permanente de que eu não conseguiria ir embora.

Enquanto eu subia ao lado dele, não pude deixar de sentir o peso de tudo o que recaía sobre mim. Respirei fundo, tentando clarear a mente e me concentrar nas instruções de Dacre enquanto ele empurrava a rocha da abertura no teto e se impulsionava para cima.

Tentei fazer exatamente como ele, mas meu corpo não teve força para isso. Dacre se abaixou, cuidadoso com meus ferimentos, e me puxou. Pisquei várias vezes enquanto a luz do sol nascente me cegava.

Dacre recolocou a pedra no lugar e garantiu que estivesse outra vez coberta de musgo e folhas até ficar quase impossível de distinguir.

Estávamos às margens da floresta e pude sentir o cheiro profundo e salgado do mar bem à nossa frente.

Meu coração acelerou quando me vi sob a luz do sol, observando o ambiente. Nós estávamos muito perto do reino, e eu não pude evitar a sensação de urgência para sairmos dali.

— Aonde estamos indo? — perguntei enquanto brincava com a corda do arco que ainda estava preso às minhas costas.

— Aqui. — Ele ergueu um manto escuro e o jogou em minha direção, mas mal consegui pegá-lo. — Precisamos ir para a ponte primeiro, depois para a costa.

— A ponte? — engasguei enquanto a ansiedade aumentava dentro de mim.

Eu não voltava lá desde o dia em que fui capturada.

— Sim — ele assentiu enquanto levantava o próprio manto e o vestia depressa. — É a única maneira de chegar à costa, e tenho algo que preciso entregar. — Ele deu um tapinha distraído no peito.

Vesti o manto depressa, prendendo meu cabelo sob o tecido enquanto tentava acalmar a náusea que embrulhou meu estômago.

— Vamos. — Ele puxou o manto apertando-o em volta do corpo, e o segui de perto.

Ele nos guiou com facilidade pela floresta, mas eu tropeçava nas raízes, e o som de gravetos estalando sob meus pés ecoava ao nosso redor.

O olhar de Dacre varria a floresta enquanto nos movíamos, sem nunca relaxar por um momento, e minhas pernas começaram a ficar fracas.

Quando chegamos perto da cidade, o sol já estava alto no céu.

Subimos a colina que separava a cidade de tudo que havia além, e cada passo pareceu pior do que o anterior.

Eu não deveria fazer aquilo.

Entramos em um dos becos e deixei meu olhar vagar pelas pessoas que andavam por ali. Algumas delas eram familiares, mas outras me pareciam completamente estranhas.

Dacre circulou pelas ruas adjacentes sem esforço, e demoramos apenas alguns minutos até avistarmos o palácio ao longe.

Eu podia ver a garota que tinha sido um dia. Ergui os olhos para o castelo e ainda conseguia ouvir a voz da minha mãe enquanto ela me contava histórias do nosso reino vindo da janela do meu quarto.

Eles não me deixavam ir para a ponte naquela época. Eu não podia sair das dependências do castelo, e eu costumava imaginar cada detalhe da ponte.

As histórias da minha mãe eram tudo que eu tinha.

Mas as histórias dela não passavam de fábulas que ela contava a uma menina que estava desesperada por liberdade.

Eu me forcei a respirar fundo, lembrando o que estávamos arriscando ao nos aproximarmos da ponte.

Agarrei a corda do meu arco com força, dei um passo à frente, e meu pé pousou no primeiro ladrilho.

O burburinho da ponte era alto e imponente, mas caminhamos em silêncio enquanto Dacre nos conduzia entre os mercadores e os membros elegantemente vestidos do reino que se levantaram com o sol da manhã para fechar seus negócios.

O rugido da cachoeira era quase ensurdecedor e, estranhamente, trouxe uma sensação de paz.

Não pude deixar de lançar um olhar para Dacre, tentando decifrar sua expressão, mas ele estava olhando para a frente, examinando a multidão procurando por alguém.

Abrimos caminho entre as pessoas, sendo cada passo mais difícil do que o anterior, e passamos pelo portão da frente do castelo. Havia quatro guardas posicionados ali e Dacre evitou se aproximar quando cruzamos o caminho deles.

Meu coração batia forte no peito quando percebi a tensão nos ombros de Dacre. Estava claro que ele também não gostava de estar tão perto do palácio.

Enquanto avançávamos em meio à multidão, não pude deixar de notar o rosto das pessoas à nossa volta. Reconheci algumas delas do tempo em que vivia na ponte, outras do próprio palácio. Segurei o manto mais apertado e me envolvi nele.

— Você está bem? — perguntou Dacre tão baixo que mal o ouvi, mas a preocupação havia marcado as linhas ao redor dos olhos dele.

— Estou bem — respondi, mentindo. Estava longe de estar bem.

Eu olhava nervosa à nossa volta, tentando esconder minha tensão enquanto Dacre nos guiava até o outro lado da ponte.

Caminhamos em direção a um comerciante que tinha uma infinidade de doces e pães quentes em seu carrinho, e minha boca encheu de água. Reconheci o homem porque ele tinha sido um dos que eu havia roubado algumas vezes.

Ele me deixava escapar quando eu sabia que não era uma ladra boa o bastante para conseguir fazer isso.

— Dois bolos de pêssego, por favor. — Dacre falou antes de enfiar a mão no bolso e tirar uma moeda e um pedaço de pergaminho dobrado. Ele estendeu a mão, deslizando ambos os itens para a mão do mercador, cujos olhos não se arregalaram e a mão não vacilou ao guardá-los no bolso.

Ele estava nos esperando.

— É claro — murmurou ele, olhando para Dacre e depois para mim. Ele estendeu a mão para os bolos, embrulhando-os bem em papel antes de entregar um a cada um de nós.

Eu peguei o meu hesitante, segurando-o perto do meu peito, quando notei os dedos de Dacre mexendo no papel no verso de seu doce e quase imperceptivelmente puxar outro pedaço de pergaminho de baixo.

— Obrigado, senhor. — Dacre fez um movimento de cabeça e nos levou para longe dali.

Continuamos descendo a ponte como se nada tivesse acontecido. Um jovem passou correndo por Dacre com algo entre as mãos, e o ombro dele se chocou contra o meu quando passou.

A colisão me tirou o fôlego e eu cambaleei para trás. Dacre nem sequer vacilou quando estendeu a mão e me estabilizou.

— Desculpe! — gritou o garoto com os olhos arregalados enquanto corria pela multidão.

O toque de Dacre em mim se tornou mais apertado e ele me puxou para trás dele enquanto dois guardas passavam por nós depressa. Eles estavam revistando a multidão, sem dúvida perseguindo o garoto que tinha acabado de roubar alguma coisa, mas que já havia desaparecido nas sombras como se nunca tivesse estado ali.

Era isso que uma vida de fome tinha a oferecer.

Dacre segurou minha mão na dele enquanto nos puxava pela multidão até que chegamos ao fim da ponte. Ali pude sentir a brisa acre vinda da cachoeira abaixo de nós.

As pedras deixaram de ser os ricos ladrilhos da ponte e se tornaram os paralelepípedos velhos e empoeirados que se entremeavam nas ruas. Estávamos prestes a cruzar esse limiar quando Dacre parou tão de repente que meu peito se chocou contra as costas dele.

— O que está fazendo? — sussurrei, mas ele não se virou para me olhar. Estava encarando fixamente os dois guardas que estavam conversando e rindo na extremidade da ponte.

De início eles não pareciam notar nossa presença, mas Dacre ainda não se movia. Apenas ficava olhando para eles, a poucos metros de nós, e parecia ter visto um fantasma.

— Dacre — murmurei o nome dele e cravei meus dedos em seu braço, mas ele ainda assim não se mexeu.

Então, os dois guardas pareceram nos notar, pois as pessoas que circulavam pela ponte tiveram de nos contornar, e o alerta que surgiu no rosto deles lembrou uma cobra prestes a atacar.

— Documentos. — Um dos guardas, o corpulento cujo uniforme estava amassado e sujo de comida na frente, deu um passo à frente e estendeu a mão para nós.

Mas Dacre não tirou os olhos do segundo guarda.

Ele vestia o mesmo uniforme que o parceiro, um uniforme que representava o rei, meu pai, mas o dele era perfeito e imaculado, como se tivesse acabado de sair dos portões do castelo.

Ele se endireitou quando Dacre se recusou a desviar o olhar dele e a responder para o guarda que estava falando conosco.

— Vocês estão com os documentos? — questionou o guarda outra vez, e me coloquei ao lado de Dacre, aconchegando-me sob seu manto e envolvendo a cintura com minhas mãos.

Eu estava invadindo o espaço dele, mas não conseguia me importar com isso naquele momento.

Enfiei meus dedos em sua camisa, tentando chamar sua atenção para mim, mas ele estava congelado. A mandíbula elevada, os músculos tensos sob a pele, e seus olhos escuros pareciam vazios.

— Dacre. — Levantei minha mão direita e a pressionei contra sua bochecha, meus dedos cravados na nuca dele, e puxei sua cabeça para baixo até que ele foi forçado a me olhar. Ele piscou rapidamente quando o olhar dele atingiu o meu, como se tivesse acabado de perceber que eu estava ao lado dele, tão perto. — Você está com nossos documentos? — perguntei, cautelosa, e minha pulsação era tão forte que tive certeza de que ele podia ver o movimento em meu pescoço.

Ele piscou novamente, e eu observei sua garganta enquanto engolia em seco.

— É claro.

Ele enfiou a mão no bolso e comecei a me afastar dele ligeiramente, mas seu outro braço disparou em volta da minha cintura e seus dedos se engancharam em meu quadril, puxando-me ainda para mais perto dele, o que era impossível.

Pressionei minha mão contra o peito dele enquanto tentava me manter firme.

Dacre entregou dois documentos dobrados ao guarda corpulento, e assim que ele os abriu, eu imediatamente reconheci o Grande Selo da Coroa, de cor preta. Era praticamente impossível replicar os detalhes do selo, o que significava que aqueles documentos eram roubados.

— Sr. e Sra. Harlow. — O guarda leu os documentos e então olhou para nós. — Para onde estão indo? — Então, ele pareceu nos observar por inteiro, seu olhar vagando por nossas roupas, nosso rosto, e meu estômago se contraiu violentamente.

215

Se soubesse quem eu era, eles me levariam de volta.

Dacre não teria chance de me proteger. Não tão perto da ponte. Mesmo se ele ousasse.

Minhas mãos começaram a tremer, e Dacre pegou minha mão que estava descansando em seu peito e a levou à boca para um beijo leve antes de falar.

Ele manteve minha mão na dele, sem dúvida para evitar que o guarda visse como eu estava nervosa.

— Estamos indo em direção ao mar. — Dacre puxou uma rede de pesca das costas que eu não tinha notado antes. Estava presa no cinto dele e parecia bastante usada. — Tenho os papéis da minha licença para pesca também, se precisar deles.

O guarda levantou a mão para Dacre, que começava a vasculhar o bolso.

— Isso não será necessário. Podem seguir caminho e parem de bloquear a ponte.

— Sim, senhor. — Dacre pegou os documentos do guarda e antes que eu pudesse notar, seu olhar deslizou de volta para o segundo guarda por apenas um segundo. Seu corpo estava completamente rígido contra mim, pronto para uma luta, e eu segurei sua mão com força e nos guiei para a frente.

Saímos da ponte e suspirei de alívio ao sentir os paralelepípedos ásperos sob meus pés. O aperto de Dacre em minha mão não cedeu enquanto avançamos pela rua movimentada, assim como a rigidez de seu corpo.

— Você está bem? — sussurrei quando estávamos longe o suficiente da ponte, tentando não chamar atenção.

Ele assentiu, mas o movimento foi rígido e sua mandíbula estava cerrada com tanta força que fiquei preocupada que seus dentes estivessem doendo.

Continuamos pelas ruas de paralelepípedos, o vento vindo da cachoeira foi ficando mais fraco à medida que nos afastávamos da ponte. Dacre nos desviou para ruas laterais e pequenos becos até chegarmos aos fundos de uma casa antiga construída com tijolos vermelhos cobertos por anos de sujeira e ervas daninhas crescidas.

A casa onde dormi por meses com meu amigo.

— O que estamos fazendo? — Tentei tirar minha mão da dele enquanto meu desconforto parecia crescer, mas ele segurou firme. Olhei em volta, procurando algum sinal de Micah.

Mas não havia nenhum.

— Mais uma parada. — Ele levantou a outra mão e bateu contra a porta dos fundos três vezes.

A porta se abriu quase instantaneamente, e uma mulher de cabelo branco e rosto profundamente enrugado estava parada nos encarando.

— Você os trouxe — disse ela, sua voz não revelava nada.

Dacre soltou minha mão e deu um passo à frente.

— Não tive escolha.

Ela assentiu, afastando-se para nos deixar entrar.

— Nem ela.

Ao entrarmos no corredor escuro, o cheiro de livros velhos e mofados e o ar parado me atingiram, fazendo com que eu me sentisse claustrofóbica. Olhei para Dacre enquanto ele fechava a porta atrás de nós, seus olhos ainda fixos na idosa.

Eu queria perguntar a ele onde estávamos, meu corpo estava me implorando para fugir daquele lugar, mas algo me impedia. Dacre olhou para mim, e seu olhar sustentou o meu, inabalável e intenso, silenciosamente implorando para que eu confiasse nele — algo que nunca diria com palavras, e me odiava por obedecê-lo tão facilmente.

Conforme avançávamos mais para dentro da casa mal iluminada, as paredes pareciam se fechar sobre nós, e eu não conseguia me livrar do arrepio que estava percorrendo minha espinha. O ar ficou mais quente e o cheiro de madeira em decomposição com poeira tomou conta dos meus sentidos.

Fomos conduzidos a uma saleta com uma única janela que dava para o jardim tomado por ervas daninhas. A mulher se sentou a uma mesa de madeira bamba, onde uma vela queimava fracamente, lançando sombras assustadoras no ambiente empoeirado e desorganizado.

Dacre soltou um suspiro profundo e se sentou também, mas eu permaneci de pé junto à janela. Pressionei minha mão contra minha lombar, sentindo o punhal ali, e os sulcos profundos do cabo me trouxeram um pouco do conforto de que eu precisava.

A mulher observava Dacre com atenção, quase com reverência, e desviei o olhar porque senti que estava me intrometendo. Havia tantas coisas para observar pelo cômodo. As pequenas estantes abarrotadas de quinquilharias, livros e fotos. Mas havia uma moldura bem no alto da prateleira que me chamou a atenção.

Era a foto de uma jovem de cabelo preto esvoaçando em volta de seu rosto sorridente, mas foram os olhos dela que chamaram minha atenção. Ela tinha exatamente os mesmos olhos de Dacre.

— Você me parece familiar, garota — disse a senhora do outro lado da mesa, e quando me virei para olhá-la, ela estava me avaliando com os olhos apertados.

Engoli em seco, procurando uma resposta, mas nenhuma veio.

— Ela é uma das novas recrutas — respondeu Dacre enquanto se recostava na cadeira; um rangido alto ecoou por toda a sala.

Os olhos da mulher percorreram todo o meu corpo, seu olhar via além do disfarce que eu usava com tanto cuidado. Eu me senti exposta e vulnerável enquanto ela me observava.

— Qual é o seu nome? — ela perguntou, e não havia sorriso em seu rosto enquanto me estudava.

Dacre se mexeu na cadeira, mas não se virou para mim.

— Nyra — respondi e cruzei os braços sobre o peito.

— Como a antiga rainha? — perguntou, e os olhos pareceram se apertar ainda mais.

Ninguém jamais chamou minha mãe pelo nome.

— Exatamente. Fui batizada em homenagem a ela. Minha mãe gostava muito da antiga rainha.

Mentiras. Mentiras sobre mentiras.

Ela assentiu lentamente, mas o olhar permaneceu em mim.

— Nyra trabalhava no palácio. — Dacre puxou outro pedaço de pergaminho do bolso e, por um momento, eu me perguntei como conseguia mantê-los em ordem.

— E como você saiu? — Ela inclinou a cabeça, estudando-me com mais atenção do que antes.

— Eu fugi. — Movi o peso para o outro pé. — Fugi durante o caos do ataque. — Fui sincera, e essa sinceridade me custou caro, pois as memórias daquele dia me inundaram.

Os ombros de Dacre ficaram rígidos enquanto eu falava.

— Você se feriu naquele dia? — perguntou ela, e ainda que a mulher não confiasse em mim, havia preocupação nublando seus olhos.

Se eu me feri? Deuses, eu não conseguia pensar naquele dia sem que uma dor cortante atravessasse meu peito.

— Não importa. — Balancei a cabeça e deixei meu olhar voltar para a foto da mulher. — Tudo o que me importava era sair daquele palácio.

— Bem, Nyra. — Ela disse meu nome como se não me pertencesse. — Estou feliz que tenha saído viva. Muitos não conseguiram.

Assenti, e mais memórias me inundaram. Memórias que eu não podia tolerar.

— Estou feliz que você tenha vindo aqui. — Ela fez um gesto com a cabeça em direção a Dacre. — Meu neto governará todo este reino um dia. — Ela fez a declaração com toda a confiança, e, quando me virei para olhá-la, não vi um pingo de dúvida em seu olhar.

O rosto de Dacre se contorceu em algo entre dor e honra diante das palavras dela, e sua mão apertou o pergaminho, amassando-o levemente.

— Você conseguiu obter as informações de que precisamos? — O tom de Dacre era sério e objetivo em relação ao motivo de estar ali.

Um objetivo de que fui completamente excluída.

— Consegui o que pude. — A avó dele se virou, a cadeira rangeu sob seu corpo pequeno, e ela abriu uma gaveta do armário de madeira atrás dela.

— Lembre-se, meu rapaz — disse ela com uma severidade na voz que fez meus olhos se arregalarem. — Davian não pode saber.

Minha atenção se voltou para ela com suas palavras, mas Dacre apenas assentiu e colocou os papéis no bolso.

Ele estava fazendo algo pelas costas do pai?

— O que aconteceu com seu pescoço? — Ela apontou um dedo para mim, mas eu ainda estava pensando no que ela tinha acabado de dizer.

— Não sou muito boa em lutar.

Ela me estudou intensamente antes de responder:

— Não acho que isso seja verdade.

Eu me movi, desconfortável sob o olhar penetrante dela.

Dacre limpou a garganta, quebrando a intensidade do momento.

— Precisamos ir — disse, com a voz estremecida. — Não temos muito tempo.

— Você me faz lembrar dela. — Ela acenou para o retrato da mulher da parede. — Minha Camilla.

Dacre ficou tenso com a menção do nome. Seus olhos brilharam com uma mistura de dor e saudade enquanto ele se virava e olhava para a fotografia.

— Ela fez muitos sacrifícios pelas pessoas que amava. Como você.

— Eu não fiz sacrifícios.

— Não?

Ela se levantou e gemeu enquanto se apoiava na mesa. Aproximou-se de mim e olhou pela janela dos fundos.

— O garoto com quem você costumava ficar... — Ela acenou para os fundos da casa. — Não o vejo há dias.

— O quê? — Virei minha cabeça depressa para encará-la.

— Ele ainda esteve aqui depois que você foi embora, mas faz dias que não retorna.

— O que quer dizer com "ele não retorna"? — perguntei com a voz trêmula de preocupação.

O olhar da mulher permaneceu fixo no jardim.

— Ele sabia?

— Sabia do quê? — Engoli em seco, minha boca ressecou subitamente.

Ela se virou para me encarar, seus olhos escuros fixos nos meus por um longo tempo. Não disse nada. Apenas me fitou, e me senti completamente nua diante daquele olhar.

Ela sabia quem eu era?

Meus dedos ficaram dormentes enquanto eu os apertava ao lado do corpo. Não ousei olhar para Dacre, mas pude sentir que nos observava.

Balancei a cabeça levemente, sem saber por que fiz isso. Eu não conhecia aquela mulher; não lhe devia nada.

Mas pela forma como ela me encarava, senti que ela me conhecia.

A verdadeira eu.

A princesa perdida de Marmoris.

Micah me disse que era assim que chamavam a princesa havia anos, já que ninguém no reino a via, me via, desde pequena.

E suponho que eu estivesse perdida.

Deslizei meu olhar para Dacre e respirei fundo. Ele estava me observando, atento, atento demais, e eu estava sufocando sob o duplo escrutínio.

— Precisamos ir. Já nos arriscamos muito ficando tempo demais.

Assenti, meu coração batia forte no peito. Dacre estava certo. Não podíamos nos dar ao luxo de ficar mais tempo.

Eu me forcei a desviar o olhar de Dacre e me concentrar na mulher mais uma vez. Os olhos dela ainda estavam apertados, fixos em mim quando inclinou a cabeça.

— Se ele voltar, consegue dizer a ele que estou bem?

Eu não queria pensar que ele não retornaria. Será que foi preso por roubo? Foi morto?

O medo tomou conta de mim, ameaçando me consumir por completo.

— Vou dizer a ele que te vi, mas não sei se está bem. — O olhar dela percorreu meu pescoço e engoli em seco.

— Então minta — exigi, e um sorrisinho se formou em seus lábios.

— Como quiser. — De repente, ela abaixou a cabeça em uma reverência, seu cabelo caiu no rosto, e eu não pude deixar de ficar surpresa com o movimento inesperado.

Eu recuei com um solavanco, minhas costas bateram na estante atrás de mim, e olhei para Dacre.

— Devemos ir.

Ele assentiu, avançando e dando um breve beijo na cabeça da avó antes de me conduzir para fora da sala.

Olhei de relance para a mulher que ainda me observava atentamente.

— Tenha cuidado, Dacre. Agora mais do que nunca. — Ele bufou uma resposta, mas o olhar da mulher ainda estava grudado em mim. — E, Nyra, fique com meu neto.

CAPÍTULO XIX
DACRE

Percorremos as ruas sinuosas da cidade, em um ritmo mais rápido a cada passo.

O olhar de Nyra se lançava pelas barracas que passávamos, procurando por alguém.

Procurando por ele.

E eu não conseguia controlar o ciúme irracional que tomava conta de mim.

Enquanto caminhávamos pelos becos estreitos, o odor forte de lixo e urina encheu meu nariz. Mas conforme nos aproximávamos da orla da cidade, uma brisa salgada trouxe alívio, e quase consegui sentir o gosto do oceano em minha língua.

Comecei a buscar a mão de Nyra quando começamos a descer a encosta rochosa e íngreme que se transformava em areia, mas pensei melhor.

Eu já tinha permitido que ela se aproximasse demais, mesmo com minha falta de confiança, e foi tolice.

Eu queria matar meu pai pelo que havia feito com ela. Eu tinha ameaçado fazer isso na noite passada.

Meu próprio pai, porra.

Os olhos dela estavam semicerrados e fixos em mim, a suspeita cobrindo cada centímetro de seu rosto, mas eu não conseguia olhar para seu pescoço e não me lembrar do que ele fez. Ainda que ela o tivesse coberto com o manto que usava, a memória daquelas marcas ficou gravada em minha mente.

Quando chegamos ao pé da colina, o fragor das ondas abafou os sons da cidade atrás de nós. O ar salgado chicoteava nosso cabelo e nossas roupas e enchia nosso pulmão.

O mar se estendia diante de nós e sua vastidão se refletia nos olhos dela.

Havia meia dúzia de navios fundeados na praia e no cais, e os gritos dos homens entrando e saindo ecoavam à nossa volta.

Um dos meus informantes estava encostado na beira do cais enquanto me encarava, e eu deveria ter ido até lá. Ele poderia ter informações, ou melhor, suprimentos, mas minha atenção se voltou para Nyra.

Eu já a tinha colocado em perigo ao trazê-la comigo, mas me recusava a deixá-la perto do meu pai quando não estava lá.

As palavras dele na noite anterior continuavam ecoando em minha mente.

Não perca sua cabeça no corpo de uma traidora.

Ele confiava muito menos nela do que eu, e a desconfiança dele só aumentava.

Uma onda de proteção tomou conta de mim quando a observei fechando os olhos e inspirando o ar salgado como se aquele simples prazer nunca lhe tivesse sido permitido antes.

Olhei de volta para o marinheiro. Ele estava fumando um cachimbo, observando-me atentamente, mas virei as costas e fui até ela.

— Você já desejou poder simplesmente entrar em um navio e abandonar tudo? — A pergunta dela me pegou desprevenido; Nyra abriu os olhos e a vulnerabilidade fez meu peito pesar.

— A rebelião?

— Tudo. — A resposta dela foi imediata. — Eu costumava olhar aqui para baixo das janelas do palácio e inventava histórias na minha cabeça sobre embarcar em um desses navios e ir embora. — Ela riu baixinho e puxou o capuz do manto da cabeça. — Eu imaginava ser uma marinheira e viver apenas no mar. Mas depois de uma semana, acho que me cansaria de peixe.

Eu sorri para ela. Aquele pensamento nunca tinha passado pela minha cabeça.

Mas enquanto olhava para a extensão do mar, eu me permiti sentir o tipo de desejo de que ela falava. Não por uma vida de aventura no mar, mas por uma vida livre da pressão das minhas responsabilidades.

Uma vida de liberdade.

— Nunca pensei realmente nisso — respondi, com uma ponta de cansaço na voz. — Eu sempre soube como seria minha vida.

Nyra se virou para mim, seus olhos procuravam os meus.

— Vale a pena?

A pergunta dela me pegou desprevenido mais uma vez. Hesitei, sem saber o que responder. O fardo das minhas responsabilidades me oprimia e um suspiro pesado escapou dos meus lábios.

— Às vezes, não tenho certeza — admiti falando baixo antes de indicar a praia com um movimento de cabeça.

Ela começou a caminhar comigo sem questionar.

— Há dias em que o fardo parece insuportável, mas depois lembro por que luto, por que suporto. — O rosto da minha mãe surgiu na minha mente quando disse isso, e eu me recordei da vida que ela foi forçada a viver antes de fugir da cidade.

O olhar de Nyra se abrandou, cheio de compreensão.

— Como vamos treinar aqui?

— Ali. — Apontei mais para baixo na praia, onde a parede íngreme do penhasco pairava à frente.

Caminhamos em silêncio até chegarmos ao penhasco e à enseada isolada, escondida de olhares curiosos, com areia e algumas pedras espalhadas. As ondas batiam contra a costa em uma sinfonia rítmica, abafando qualquer outro som.

Tirei o manto das minhas costas, jogando-o na areia antes de deslizar a aljava e encostá-la na parede de pedra.

— Vamos praticar um pouco aqui antes de voltarmos. — Olhei para ela, que já estava puxando o arco das costas.

As mãos de Nyra tremiam levemente enquanto ela segurava o arco, seus dedos roçavam a madeira lisa.

— Como você conhece este lugar?

Minha mãe. Mas eu não conseguia mais pensar nela hoje.

Então, em vez de responder, fiz a pergunta que estava queimando em minha cabeça desde que saímos da casa da minha avó.

— Quem era o cara sobre quem minha avó perguntou?

Nyra se sobressaltou e seu olhar pousou na areia.

— Ninguém.

Mais mentiras.

Eu não sabia como ela conseguia mantê-las em ordem naquele momento.

— Você compreende que te ouvi falando sobre ele, certo? — Deixei a raiva me tomar. Eu preferia isso a ser dominado por qualquer outra emoção por pensar em minha mãe.

— Você compreende que não tem o privilégio de ter acesso a todas as informações a meu respeito, certo?

Engasguei com uma risada em resposta às palavras dela.

— Considerando que não sei nada sobre você, acho que esse ponto está cristalino.

Ela respirou fundo, com os olhos fixos em um alvo imaginário à frente.

Ela apertou ainda mais o arco, os nós de seus dedos ficaram brancos.

— O nome dele é Micah. Ele é meu amigo. — A voz dela soou tensa.

Fiquei em silêncio, estudando seu rosto em busca de qualquer sinal de fingimento.

Um turbilhão de emoções revirava dentro de mim, lutando contra a razão e o instinto. Eu queria pressioná-la mais, exigir respostas e desvendar os segredos que guardava tão firmemente.

Estendi a mão para a aljava, peguei uma flecha e me posicionei atrás de Nyra.

Tirei o arco da mão dela antes de ajustá-lo corretamente e engatilhar a flecha com minha outra mão. As costas dela estavam pressionadas contra meu peito, e meus braços envolviam o corpo dela enquanto tentava posicioná-la.

— Ele alguma vez tocou em você?

— O quê? — ela gaguejou.

— Micah. — Praticamente cuspi o nome dele. — Ele já tocou em você?

Seu corpo ficou tenso contra o meu, mas ela não fez nenhum movimento para se afastar. Eu podia sentir os batimentos rápidos do coração dela contra meu peito, refletindo as batidas do meu. O calor do corpo dela me envolveu, distraindo-me da tarefa em ação.

— Não. Ele não fez isso.

Porque ela era minha.

Esse pensamento era ridículo. Eu nem a conhecia naquela época, mas eu não conseguia evitar o ciúme que me assolava ao pensar em outra pessoa tocando nela.

— Ótimo. — Cerrei os dentes enquanto tentava conter minha possessividade. Eu nunca tinha me sentido assim antes.

— Você não pode estar falando sério, Dacre. — Ela bufou, e senti seu perfume.

— Concentre-se na sua respiração — sussurrei, minha respiração fazendo cócegas em sua orelha. Pude sentir a hesitação em sua empunhadura e ajustei delicadamente seus dedos na corda do arco. — Tudo é sobre controle.

Nyra prendeu a respiração ao se entregar ao meu toque.

Fechando os olhos, confiei na memória muscular e em anos de treinamento para guiar minhas mãos. Em um movimento rápido, soltei a flecha e a observei cruzar o ar, atingindo a areia na extremidade mais distante da enseada.

Nyra arfou e se virou para me encarar por cima do ombro.

— Me ensina.

E assim começamos.

Passamos horas aprimorando suas habilidades, corrigindo sua postura e melhorando sua mira até o sol começar a mergulhar no céu.

Nyra tinha se saído bem, mas estava começando a ficar frustrada.

— Você está se precipitando — vociferei quando uma das flechas atingiu um lugar completamente diferente de onde estava mirando. — Concentre-se em sua respiração e deixe os instintos te guiarem.

— Meus instintos estão me guiando para mirar esta flecha na sua cabeça agora mesmo.

Eu ri e me encostei na parede.

— Eu ficaria preocupado se você tivesse qualquer pontaria.

Ela xingou baixinho e preparou outra flecha. Quando a soltou, ela pousou ainda mais longe que a anterior.

— Você está com raiva.

— Você notou? — disparou ela, circulando pela enseada para recolher as flechas.

— Você está deixando a raiva assumir o controle sobre você. — Esfreguei meu queixo. — Nunca vai conseguir atirar se não conseguir se manter calma.

Nyra me lançou um olhar furioso enquanto recuperava suas flechas, sua frustração estava evidente em cada passo.

— Bem, é difícil manter a maldita calma se você fica me provocando — retrucou ela com a voz cheia de sarcasmo.

Não pude deixar de sorrir com a resposta dela.

— É para isso que serve o treinamento. Pare um momento para...

Ela apontou a flecha que tinha na mão para mim, enquanto me interrompia.

— Se você disser "respirar", eu juro pelos deuses que vou fazer o possível para mirar isso em você.

— Grossa. — Levantei as mãos em sinal de rendição. — Você gostaria que eu tirasse sua tensão? Ajudasse você a relaxar?

Ela revirou os olhos, mas eu a observei apertar as pernas.

— Não ouse me tocar.

Eu me afastei da parede e dei um passo mínimo em direção a ela.

— Pegue seu arco e me impeça, então.

Ela examinou a distância entre nós, seus olhos indo e voltando enquanto seu peito subia e descia rapidamente. A tensão estalava no ar, espessa e palpável.

E, deuses, eu não queria que ela me impedisse.

Observei-a hesitar por um instante, com os dedos apertados em volta do arco antes de erguê-lo junto com a flecha. A determinação nos olhos dela combinava com o fogo que queimava em meu peito.

— Não preciso da sua ajuda — declarou, mas enquanto ela falava essas palavras, sua expressão se abrandou e seus olhos vasculharam os meus com um desejo que se refletia desde as profundezas.

Sem quebrar o contato visual, dei pequenos passos em sua direção, reduzindo a distância que nos separava. A expectativa pairava entre nós, intensa o bastante para ser sentida.

— Não parei de pensar naquela noite.

Nyra deixou os olhos se fecharem por apenas um breve momento antes de lançá-los na minha direção. Eles estavam vidrados de desejo e resistência. Ela segurou o arco com mais força e sorri quando ela engatilhou a flecha.

— Eu estava tentando esquecer. — Sua voz soou trêmula.

Mais uma de suas mentiras.

— Qual parte? — Inclinei minha cabeça enquanto a estudava. — Quando você me implorou ou quando sua boceta encharcou meus dedos de tanto que você me queria?

Ela lançou a flecha tão rápido que me pegou de surpresa. Passou zunindo por mim e se enterrou fundo na areia a cerca de um metro à minha direita.

— Toquei em alguma ferida? — Meus olhos se arregalaram enquanto eu ria e passava a mão pelo peito.

Deuses, eu a queria.

Ainda estávamos a alguns metros de distância, mas eu podia ver sua mão tremendo e seus olhos brilhando com uma mistura de raiva e excitação que fez meu pau endurecer dolorosamente contra minha calça.

— Não se aproxime — alertou ela, mas seus olhos imploravam por mim.

— Você não fez nada para me manter longe. — Olhei de volta para a flecha que não estava nem perto de mim. — Eu já te desejo, mesmo sabendo que está me escondendo coisas. Você acha que uma flecha mal disparada vai me impedir?

O calor entre nós era tão intenso que o vento parecia se aquietar em nossa presença.

Os olhos dela não se desviaram dos meus em nenhum momento enquanto eu dava mais um passo e ela cambaleava para trás, o arco escorregando de seus dedos.

— Isso foi um erro. — Eu sorri e dei mais um passo, reduzindo ainda mais a distância entre nós. — E agora, o que vai te proteger? — Minha voz soou baixo, cheia de desejo por ela. Eu queria irritá-la mais.

Eu queria que ela lutasse.

A respiração dela ficou entrecortada e seu peito arfava. Seus lábios estavam ligeiramente separados quando dei mais um passo lento, diminuindo a distância entre nós, e ela cambaleou para trás outra vez.

— Ótimo. Você venceu. — O ar estalava à nossa volta e pude senti-lo espiralar dentro de mim.

— Não é assim que funciona. — Balancei a cabeça. — Um inimigo não vai aceitar uma trégua.

Enquanto me aproximava dela, pude sentir o ar ao nosso redor ficar mais espesso e pesado, como se uma tempestade se formasse no horizonte ou como se o tecido de nossa realidade estivesse sendo esticado e retorcido, curvando-se à nossa vontade.

— É isso que você é? — Ela plantou os pés na areia e deu um passo para se afastar de mim. — Meu inimigo?

— Se é isso que você quer que eu seja...

O ar à nossa volta tremulava como se estivesse preso entre dois mundos. Os olhos dela piscaram em direção ao arco que estava na areia, depois se voltaram para mim.

Eu avancei, agachando e alcançando o arco. Mas antes que meus dedos sequer tocassem a madeira fria, um golpe forte me tirou o fôlego e cambaleei para trás, meu peito ardendo com o impacto.

Fiquei sem ar, esfregando o peito onde a dor era mais intensa. Os olhos azuis de Nyra estavam arregalados de choque enquanto ela me encarava.

— O que... O que foi isso? — Ofeguei, lutando para recuperar o fôlego.

— Eu não sei — respondeu ela, mas seu olhar estava grudado em suas mãos. — Eu não sei o que aconteceu.

Nyra cambaleou para trás, com os olhos mais arregalados a cada momento que passava.

O ar estalava com uma intensidade elétrica, causando arrepios em minha espinha e, pela primeira vez desde que a vi naquela cela, pude sentir poder nela.

— Nyra.

Os olhos dela saltaram para mim, e havia tanto medo no fundo deles...

— O que aconteceu? — Sua voz tremia como uma folha presa em uma rajada de vento. — Eu... Eu não quis fazer isso.

Estendi a mão cautelosamente em sua direção, mas quando meus dedos roçaram sua pele, uma explosão de energia irrompeu do seu núcleo para a minha pele.

— Você disse que não tinha nenhuma magia.

— Eu não tenho. — Ela rapidamente balançou a cabeça. — Eu nunca...

As palavras dela sumiram enquanto cerrava os punhos, seu corpo trêmulo com a força do próprio poder.

Estendi a mão para ela novamente, sem cautela dessa vez, e apoiei um dos cotovelos dela em minha mão. Seu poder vibrava sob meus dedos.

Eu queria acreditar nela, mas minha intuição me dizia para não fazer isso.

— Agora parece que sim. — Eu podia ver o pânico crescendo dentro dela, ameaçando envolvê-la completamente. — Ou você mente melhor do que eu imaginava.

Ela tentou se afastar do meu toque, mas eu a segurei. Seus olhos vasculharam os meus, desesperados por alguma garantia.

Mas eu não tinha nenhuma para dar.

Não quando eu me sentia um maldito idiota. Não quando eu queria desesperadamente acreditar nela, mas não conseguia.

— Dacre.

— Precisamos voltar. — Abaixei-me e agarrei uma das flechas da areia. — Não é seguro para nós, traidores, circularmos pela ponte depois do anoitecer.

— Traidores? — Ela questionou a palavra.

— Sou um traidor da coroa. — Apontei para o meu peito antes de agarrar meu manto. — Não faço ideia de quem você está traindo.

CAPÍTULO XX
NYRA

Eu deveria ter ido dormir, mas a adrenalina corria por meu corpo.
Eu ainda podia sentir meu *poder*.
A cidade dormia enquanto eu me movia depressa pelas trilhas silenciosas e ia para os campos de treinamento.

Eu tinha meu arco e minha aljava amarrados nas costas e, embora meus dedos doessem pelas horas de prática daquela tarde, eu sentia uma necessidade desesperada de envolver minha mão no cabo.

Eu não era boa nisso, mas me dava uma sensação de controle que nunca havia tido antes.

Acelerei o passo ao cruzar a velha ponte de madeira, evitando olhar para a água turva. As tábuas frágeis rangiam e balançavam sob meus pés, fazendo com que eu me sentisse instável enquanto avançava.

As ruas estavam silenciosas, mas eu podia ouvir o eco de passos em algum lugar distante enquanto seguia meu caminho. O véu constante da escuridão foi lançado sobre os terrenos desertos, e só havia um tênue lampejo de luz do fogo iluminando o caminho.

Com os outros recolhidos para a noite, um sentimento de silêncio mórbido se instalou no ar.

Mas continuei em frente e encostei minha aljava na parede mais distante enquanto tirava o arco das costas e passava os dedos pela corda esticada.

A brisa noturna estava gelada em minha pele que ainda vibrava, e tirei uma flecha da aljava, avançando alguns passos em direção a um alvo improvisado na parede. Eu segurava o arco ao lado do corpo enquanto o mirava.

Traidora.

A palavra se repetia na minha cabeça, e eu não conseguia parar de pensar nela, por mais que tentasse.

Dacre mal falou comigo depois que saímos daquela enseada. Ele achava que eu estava mentindo, e eu estava, mas não sobre aquilo.

Não sobre meu poder.

Meu poder.

Cada sílaba parecia estranha em minha mente, mas o calor persistente da magia ainda corria em minhas veias.

Era difícil aceitar a realidade do que tinha acontecido.

Uma dor aguda e lancinante irradiou em meu peito enquanto as lembranças das tentativas implacáveis de meu pai de extrair poder de mim inundaram minha mente.

A culpa me atingiu quando pensei em minha mãe. Lágrimas ameaçaram cair ao pensar em como teria sido se eu tivesse sido mais forte.

Ela ainda seria rainha.

Ela ainda estaria viva.

Minhas mãos, antes firmes, agora tremiam incontrolavelmente. Olhei para elas desesperada para invocar o poder que Dacre tinha forçado a sair de mim. Mas apesar dos meus esforços, elas permaneciam vazias e impotentes.

Eu não sabia o que havia de errado comigo.

— Você percebe que olhar fixamente para o alvo não ajuda, certo?

Eu me sobressaltei com o som inesperado da voz de Dacre, meus olhos examinando os campos de treinamento mal iluminados. Minha frequência cardíaca subiu quando o vi sentado contra a parede, sua forma iluminada por uma chama bruxuleante próxima. Uma perna estava dobrada contra a parede e ele apoiava a cabeça no braço; a exaustão era evidente em cada linha do seu corpo.

— O que você está fazendo aqui? — Meus dedos se fecharam em torno da superfície de madeira polida do meu arco, e coloquei ambas as mãos atrás das costas.

Os olhos dele se estreitaram quando se inclinou para mais perto, com o olhar fixo em mim.

— Eu que deveria perguntar isso — disse ele, com a voz baixa e predatória. — Está tarde.

— Eu não conseguia dormir. — Engoli em seco e olhei de volta para o alvo por apenas um instante antes de olhar para ele.

Ele ignorou minhas palavras completamente e estreitou os olhos, avaliando-me por um instante.

— Você deveria ir embora.

Eu zombei do absurdo vindo dele.

— *Você* deveria ir embora. — Apontei a ponta da minha flecha na direção dele.

— Não esta noite, Nyra. — Sua voz soou fria e áspera quando ele falou, cada palavra impregnada de veneno. Minha pele arrepiou em resposta à malícia que irradiava dele. — Não estou a fim de lidar com você agora.

— Você nunca está a fim de lidar comigo. — Meu coração disparou, enviando ondas de calor pelo meu corpo. — Está sempre de mau humor.

Ele ficou em silêncio por um longo tempo, mas não desviou os olhos de mim nem por um instante.

— Estou — assentiu enquanto passava a mão lentamente sobre o queixo. — Mas hoje à noite, posso descontar em você.

Meu coração batia forte contra minha caixa torácica, ecoando em meus ouvidos enquanto eu fixava os olhos nele, e a onda de poder que estava me alimentando antes agora parecia uma tempestade dentro de mim. Uma dor começou na parte inferior da minha barriga e me esforcei para manter minha respiração estável.

— E se for isso que eu quero?

Ele engoliu em seco e eu observei o pomo de adão se movendo na garganta dele.

— Você não quer.

— Você não sabe. — Minha voz tremeu, mas tudo que eu conseguia pensar era no modo como ele havia me tocado e em como, desde então, ele agia como se estivesse arrependido.

Não consegui tirar da minha cabeça as palavras que ele havia dito antes.

A lembrança dele parado diante de mim com fogo nos olhos enquanto me acusava de traição reproduzia-se repetidamente. Até mesmo a posição de seu maxilar e os punhos cerrados ao lado do corpo transmitiam sua convicção.

Ele já tinha me chamado de traidora antes, mas dessa vez cada parte dele acreditava nisso.

Os olhos de Dacre se estreitaram, um brilho perigoso cintilava no fundo escuro deles. Eu ainda podia ver raiva em seu olhar, mas também havia uma avidez inegável que fervia bem abaixo da superfície.

— Diga o que você quer, traidorazinha — exigiu ele, em voz baixa e ameaçadora; meu estômago doeu quando a última palavra escapou de seus lábios.

Engoli em seco, tentando manter meus nervos sob controle. Aquele era um jogo perigoso, mas eu não conseguia parar de jogar. Não queria parar.

— Não me chame assim.

— Não estou com humor para receber ordens suas. — Ele reclinou a cabeça contra a parede como se precisasse de um ângulo melhor para me ver. — Diga o que você quer.

— Não sei — sussurrei, sentindo a mentira na minha voz. — Mas não consigo parar de pensar naquilo.

Ele soltou uma risada baixa, o som ecoando pelo campo de treinamento vazio. Ele se afastou de mim, deixando a luz tremulante do fogo lançar sombras sobre seu rosto enquanto cerrava e relaxava o maxilar.

— O que você quer? — perguntei, em voz quase inaudível.

Ele virou a cabeça. Havia um brilho em seus olhos escuros enquanto examinavam minhas feições com uma intensidade predatória. Seus lábios se curvaram em um sorriso malicioso, e eu não pude deixar de sentir um arrepio percorrer minha espinha.

— Largue esse arco e fique de joelhos. — Ele passou a língua sobre o lábio inferior e eu quase me ajoelhei por causa daquele único movimento. — Depois quero ver você rastejar até mim e me implorar.

Eu não sabia o que estava fazendo, mas senti minha mão apertar instintivamente o arco como se fosse a única coisa que me mantivesse ancorada na realidade. Minha outra mão se moveu e meus dedos estremeceram se enrolando na corda, a madeira fria contrastava fortemente com o calor que emergia em mim.

— Você não pode simplesmente me dar ordens assim. — Minha voz saiu trêmula, e ele sorriu ao ouvi-la.

— Sim, eu posso. — Ele passou a mão no joelho, e eu me senti hipnotizada ao observá-lo. — E você quer fazer isso. — A maneira como ele disse as palavras fez minha coluna se endireitar e meu íntimo se contrair. — Não quer?

Ele estava certo. Eu não podia negar o desejo que estava se acumulando em meu íntimo e ameaçando me consumir.

Mas eu também odiava que ele soubesse disso. Com um simples olhar, Dacre sabia o que estava fazendo comigo.

Comecei a balançar a cabeça para negar a verdade que ambos sabíamos, mas ele não permitiria isso.

— De joelhos, Nyra. Não me faça dizer isso de novo.

— Eu... — Parei, incapaz de formar as palavras. Meu coração estava batendo forte em meu peito, e eu podia sentir a magia desconhecida correndo em minhas veias.

Eu queria fazer o que ele disse, e havia algo na maneira como estava me dando a ordem que me fazia querer ainda mais.

Mesmo sabendo que eu deveria ter ido embora e voltado para o meu quarto.

Eu deveria ter fugido daquele lugar.

Mas não foi isso que me vi fazendo enquanto gentilmente colocava meu arco e flecha no chão ao meu lado e caía de joelhos diante dele.

O calor escaldante da tocha tremeluzia e dançava na escuridão, sua luz lançava sombras assustadoras sobre as feições frias e duras de Dacre enquanto ele me observava sem fazer um único movimento. Eu senti como se estivesse sendo devorada por seus olhos, consumida pela escuridão que ameaçava me engolir por inteiro.

— Boa menina — grunhiu ele, com um sorriso sinistro curvando seus lábios enquanto me observava com expectativa.

Engoli em seco, a dor na minha barriga se intensificando enquanto eu olhava para ele.

— Venha aqui. — Ele levantou uma mão e fez um movimento sutil com os dedos, me chamando para a frente.

Minhas mãos tremiam quando me inclinei para a frente e as pressionei no chão frio e duro. Abaixei a cabeça enquanto meu peito arfava, tentando engolir uma inspiração depois da outra.

— Olhe para mim. — Minha cabeça se levantou de repente ao seu comando. — Quero te ver enquanto rasteja até mim. — Dacre passou a mão na frente da calça e minha respiração ficou presa ao ver um volume ali.

Por um momento, fiquei congelada no lugar, meu coração disparado ao seu comando.

Mas então, contra cada grama de força de vontade que me restava, eu me impeli para a frente, rastejando lentamente em direção a ele. O chão duro era áspero para meus joelhos, e eu podia sentir a terra grudada nas minhas mãos.

Quando cheguei à ponta da bota dele, parei, ainda sobre as mãos e os joelhos, mas olhando para ele com os olhos arregalados.

— Mais perto — sibilou. Seus olhos estavam escuros, quase pretos, com um brilho de avidez que me fez sentir viva. Eles pareciam me devorar, como duas poças profundas de obsidiana que continham um toque de fogo em seu interior.

Respirei fundo enquanto ele abria as pernas, abrindo espaço para eu chegar ainda mais perto.

Comecei a engatinhar novamente, indo em direção a ele por mais alguns centímetros excruciantes.

O calor intenso que emanava do corpo dele me envolveu. Foi inebriante.

Dacre estendeu a mão quando parei, seu dedo levantando meu queixo mais alto até que eu não tinha para onde olhar a não ser para ele. Seu polegar correu por meu lábio inferior de maneira brusca, e me senti impotente sob seu toque.

Apesar de a minha magia ter aparecido, ele ainda conseguiu fazer com que eu me sentisse fraca.

— Você fica tão linda assim — gemeu, enquanto deixava a mão cair para percorrer o comprimento do meu pescoço. Ele brincou com meu cabelo com um toque gentil, quase terno. E, ainda assim, havia uma intensidade feroz por trás disso, uma promessa de algo mais.

Ele se inclinou para mais perto de mim até que seus lábios roçaram a pele do meu pescoço. Eu me engasguei, um arrepio percorreu minha espinha quando senti a umidade se acumular entre minhas coxas trêmulas. Dacre era perigoso, mas a dor em meu íntimo só ficava mais forte a cada segundo que passava; a necessidade que eu tinha dele se tornava quase insuportável.

— Por favor — sussurrei, minha voz quase inaudível.

— Adoro ouvir você implorar — murmurou ele contra minha pele, e eu não consegui impedir um gemidinho que passou pelos meus lábios. — Você também gosta, não é?

Ele gemeu, e sua língua percorreu a pele onde meu pescoço e ombro se juntavam.

Minhas mãos tremiam contra o chão e eu queria desesperadamente alcançá-lo. Para tocá-lo de maneiras que eu vinha imaginando há dias.

— Porra, implore, traidorazinha — ordenou antes de seus dentes roçarem minha pele.

O gemido que saiu da minha boca foi alto o suficiente para fazer minhas bochechas corarem de vergonha. Pressionei uma coxa contra a outra e desejei desesperadamente tocar entre elas com meus dedos e aliviar a dor que estava ameaçando me consumir.

Em vez disso, cravei meus dedos no chão e implorei aos deuses para que Dacre fizesse alguma coisa.

Para que ele fizesse *qualquer coisa*.

— Deuses, você realmente ama isso.

Ele se afastou e sua mão se moveu para trás do meu pescoço. Ele agarrou meu cabelo com força antes de levar minha cabeça para trás, e a pontada de dor fez meu corpo ficar ainda mais tenso.

Sua boca correu pelos meus lábios, não como em um beijo, mais como uma carícia enquanto ele falava contra minha boca:

— Vamos ver o quanto adora implorar enquanto eu provo você.

Ele soltou meu cabelo abruptamente, e eu balancei para a frente sem seu toque.

Ele saiu da minha frente e tentei observá-lo enquanto se levantava e se movia para atrás de mim.

Minha respiração ficou presa na garganta enquanto eu me forçava a permanecer parada de joelhos, meus olhos voltados para o chão enquanto eu tentava acalmar meu coração acelerado. Eu podia ouvir o farfalhar de suas roupas enquanto ele se movia, e minhas mãos tremiam contra o chão, a expectativa me percorria.

Sua mão roçou preguiçosamente a parte inferior das minhas costas e soltei um pequeno gemido. Seu toque foi tão leve que eu poderia achar que o imaginei, se não fosse pela eletricidade que arrepiava a espinha.

Tentei me concentrar naquele sentimento, para me deleitar com o calor do seu toque, mas minha mente estava nublada pela necessidade por mais.

Sua mão deslizou pelas minhas costas até chegar à minha bunda, e eu avancei enquanto ele lentamente passava a mão até chegar às minhas coxas. Embora estivesse completamente vestida, eu me sentia totalmente desnudada diante dele.

Eu me virei e olhei por cima do ombro para ver seu olhar faminto absorvendo cada curva do meu corpo. A autoconsciência se apoderou de mim, mas ele rapidamente a apagou pressionando as mãos com mais firmeza contra minhas coxas, e um gemido áspero saiu da boca dele.

Ele caiu de joelhos atrás de mim, e meu peito arfava enquanto meu íntimo se contraía.

As mãos dele se moveram em um caminho preguiçoso por minhas coxas, roçando suavemente meu íntimo, e eu arqueei minhas costas em uma tentativa desesperada de me aproximar dele.

— Uma coisinha tão carente. — Ele riu, mas o som não continha humor algum.

As mãos dele se moveram para meus quadris e agarraram logo acima da bainha da minha calça.

Seus polegares deslizaram por baixo do tecido, apenas o suficiente para que não houvesse nada entre nós, mas minha pele queimava como se estivesse me marcando.

Dacre se inclinou para a frente, sua respiração quente contra meu pescoço e seu corpo curvado sobre o meu.

— Você parece tão perfeita assim — sussurrou ele, com voz rouca.

Seus dedos se cravaram possessivamente em meus quadris, fazendo meus músculos se contraírem involuntariamente.

Suas mãos desceram lentamente pelas laterais das minhas coxas, e eu pude sentir o tecido áspero de sua calça, que pouco escondia seu desejo por mim. Sua mão se moveu por meu corpo e me afastei quando seus dedos empurraram rudemente meu sexo por cima da minha calça.

— Você já está pronta para implorar? — Seus lábios estavam contra meu ouvido e perdi o fôlego enquanto seus dentes mordiscavam o lóbulo sensível da minha orelha.

— Por favor — implorei, com a voz rouca de desejo.

Seus dedos pressionaram mais forte contra mim, e o prazer me atingiu enquanto ele começou a acariciar através do tecido das minhas calças.

— Por favor o quê, traidorazinha?

— Por favor, me toque, Dacre. — Eu estava muito carente para ficar envergonhada pelas minhas palavras. Eu sabia que prova-

241

velmente me arrependeria delas no dia seguinte, mas naquele momento eu não tinha espaço para vergonha.

Não quando eu o queria tanto.

Não quando eu me sentia tão machucada por tudo que aconteceu hoje.

A risada dele era sombria e sedutora, e estremeci ao ouvi-la.

— Você não está me implorando direito, traidorazinha. — Sua mão pressionou forte contra mim, e eu podia sentir meu clitóris pulsando sob seu toque. — Acho que preciso te dar mais motivação para implorar.

Eu não respondi — e não precisei. Ele tirou a mão dele de mim, e um gemido passou pelos meus lábios antes que eu pudesse detê-lo. Dacre estava me deixando louca, mas não me importei.

Sua mão deslizou pelo meu abdômen até que seu dedo mergulhou em meu umbigo por cima da minha camisa. Minhas mãos e joelhos estavam começando a doer, mas eu não conseguia pensar nisso quando ele deslizou lentamente a mão, mas dessa vez por dentro das minhas calças. Sua pele quente pressionada contra a minha enquanto ele movia a mão em um ritmo dolorosamente lento.

— Você está molhada para mim?

A outra mão dele pressionou meu peito e me levantou até que minhas costas estivessem apoiadas no seu peitoral.

Eu balancei a cabeça e ele passou o nariz por meu pescoço enquanto os dedos tamborilaram suavemente contra o topo do meu sexo, deixando-me mais do que ciente de como eu precisava desesperadamente que ele os descesse.

— Use suas palavras, Nyra.

Nyra. Deuses. Pela primeira vez desde que cheguei, me arrependi de não ter dado a ele meu nome verdadeiro. Ele me odiaria por quem eu realmente era, mas queria ouvi-lo gritar *meu* nome; queria ouvir o desespero com que meu nome rolaria por sua língua.

— Por favor, Dacre — suspirei, minha voz misturada com desejo. — Estou tão molhada para você.

Seu gemido foi profundo e eu podia sentir as vibrações viajando pelo meu corpo e ecoando em meu íntimo.

— Acho que devo me certificar disso.

Sua mão desceu lentamente, e eu estendi o braço para trás para segurar a coxa dele e me apoiar. Cravei minhas unhas na calça de Dacre, enquanto os dedos dele encontravam a umidade que estava o esperando, e eu arqueei as costas contra ele.

Seu pau pressionou firmemente minhas nádegas, e eu me esfreguei contra ele enquanto seus dedos deslizavam por meu clitóris.

— Porra. — Ele gemeu contra a parte de trás do meu pescoço enquanto seus dedos deslizavam através de mim facilmente. — Isso é tudo para mim?

Ele espalhou a umidade enquanto brincava comigo, seus dois dedos deslizando para cima e para baixo na minha boceta como se estivesse tentando memorizar cada centímetro.

— Por favor. — Eu me pressionei ainda mais contra ele e choraminguei ao senti-lo atrás de mim. Ele estava presente em todos os lugares, mas parecia fora do meu alcance ao mesmo tempo. — Dacre, por favor.

Os dedos dele pararam logo acima do meu clitóris antes de pressionarem com intensidade, e meus quadris dispararam para a frente com a mudança repentina.

— Oh, deuses.

Então os dedos dele começaram a se mover em pequenos círculos, cujo movimento ficou focado exatamente onde eu precisava, e acompanhei a sensação com meus quadris.

Eu estava tão ocupada me concentrando naqueles dois dedos que perdi o caminho que a outra mão dele fez subindo pelo meu torso até pressionar meu queixo. Ele forçou minha cabeça em direção a ele, não me dando outra escolha a não ser encará-lo, e seus olhos escuros se estreitaram como se ele não conseguisse decidir se queria me foder ou me destruir.

Naquele momento, eu o deixaria fazer o que quisesse.

Olhar seus olhos tempestuosos enquanto ele tocava meu corpo tão facilmente foi demais, e eu choraminguei enquanto fechava os olhos e tentava me concentrar apenas na sensação que ele estava me dando.

— Olhe para mim. — O comando na voz dele me forçou a abrir os olhos outra vez e observei que ele lambia os lábios enquanto sua mão apertava meu maxilar. — Você é uma traidorazinha tão carente.

O polegar dele roçou meu lábio inferior e eu estava desesperada para que me beijasse. Eu queria isso mais do que tudo. Mordi a ponta de seu polegar antes que ele pudesse afastá-lo, e seu olhar de alguma forma escureceu ainda mais.

— Tão gananciosa. — Suas palavras soaram como um apelo antes que ele virasse meu queixo em direção a ele e colocasse a boca na minha.

O beijo não tinha nada da delicadeza de seus dedos. Era como se algo tivesse estalado dentro dele, uma necessidade que ele não conseguia controlar e para a qual meu beijo era a única cura.

Seus lábios eram ásperos contra os meus, sua língua implorava para entrar, e quando eu cedi, seus dentes me morderam, e ele me beijou como se estivesse preocupado em nunca mais sentir meu gosto.

Seus dedos deslizaram mais para baixo até que empurrou os dois para dentro de mim, e gemi contra sua boca ao senti-lo plenamente.

— Deuses, como você me recebe bem — murmurou contra meus lábios enquanto girava os dedos para dentro e fora de mim e pressionava a palma da mão contra meu clitóris. — Quando não consigo dormir à noite, é porque não consigo pensar em nada além de como seria ter você por baixo de mim, com meu pau deslizando para dentro e para fora dessa bocetinha apertada.

Essas palavras causaram arrepios em meu corpo e eu arqueei contra ele como resposta. Era demais para mim, a sensação dele, as palavras e o calor entre nós que ameaçava me queimar viva.

A maneira como meu poder parecia vibrar dentro de mim com ele tão perto.

— Por favor — implorei novamente, minha voz áspera e suplicante. Meus quadris empinaram contra seus dedos enquanto eu tentava desesperadamente encontrar algum alívio.

Ele gemeu contra mim, sua respiração quente contra minha bochecha.

— Você quer mais? — Ele retirou os dedos de mim e eu gemi em protesto.

Olhei para ele, procurando em seu rosto alguma pista sobre o que estava pensando, mas Dacre não estava olhando para mim. Ele estava olhando para a própria mão enquanto a tirava da minha calça e a levantou à nossa frente. Pude ver minha umidade cobrindo seus dedos e um rubor subiu pelo meu rosto.

— Você teve o prazer de provar, mas eu não. — Ele moveu a mão mais perto de nós até segurá-la diretamente entre nossa boca. — É outra coisa que me mantém acordado à noite. Imaginar exatamente qual é seu gosto.

Eu choraminguei, e ele deslizou os dedos entre os lábios enquanto o olhar se fixava no meu.

Dacre não os lambeu gentilmente. Em vez disso, criou um espetáculo rolando a língua por cada centímetro dos dedos que estavam revestidos de mim.

Ele tirou os dedos da boca e os passou pelos meus lábios antes de descê-los por meu pescoço.

— É ainda melhor do que eu poderia ter sonhado.

A mão dele apertou meu pescoço e ele se aproximou de mim até que sua boca estivesse pressionada contra a minha.

— Agora não vou conseguir dormir até provar direto da sua pele. — Ele mordeu meu lábio inferior e o chupou em sua boca. — Acho que deveríamos resolver isso.

Dacre se afastou de mim, mas seu olhar escuro permaneceu em minha boca.

Meu corpo tremia de necessidade enquanto eu tentava calcular seu próximo movimento.

— De pé, Nyra.

Minha pulsação martelava meu peito e tentei acalmar minhas mãos trêmulas.

Ele ia me provar, colocar a boca no meu corpo, e mesmo que nunca tivesse desejado nada mais, o medo correu por mim.

— E se não for isso o que eu quero? — Minha voz tremeu de necessidade e traiu minhas palavras.

Ele sorriu para mim em um movimento sinistro e sem calor, enquanto me alcançava e me segurava entre minhas coxas.

— Nós dois sabemos que é. Você quer e vai ter.

Sua mão pressionou firmemente contra mim, e minhas coxas tremeram com o quanto eu precisava dele.

— Levante-se. Não me faça dizer isso de novo.

Hesitei por apenas um segundo antes de me levantar. Dacre se ajoelhou diante de mim e suas mãos percorreram minhas coxas antes de se acomodarem em meus quadris.

Ele puxou a ponta da minha calça, abaixando o couro por alguns centímetros antes de me olhar.

— Se não é isso o que quer, você precisa ir embora. — Sua voz era letal. — Não estou mentindo quando digo que vou levar o que quiser de você, e você não sairá desta caverna até que o som do meu nome seja a única coisa que você pode sentir em sua língua.

Ele me observou com um olhar faminto, seus olhos escuros e intensos, e não fiz nenhum movimento para sair; nós dois sabíamos que ele detinha todo o poder naquele momento.

Senti uma estranha sensação de alívio tomar conta de mim, aceitando que eu estava à mercê dele. Eu não queria mais lutar contra o que queria tão desesperadamente.

Ele lentamente puxou minha calça cada vez mais para baixo, levando minha calcinha junto, até que fiquei nua diante dele. Eu engoli em seco, trêmula, enquanto lutava contra a vontade de me cobrir.

— Tão linda — murmurou ele, tão baixo que mal o ouvi.

Ele se inclinou para a frente até ficar alinhado diretamente na frente da minha boceta, e olhei para o teto quando o senti dar um beijo na parte interna da minha coxa antes de roçar o nariz no meu íntimo.

— Olhe para mim. — A voz dele soou baixa e autoritária, enviando uma onda de desejo que me atravessou enquanto eu obedecia. Suas mãos percorreram o comprimento das minhas coxas, e elas tremeram sob seu toque. — Quero que você me observe enquanto provo o que é meu pela primeira vez.

— Não é seu. — De alguma forma, consegui encontrar minha voz por tempo suficiente para dizer a única coisa que eu não deveria ter dito.

Suas mãos pararam no ápice das minhas coxas, e ele sorriu antes de movê-las rapidamente para minha boceta e me abrir com os polegares.

— Vamos ver exatamente por quanto tempo você consegue manter essa determinação, traidorazinha.

Abri a boca para argumentar, mas ele se inclinou para a frente e sua língua percorreu todo o comprimento da minha boceta e ameaçou me deixar de joelhos. Meus dedos agarraram seu cabelo, segurando-o enquanto tentava respirar, mas não adiantou.

Ele chupou meu clitóris entre os lábios e eu gritei.

E eu não conseguia desviar o olhar dele.

Não havia um pingo de ternura em seu toque, e enquanto seus dentes arranhavam minha carne sensível, meu gemido podia ser ouvido por toda a caverna. Meus dedos se arrastaram em seu cabelo, enroscando-se nos fios e aproximando-o impossivelmente de mim.

Nunca senti tanto prazer, um desejo tão avassalador e devorador.

A boca de Dacre se banqueteou comigo, explorando meu corpo de maneiras que eu não sabia que eram possíveis, enquanto suas mãos agarravam minhas coxas com tanta força que mordi meu lábio ao sentir a dor.

Ele murmurou sobre mim, o som vibrando por meu corpo, e então, finalmente, levantou a mão e enfiou dois dedos dentro de mim.

Arqueei minhas costas, encontrando sua boca faminta, meu corpo se sentindo tão ávido por mais. Meu estômago se contraiu e minha respiração ficou presa enquanto ele movia os dedos para dentro e fora de mim em ritmo perfeito com a língua. Eu mal conseguia abrir minhas pernas, e a posição me fazia sentir incrivelmente cheia dele.

— Você é tão apertada — murmurou ele contra minha pele. — Tão molhada.

As palavras dele foram como combustível para meu desejo já intenso, e eu não pude deixar de implorar por mais.

— Por favor, Dacre... Por favor...

Agarrei o cabelo dele com mais força em minhas mãos, e ele olhou para mim. A malícia em seus olhos refletia o desejo que eu sentia percorrendo meu corpo.

— Você quer gozar?

— Por favor. — A maneira como implorei a ele parecia tão estranha à minha língua, mas também parecia tão certa.

Ele riu, as vibrações se espalhando pela minha carne sensível.

— Diga a quem pertence essa boceta. — Ele mergulhou os dedos mais fundo dentro de mim, fazendo-me gritar com a mistura de prazer e dor.

Mordi a língua porque o sorriso irônico em seu rosto fez a resistência se acender dentro de mim. Mas eu sabia que ele iria conseguir exatamente o que queria. Eu diria a ele qualquer coisa para finalmente me dar a sensação de que eu estava perseguindo tão desesperadamente.

— Porra, diga que é minha, traidorazinha. — Ele girou os dedos profundamente dentro de mim antes de sugar meu clitóris outra vez, passando a língua depressa sobre o botão sensível em um ritmo que me faria dizer qualquer coisa a ele.

— É sua — consegui dizer, sufocada. A admissão pareceu uma facada em meu peito, mas eu não podia negar a verdade. Ele era a última pessoa a quem eu deveria ter dito isso, mas era a única que eu queria.

Dacre se afastou com um sorriso malicioso, com um brilho nos olhos enquanto soltava meu clitóris de seus lábios. Eu estava tremendo sobre meus pés, minha mente era um turbilhão de emoções e sensações. Eu me sentia humilhada, dolorida e tão viva.

— Isso mesmo. — Seus dedos se moviam para dentro e para fora de mim em um ritmo que estava me enlouquecendo. — É minha, traidorazinha. Você está molhada assim para *mim*. Ninguém mais. — Ele se inclinou para a frente e mordeu minha coxa interna. — Você é minha. — O grunhido que rasgou seu peito foi quase o suficiente para me levar ao limite.

Ele continuou a lamber e chupar meu clitóris, com os dedos ainda se movendo dentro de mim até eu sentir que ia perder a cabeça. Meus dedos apertaram seu cabelo, e pude sentir lágrimas ardendo atrás dos meus olhos.

— Minha.

Eu gritei enquanto ele empurrava os dedos dentro e fora de mim, a vibração de seu desejo me levou ao limite. Meu corpo tremeu incontrolavelmente quando gozei, meu orgasmo percorreu meu corpo como uma corrente.

A outra mão de Dacre envolveu minhas costas, mantendo-me firme enquanto ele retirava cada pedaço de orgasmo do meu corpo.

— É isso. — Eu podia senti-lo me observando, mas não me importei.

Minha boceta estava apertando seus dedos em uma necessidade desesperada de mais, e eu não queria sair da euforia que ele havia me proporcionado.

Dacre continuou me fodendo lentamente com os dedos, prolongando o prazer, fazendo-me gritar seu nome uma, duas vezes, até meu corpo ceder contra o dele.

Então ele tirou os dedos de mim, retirando lentamente a mão de minha umidade.

Olhei para ele e senti uma estranha mistura de alívio e vergonha me atravessar.

Ele se levantou e lambeu os dedos com um sorriso satisfeito no rosto, antes de se aproximar e me ajudar a vestir a calça de volta.

Olhei para baixo e vi como ele estava duro por baixo da calça, e apesar da vergonha que eu não podia negar, eu queria tocá-lo. Eu queria ter o mesmo poder que ele tinha sobre mim.

Passei a mão por toda a extensão dele, e ele gemeu baixo e guturalmente enquanto sua mão deslizava em meu cabelo. Ele os puxou para trás, forçando-me a olhar para ele, e o desejo com que estava me encarando era quase o suficiente para me fazer gozar de novo.

— Eu quero tocar você — sussurrei, e o olhar dele pareceu se tornar impossivelmente mais escuro.

— Nyra. — Seu grunhido soou como um aviso, mas não fez nada além de enviar uma onda de emoção através de mim.

— Eu quero sentir seu gosto.

A mão dele apertou meu cabelo a ponto de eu gritar de dor, mas eu ainda queria mais. Eu não tinha certeza se haveria algum momento em que eu não quisesse mais nada dele, e esse pensamento me assustou.

Eu podia sentir o calor em seus olhos enquanto ele me estudava, com uma intensidade que fazia meu coração disparar.

— Você quer que eu me ajoelhe para você? — Eu estendi a mão e a pressionei contra seu peito.

— Traidorazinha. — As palavras eram um apelo em seus lábios.

— Dacre. — Uma voz profunda ecoou pelo espaço, e minha coluna enrijeceu.

Ele me soltou e deu um passo para trás depressa como se tivesse sido flagrado com a traidora que imaginava que eu era.

Que ele *sabia* que eu era.

Seu olhar cintilou para a figura imponente na entrada da caverna, seus olhos tinham o brilho da fúria.

— Pai. — A voz de Dacre falhou por um segundo antes de se endireitar e parecer exatamente o líder que o forçaram a ser.

Meu estômago doía e meu corpo gritava para eu correr. Eu não tinha visto o pai de Dacre desde que ele me estrangulou enquanto buscava as respostas que eu havia me recusado a dar.

— Acabamos de receber a notícia — disse Davian, com o olhar oscilando entre mim e seu filho, embora Dacre estivesse de costas para mim. — Partiremos dentro de uma hora.

Passei a mão pelo cabelo, afastando-o do rosto, embora tivesse certeza de que ainda parecia completamente desgrenhada pelo que tínhamos acabado de fazer.

— Estou pronto — Dacre assentiu, deu um passo à frente e se inclinou para pegar meu arco e flecha.

— Você precisa escoltar Nyra de volta ao alojamento?

— Não. — A resposta de Dacre foi rápida e firme. — Ela pode encontrar o caminho de volta sozinha.

Era uma dispensa. Ele estava tão desesperado por mim quanto eu estava por ele, e agora estava me dispensando como se eu não fosse nada.

O pai dele olhou para mim, e não havia nada além de desconfiança em seus olhos. Isso me fez sentir enjoada. No entanto, Dacre simplesmente permaneceu ali.

— Sou mais do que capaz. — Dei um passo à frente e puxei meu arco da mão de Dacre antes de voltar rapidamente para o alvo e pegar a aljava onde a havia deixado.

Eu podia sentir Dacre me observando, mas não lhe dei a satisfação de olhar para trás.

CAPÍTULO XXI
NYRA

O vinho queimou minha garganta quando tomei outro gole.
— Talvez você devesse ir mais devagar. — Wren estava me observando com atenção, e não parava desde que contei o que tinha acontecido.

Ela foi a única a quem contei sobre meu poder.

Se é que poderia chamar assim. Eu quase não conseguia mais senti-lo. Sabia que ainda estava lá, mas parecia que estava se escondendo de mim.

Eu segurei minha mão com a palma para cima, na minha frente, e tentei convocá-lo. Mas não havia nada.

O poder tinha desaparecido com a mesma facilidade que Dacre sumiu dois dias antes.

Dois dias e nenhuma palavra. Nenhum traço de poder, e eu não tinha certeza do que me irritava mais.

Eu estive desesperada por algum resquício de magia durante toda a minha vida, mas, ainda assim, só conseguia pensar nele.

— Estou bem. — Segurei a garrafa junto ao peito enquanto olhava para a lareira, observando as chamas lamberem as laterais das pedras.

Wren se sentou ao meu lado, recusando-se a sair de perto de mim, mas Eiran havia se apertado do outro lado e eu mal tinha prestado atenção nele desde que colocou a garrafa na minha mão.

— O treinamento foi bom hoje. — Ele cutucou meu ombro e eu olhei para ele. — Por mais que eu odeie admitir, Dacre estava certo sobre o arco.

Dacre.

Por que ele teve de dizer aquele nome?

Meu estômago se contraiu com as lembranças do outro dia. Cada pensamento mais confuso que o anterior. A enseada, o meu poder, a maneira como ele me tocou, a maneira como me *dispensou*.

Minha mente era um campo de batalha caótico de pensamentos, todos centrados nele e nas emoções avassaladoras que provocava em mim.

Tomei outro gole de vinho, tentando abafar os pensamentos que ameaçavam me dominar.

O álcool estava turvando minha cabeça, e mesmo que eu estivesse com raiva de Dacre, eu não conseguia ignorar o desejo ardente que sentia sempre que pensava nele.

— Nyra, você está bem? — A voz de Wren interrompeu meus pensamentos e, quando a olhei, meu peito doeu com a preocupação em seus olhos.

— Sim, estou bem — menti, tomando outro gole de vinho.

Eiran me observava atentamente, como fez o dia todo durante nosso treino, e eu só queria que ele parasse.

Sem pensar, soltei a pergunta que estava me incomodando o dia todo:

— Na verdade, você viu seu irmão?

Os olhos de Wren se arregalaram, e o corpo dela enrijeceu enquanto se virava para me olhar.

— Ele anda ocupado com meu pai — disse Wren lentamente, em um tom gentil, mas distante. — Mas vi ele e Kai voltando mais cedo.

Balancei a cabeça, tomando outro gole de vinho para acalmar meus nervos.

— Ele está no quarto?

Os olhos de Wren se abrandaram.

— Você bebeu muito esta noite. Talvez devêssemos dormir.

Eu sabia que ela estava apenas tentando cuidar de mim, tentando garantir que eu não acabasse machucada, mas isso ainda me irritava.

Eu não queria ser protegida do irmão dela.

— Certo — assenti e fiquei de pé, ainda segurando o vinho. — Boa noite, Eiran. — Eu o saudei com a garrafa enquanto cambaleava levemente, e o olhar dele saltou para Wren.

— Eu cuido dela. — Wren envolveu o braço no meu e me levou para fora da sala e escada acima. Tropecei um pouco, mas ela me segurou firme, com as sobrancelhas franzidas enquanto caminhávamos.

— Por que você disse que seu irmão não cura?

— O quê? — Os olhos dela se arregalaram enquanto me segurava. Mal tínhamos chegado à metade da escada, mas eu estava desesperada por uma resposta.

— Antes, quando eu estava ferida, você disse que Dacre não curava. — Eu não conseguia parar de pensar nisso, obcecada com o que ela quis dizer.

— Você deveria perguntar a Dacre sobre isso. — Ela desviou o olhar de mim e fitou o alto da escada.

— Estou perguntando a você, Wren. — Envolvi o antebraço dela com minhas mãos e apertei. — Por favor.

Ela olhou para mim outra vez, com uma expressão mais suave no rosto.

— Dacre costumava curar. — Ela engoliu em seco, e pude sentir o leve tremor dos seus dedos contra mim. — Mas ele não curou mais ninguém desde que não conseguiu salvar minha mãe. — Respirei fundo e isso fez minha cabeça girar. Wren prosseguiu — Ele tentou curá-la enquanto os outros lutavam na invasão. Ele continuou tentando quando levantaram seu corpo inerte e o trouxeram de volta para casa. — A voz dela estremecia enquanto falava. — Eles tiveram de afastá-lo para longe do corpo frio dela, porque ele se recusava a parar de tentar. Mas a magia usada contra ela havia sido forte demais.

— Eu não sabia. — Eu me segurei nela com mais força, nós duas agarradas uma à outra nos apoiando. — Sinto muito.

— Eu não o vi curar ninguém desde aquela noite. A magia de cura é rara e a maioria dos curandeiros são levados para a capital assim que são descobertos. Temos apenas alguns curandeiros aqui, e mesmo assim Dacre se recusa. — Ela olhou meus olhos por um momento demorado antes de falar outra vez. — Ele herdou as habilidades de cura da minha mãe e sente que falhou com ela.

— Ele não... — Balancei a cabeça tentando processar o que ela tinha acabado de me contar.

— Eu sei disso. — Ela apertou a mão em volta do meu braço antes de me guiar um degrau acima. — Mas não importa o que penso. Dacre não tem sido o mesmo desde que perdemos nossa mãe. Ele nunca perdoará meu pai, nunca perdoará a si mesmo.

— Ele me curou duas vezes. — Admiti em voz alta, embora sentisse que estava simplesmente me lembrando desse fato. Meu coração acelerou em meu peito enquanto eu tentava descobrir o que isso significava com a mente nublada pelo álcool. — Por quê?

Meu estômago se contraiu quando fiz a pergunta. Eu não sabia se estava pronta para admitir a resposta para mim mesma nem por que eu esperava desesperadamente que houvesse só um motivo para ele fazer aquilo.

Eu queria que Dacre se importasse comigo como comecei a me importar com ele.

— Vamos. — Wren me levou pelos últimos degraus. — Você já bebeu demais e nós duas precisamos dormir.

— Obrigada por cuidar de mim.

Ela riu e me puxou para o seu lado.

— É o que as amigas fazem.

Quando chegamos ao nosso quarto, Wren estendeu a mão para a maçaneta, mas eu soltei meu braço do dela e me movi antes que ela pudesse me impedir. Bati meu punho contra a porta de Dacre.

— Nyra, está tarde — Wren cochichou, embora houvesse humor em sua voz, e tentou me puxar de volta. Mas não antes de eu bater mais uma vez. — Deuses amados. — Ela riu, e eu não consegui parar as risadas que borbulhavam na minha garganta.

Nenhuma de nós conseguia parar. O corredor ecoava o som de nosso ataque histérico, e Dacre abriu a porta e ficou diante de nós com o rosto contorcido de raiva.

Não consegui controlar minha risada enquanto ele nos olhava com uma mistura de aborrecimento e frustração.

Não consegui impedir que o pensamento atormentasse minha mente.

Ele se importa comigo?

— Que horas são? — A voz dele soou rouca de sono e seu cabelo estava desgrenhado.

Eu queria desesperadamente passar minhas mãos por aqueles fios.

— Meia-noite — disse Wren, ainda rindo.

Os olhos de Dacre se estreitaram ainda mais, mas eu estava muito ocupada olhando para o peito nu dele.

— O que vocês duas estão fazendo?

— Onde você estava? — Cruzei os braços, ainda agarrada à garrafa de vinho, e estudei cada centímetro dele. — Não vejo você há dias.

— Eu não sabia que você estava me vigiando. — A resposta rude me atingiu, e meu olhar buscou imediatamente o dele.

O calor subiu às minhas bochechas, mas eu me recusei a deixá-lo vencer.

— Vigiando, não. — Ergui as mãos em sinal de rendição. — Apenas achei estranho ter treinado com Eiran hoje depois que você disse... O que foi mesmo? — Eu bati meu dedo contra meu queixo. — Ah, sim. Que eu era sua.

— Ai, merda. — Wren riu baixinho, e os olhos de Dacre me fuzilaram. — Melhor voltarmos para o nosso quarto.

— Você está bêbada? — A voz dele tinha um toque de advertência.

— Por quê? — Inclinei a cabeça para o lado e o estudei. — Você está me vigiando?

— Wren, você pode voltar para o seu quarto. Eu fico com Nyra. — Havia irritação permeando suas palavras, e a irmã dele alternava o olhar entre nós. A ameaça nos olhos dele me fez pressionar minhas coxas uma contra a outra.

— Não sei se é uma boa ideia.

— Está tudo bem, Wren — assenti. — Vou ficar bem.

Ela deu um passo para trás, o piso de madeira rangendo suavemente sob seus pés, mas nem Dacre nem eu desviamos o olhar.

— Eu mato você, Dacre. — disse ela assim que a ouvi abrir a porta do nosso quarto, e eu sorri. — Não ouse machucá-la.

A porta se fechou atrás dela, e Dacre cruzou os braços enquanto se inclinava no batente da porta.

— O que você está fazendo aqui, Nyra?

Eu queria ver você.

Não pude dizer a verdade, então recorri a outra mentira.

— Eu só queria me certificar de que você estava bem. As pessoas estavam falando sobre muita agitação lá em cima.

Isso não era uma mentira completa. Eu tinha ouvido alguns guerreiros no campo de treinamento falando sobre Davian e a suposta informação que ele tinha recebido.

— E quem disse isso? Eiran?

— Não. — Balancei a cabeça e me afastei da parede atrás de mim. — O foco de Eiran estava em outro lugar.

Isso fez os músculos da mandíbula dele tremerem.

— Tenho certeza disso. Eu não disse que não queria mais que você treinasse com ele?

— Você me disse tantas coisas. — Abanei a mão dramaticamente. — É difícil acompanhar todos os seus comandos.

Diminuí a distância entre nós e ele ficou tenso.

— Você deveria ir para o seu quarto.

— Você... — Pressionei um dedo no peito dele. — ... deveria parar de me dar ordens.

Deixei minha mão descer um centímetro e espalhei os dedos sobre a pele nua dele.

A respiração de Dacre falhou, e eu pude ver o desejo em seus olhos refletindo o meu. Seu olhar pousou em meus lábios, e eu não pude deixar de me inclinar.

— O que está fazendo, Nyra? — questionou ele em seu tom de voz baixo e perigoso.

— Eu disse que queria te tocar — sussurrei, inclinando-me para mais perto enquanto abaixava minha mão. Ele moveu a mão depressa, segurando meu pulso antes que eu chegasse aonde queria. — Para provar você.

— Não vai acontecer esta noite. — Os olhos dele se estreitaram perigosamente, e o aperto em meu pulso aumentou, puxando-me para ainda mais perto.

Senti uma onda de determinação e frustração, meu coração disparado no peito. Nossos olhos se encontraram, e pude ver o conflito em seu olhar. Sua mão, ainda segurando meu pulso, estremeceu levemente. Eu sabia que estava dividido entre o desejo e o dever, assim como entre quem ele acreditava que eu era.

— Mas eu estou molhada. — Passei a língua pelos lábios e ele pareceu hipnotizado pelo movimento. — Treinei com Eiran hoje, mas só conseguia pensar em você.

Ele olhou para mim com uma careta, os olhos queimando com chamas negras.

— Você está bêbada.

— E eu vou me fazer gozar, esteja você comigo ou não.

Minhas palavras foram muito mais ousadas do que eu realmente era, mas não me arrependi.

— Porra — xingou ele baixinho antes de agarrar a frente da minha camiseta e me puxar para o quarto.

A porta bateu atrás de nós e minha pele zumbiu, não só por causa do álcool. Mas pela expectativa. Era meu *poder*.

Minha magia ronronou na presença dele, acordando de um jeito que eu não tinha conseguido fazer por conta própria.

— Você sabe que os outros podem te ouvir no corredor, certo? — Ele passou a mão pelo cabelo e parecia muito frustrado comigo.

— Você não quer que eles saibam que eu me masturbo pensando em você?

Pude ver a tensão no rosto dele enquanto processava minhas palavras, seus olhos perigosamente estreitos. Mas, para minha surpresa, ele não soltou meu pulso.

Em vez disso, Dacre me puxou para perto, nossos corpos pressionados juntos. Eu senti a dureza de sua ereção contra minha coxa, e minha respiração ficou entrecortada.

— Você está brincando com fogo, Nyra — advertiu, com a voz baixa e rouca.

— Deixe-me tocar você — sussurrei, com a voz trêmula de desejo e desespero que eu queria poder controlar.

Ele hesitou por um momento, apertando meu pulso com mais força antes de me apoiar até que a parte de trás dos meus joelhos batesse na cama.

— Você está bêbada. — Ele reiterou as palavras ditas antes.

Abri a boca para protestar, mas ele pressionou um dedo contra meus lábios para me deter. E continuou me empurrando até eu cair de costas, minha bunda bateu no colchão, e ele se inclinou por cima de mim.

— Eu não vou foder sua boca pela primeira vez sem ter certeza de que você vai lembrar depois.

Pressionei minhas coxas, tentando aliviar a dor ali, mas foi inútil.

Ele arrancou a garrafa de vinho da minha mão, levando o álcool até os lábios, e bebeu enquanto puxava uma cadeira do canto de seu quarto e a colocava bem na minha frente.

Ele se recostou na cadeira, deixando a garrafa de vinho sobre a coxa, enquanto olhava para mim.

— Vá em frente. — Ele acenou com a cabeça para mim, e meu estômago doeu.

— O quê?

Ele sorriu, observando-me com atenção enquanto eu tentava descobrir o que queria.

— Toque-se. — Ele se recostou na cadeira. — Você disse que ia se masturbar, então me mostre.

— Eu... — Minha voz tremeu enquanto eu ofegava por palavras.

— Você me ouviu. — Ele arqueou uma sobrancelha antes de tomar outro gole de vinho. — Vá em frente. Quero assistir.

Eu não conseguia recuperar o fôlego enquanto o encarava, o álcool misturado com meu poder pulsando em minhas veias.

Levei a mão até a parte de cima da minha calça, desfazendo os nós ali, e ele fez um estalo com a língua.

— Tire a camisa. Quero ver você.

Eu deveria ter dito não. Eu deveria ter voltado para o meu quarto, mas não fiz nenhuma dessas coisas. Em vez disso, agarrei a bainha da minha camisa e, com as mãos trêmulas, puxei-a sobre a cabeça.

O olhar de Dacre escureceu, estreitando-se em minha barriga, e joguei a camisa no colchão.

— Nyra.

— Sim? — Abaixei o cós da minha calça, levantando meus quadris ligeiramente enquanto a empurrava para baixo, mas Dacre não se mexeu.

— Quem diabos fez isso com você?

Eu segui a direção do olhar dele e estremeci diante da cicatriz que envolvia as minhas costas e a borda do meu estômago. Rapidamente coloquei minha mão ali, cobrindo a marca.

— Não é nada.

Seu olhar escureceu, mas ele ainda não havia tirado os olhos da minha cintura.

Fiquei ali sentada, sentindo-me exposta e vulnerável, mas sabia que ele não iria deixar aquilo passar.

— Você não respondeu à minha pergunta — grunhiu Dacre, imóvel. — Quem machucou você?

— Foi há muito tempo.

Seu olhar atingiu o meu e fiquei chocada com a quantidade de veneno que vi ali.

— Quem?

— Meu pai. — Era a única verdade que eu podia lhe dar.

Dacre passou a mão na nuca e eu pude sentir ele se distanciar de mim, refugiando-se em sua raiva, onde se sentia confortável.

— Foi há muito tempo, Dacre. Não importa.

— Não importa... — Ele riu, e o som me assustou. — Você acha que qualquer um poderia te machucar e que isso não faria diferença? — Ele balançou a cabeça.

— Não quero falar sobre isso. — Eu me apoiei em meu cotovelo e arrastei minha mão ao longo do meu peito enquanto ele observava. — Eu não vim aqui para conversar.

— Nyra. — Ele grunhiu meu nome e deixei que isso me alimentasse enquanto eu segurava meu seio e apertava meu mamilo.

— Sim, Dacre? — gemi o nome dele e bloqueei tudo da minha mente, exceto nós dois.

Nada mais importava naquele momento. Nem meu passado, nem o dele.

Nem nossas lealdades.

Éramos só eu e ele, envoltos em uma teia de desejo e emoções não ditas.

Ele me observou, com os olhos ardendo com uma mistura de desejo e fúria, sua mandíbula tensa enquanto tentava se controlar.

Mas eu não me importava. Eu o queria, precisava dele.

Deixei meus dedos percorrerem minha barriga, sentindo a cicatriz que servia como lembrança do meu passado, e depois desci até o cós da minha calcinha. Enganchei o dedo na bainha e lentamente a puxei para baixo, revelando a junção entre minhas coxas.

Minhas mãos tremiam, mas não parei.

— Abra as pernas. Use os dedos para abrir sua boceta para que eu possa ver — ordenou, sua voz baixa e exigente.

Os olhos de Dacre não vacilaram nem piscaram enquanto eu colocava a mão entre minhas pernas e deslizava meus dedos para dentro, sentindo a umidade ali.

Gemi baixinho quando meus dedos afundaram na minha umidade, meus quadris balançando ligeiramente com o contato. Os olhos de Dacre escureceram ainda mais, sua respiração se transformando em suspiros irregulares enquanto ele me observava.

— Porra, Nyra — grunhiu em sua voz rouca e áspera que me fez sentir arrepios pelo corpo. — Você vai me fazer gozar só de assistir.

Ele mexeu os quadris na cadeira, tirando o pau da bermuda, e perdi o fôlego enquanto o observava passar a mão para cima e para baixo em todo seu comprimento.

Os olhos dele brilhavam de fome e necessidade enquanto observava eu me tocando e ele acompanhava meus movimentos, acariciando-se com mais força e rapidez. Eu podia ver a tensão em seus músculos, a maneira como sua mandíbula se apertava, e sabia que estava tão perto de perder o controle quanto eu.

Deslizei outro dedo dentro da minha boceta, abrindo-me e gemendo com a plenitude que senti. Meus quadris se moveram novamente, perseguindo o prazer que estava crescendo dentro de mim.

— Por favor, Dacre — implorei, minha voz mal passava de um sussurro. — Toque em mim.

Ele olhou para a minha mão, ainda enterrada entre minhas pernas, e depois para os meus olhos. Por um momento, pensei que ele pudesse recusar, mas então ficou de pé, ainda se acariciando enquanto olhava para mim.

— Você é tão perfeita. — Ele caiu de joelhos diante de mim e puxou minha calcinha para baixo antes de jogá-la no chão.

Eu gemi, jogando minha cabeça para trás, e pulei, meus quadris se movendo para a frente quando senti um líquido frio escorrendo pela minha boceta.

Meus olhos se abriram e observei Dacre segurando a garrafa acima de mim, deixando o vinho escorrer pelo meu corpo e entre minhas coxas.

— Dacre — gemi seu nome, e ele olhou para mim.

— Acho que não bebi o suficiente. — Ele abaixou a cabeça e lambeu o vinho da minha boceta.

Meus quadris se moveram e perdi o fôlego quando sua língua se moveu para baixo, passando rapidamente por meu clitóris antes de mergulhar na minha umidade. Minhas mãos se fecharam nos lençóis e gemi alto, meu corpo se arqueou para longe da cama enquanto ele continuava me dando prazer com a boca.

— Tão doce. — Ele deixou mais vinho cair da garrafa e lambeu cada gota da minha pele, seus olhos nunca deixando os meus.

Seus dedos percorreram minhas pernas, abrindo-me antes de pressioná-los contra meu clitóris e esfregando-o junto com a língua.

— Dacre, por favor — implorei, minha voz alta e carente. — Preciso de mais.

Ele soltou um gemido longo e alto antes de se mover até ficar ajoelhado na cama entre minhas coxas. Seu pau parecia enorme enquanto ele continuava a correr a mão para cima e para baixo em todo seu comprimento, e, por um momento, pensei que fosse me foder.

E me dei conta de que eu queria desesperadamente que ele fizesse isso.

Eu queria ser reivindicada por Dacre de todas as maneiras possíveis.

— Onde você quer minha porra, traidorazinha?

Meu olhar se abriu de repente e eu o observei enquanto ele pressionava a cabeça do pau contra meu clitóris. Minhas costas se arquearam para longe da cama e gemi quando ele se moveu, deslizando-o para cima e para baixo na minha umidade antes de pressioná-lo contra meu clitóris de novo.

— Dentro de mim — respondi, e senti seu pênis se contrair enquanto ele o pressionava de volta por toda minha extensão.

Dacre empurrou a cabeça do pau na minha entrada, só um pouco, antes de se afastar.

Arrepios percorreram meu corpo e eu estava pronta para implorar.

— Você quer que eu te foda? — perguntou ele, e pressionou meu clitóris mais uma vez.

Eu estava tão perto. Tão perto.

— Sim — sussurrei, minha voz trêmula de ansiedade.

Ele olhou para mim, os olhos escuros e famintos, cheios de desejo e possessividade.

— Você é minha, Nyra.

— Sim — inspirei e movi meus quadris, tentando receber a euforia que ele balançava na minha frente. — Eu sou sua.

— Boa garota. — Ele bombeou o pau enquanto sua mão pressionava forte meu clitóris, e quase saí da minha pele.

— Oh, deuses. — Eu amassei meus seios com as mãos e o ouvi gemer enquanto observava.

263

— Vou gozar em cima de você, traidorazinha. Marcar esse corpo de uma forma que sua falsa insígnia da rebelião nunca poderia.

Minhas pernas se apertaram em volta dele, tentando fechar, mas ele se recusou a permitir.

— Deixe-me ter, Nyra. — Ele grunhiu, e seus movimentos se tornaram mais frenéticos e fortes, e eu não consegui me segurar mais. — Me dê o que é meu.

Meu corpo estava esticado como um arco, tenso, e no momento em que rompeu, não havia como segurá-lo.

Eu gritei, meus quadris se sacudindo contra sua mão, pouco antes de sentir a sua própria liberação de prazer.

— Porra — grunhiu ele com a voz rouca enquanto bombeava a mão com mais força, e o esperma dele atingia meu clitóris.

Eu me retesei e observei enquanto ele gozava contra minha boceta, envolvendo-me em seu esperma e o deixando escorrer pelas minhas coxas, como o vinho tinha feito apenas alguns momentos antes.

— Dacre... — eu disse o nome como um apelo, mas não sabia o que pedir. Meu corpo ainda estava se recuperando do que tínhamos acabado de fazer, o coração disparado em meu peito.

Seu olhar encontrou o meu, e seus olhos adquiriam um preto quase sólido enquanto corria o dedo na minha boceta e o ergueu entre nós.

Eu respirei fundo, sentindo-me constrangida de repente. Tentei mais uma vez fechar as pernas, mas ele ainda estava entre elas, forçando-me a permanecer exposta a ele.

— Prove. — Ele levou o dedo até minha boca e deixei que o passasse na minha língua. — Você está tão bonita coberta com meu gozo.

264

CAPÍTULO XXII
DACRE

Nyra soltou a corda, e a flecha disparou pelo ar, errando o alvo por pouco.

Ela estava melhorando.

— Cuidado com a respiração — falei, enquanto ela pegava outra flecha. — Mantenha-a estável.

Ela assentiu e mirou outra.

Na minha visão periférica, vislumbrei um movimento.

Kai estava caminhando em nossa direção, uma expressão tão sombria que quase consegui ver os redemoinhos pretos de sua magia deixando um rastro atrás dele.

— Qual o problema?

Ele acenou com a cabeça para o lado, claramente não querendo que Nyra ouvisse o que ele tivesse a dizer.

Olhei para ela, mas estava ocupada encarando o alvo.

— Davian interceptou uma correspondência. É da sua avó.

— O quê? — Eu me afastei da parede e o encarei.

— Não tenho ideia de como aconteceu, mas ele está perguntando por você. — Kai olhou por cima do ombro e meu estômago ficou tenso. — Ele está exigindo sua presença.

Eu me endireitei e instintivamente verifiquei minhas adagas.

— Leve Nyra de volta para o quarto dela.

Ele assentiu e olhou novamente para ela.

— Faça com que ela fique com Wren.

265

— O que está acontecendo? — perguntou Nyra, segurando o arco frouxamente entre as mãos.

— Nada. — Balancei a cabeça. — Preciso me encontrar com meu pai. Kai vai te levar de volta para seu quarto.

— Sou capaz de chegar lá sozinha. Acho que finalmente entendi algumas partes desta cidade. — Ela sorriu e meu peito doeu.

— Só me faça um favor desta vez e deixe que ele te leve.

Seus ombros se endireitaram com minhas palavras, mas ela assentiu enquanto colocava o arco nas costas.

Eu não tinha ideia do que meu pai poderia ter interceptado de minha avó, mas eu sabia que não poderia ser bom. Minha avó nunca mandou nenhuma palavra para mim.

Eu ia até ela.

Esse era nosso acordo.

Eu vinha fazendo isso havia anos pelas costas do meu pai, e meu estômago se encheu de medo só de pensar que ele soubesse.

— Volto já.

— Ele está na casa dele. — Kai estremeceu ao dizer aquelas palavras. Ele sabia o quanto eu odiava voltar lá.

Assenti e não esperei que nenhum deles se despedisse. Virei as costas e saí furioso dos campos de treinamento, com a mente acelerada com um milhão de pensamentos diferentes.

O que quer que meu pai tivesse descoberto, eu não podia deixar que se transformasse em algo que poderia ameaçar minha lealdade à rebelião ou a ele.

Infelizmente, não eram a mesma coisa.

Meu poder serpenteava por minhas veias, e eu podia sentir a energia inquieta ansiando por ser liberada.

Meus pés se arrastavam pelo calçamento, cada passo mais pesado que o anterior enquanto eu me aproximava de casa. Meu coração disparou, sabendo que o confronto me esperava. Já fazia muito tempo que eu não temia meu pai de fato, mas pude sentir aquela apreensão familiar se insinuando em mim agora.

O brilho alaranjado das chamas dançava na janela, formando sombras sinistras na sala pouco iluminada. Respirei fundo para acalmar meus nervos e levantei minha mão para bater na porta pesada de madeira. Meu punho bateu suavemente contra a superfície, mas meu coração batia tão alto que tinha certeza de que ele poderia ouvi-lo lá dentro.

— Entre. — O som de sua voz, profunda e familiar, ecoou através da porta. Hesitei por um momento antes de finalmente abri-la e entrar.

O cheiro de bourbon e livros antigos preencheu o ar quando atravessei o batente.

Parado na sala de estar, partículas de poeira giravam à minha volta sob a luz do fogo. As tábuas do assoalho rangiam sob meus pés, e o leve cheiro de sabão do meu pai ainda pairava no ar. Aquela casa já tinha sido preenchida com risos e amor, mas agora parecia vazia e assustadora.

Evitando as fotos de família sobre a lareira, fiquei de frente para meu pai.

Éramos só eu e ele, cercados pelos fantasmas do passado que ambos tentávamos evitar.

Ele estava reclinado em uma velha poltrona de couro, com as pernas longas cruzadas e um tornozelo descansando sobre o joelho oposto. Um copo de cristal cheio de um líquido âmbar escuro pendia de seus dedos enquanto ele tomava um gole lento.

Ele gesticulou em direção à mesa desorganizada da cozinha, onde havia um pergaminho entre canecas meio vazias e papéis espalhados.

— Tenho algo para você — disse, os olhos fixos nos meus.

A delicada caligrafia no pergaminho era uma visão familiar para mim, e meu coração disparou quando desviei o olhar e o voltei para meu pai.

— O que é isso? — perguntei, tentando manter a voz firme.

— É exatamente o que quero saber. — As mãos envelhecidas, cobertas de calos e cicatrizes, traçaram suavemente a borda do copo enquanto falava. — Mas não está endereçado a mim. Está endereçado ao meu filho.

Os olhos dele se estreitaram, seguindo cada respiração minha, e eu praticamente podia ver as engrenagens girando em sua cabeça enquanto me observava atentamente.

— O que diz? — perguntei com cautela.

Ele gesticulou com o copo na mesa enquanto falava, o líquido escuro girando lá dentro.

— Você deveria ler — disse ele, em voz baixa e hesitante. — Acho que não posso fazer justiça a isso.

Algo estava errado, muito errado.

Eu sabia que minha avó não teria enviado uma carta a menos que sentisse que era algo urgente, e agora aquilo estava nas mãos do meu pai.

Com passos cautelosos, caminhei até a mesa, mantendo um olhar atento à expressão severa do meu pai. Quando peguei o pergaminho, forcei meus dedos a não tremerem.

As palavras, escritas na delicada letra cursiva da minha avó, eram curtas e diretas. Mas o impacto provocado por elas foi como um golpe forte no meu peito, esmagando tudo dentro de mim.

Minha visão ficou turva enquanto eu lia e relia cada linha, tentando entender o que ela estava dizendo.

Os soldados do rei estão vasculhando cada centímetro da cidade, procurando por ela.

Ela não está mais escondida na segurança dos muros do castelo.

Nós dois sabemos quem ela é, Dacre, e você deve protegê-la.

Proteja-a a todo custo.

Tudo dentro de mim se retraiu diante daquelas palavras.

Nyra.

Examinei suas palavras mais uma vez. Ela tinha que estar errada. Nyra não era a princesa de Marmoris.

Ela era uma garota que mal tinha poder; tinha sido trancafiada na masmorra sob o palácio; tinha estado fugindo.

Tudo parou quando a verdade caiu sobre mim, roubando meu fôlego.

Ela era uma mentirosa.

Nyra estava escondida nas ruas desde o ataque. Ela tinha dito que não havia conseguido sair antes disso.

Eu me lembrava dela do ataque. Eu a tinha visto, mesmo sem saber exatamente onde em todo aquele caos.

Ela passou a vida no palácio porque aquele era seu lar.

As verdades começaram a se desvelar diante de mim. Encaixando-se no lugar.

A falta de poder dela, o jeito que temia passar pela ponte mais do que qualquer outra pessoa que já vi, as cicatrizes que se estendiam por suas costas a ponto de envolverem sua barriga.

Ela me disse que tinha sido o pai dela.

O que ela não disse foi que ele era o rei.

Desviei o olhar da folha à minha frente e olhei para o meu pai. Seus olhos estavam fixos em mim, mas ele tentava parecer indiferente enquanto se recostava na poltrona. Eu podia sentir seu escrutínio silencioso pesando sobre mim.

— O que é isso?

O olhar do meu pai não vacilou.

— Isso, meu filho, é uma carta da sua avó — disse ele, em voz baixa e firme. — Você se importa em me explicar de quem ela está falando?

Olhei para o pergaminho, sentindo um peso enorme se instalando em meu peito.

— Não faço ideia.

— Você é um grande líder, Dacre. — Meu pai se levantou e pousou o copo na mesa diante de mim. — Será um grande comandante desta rebelião um dia ou deste reino se alguma vez derrotarmos o rei. Leia aquele pergaminho de novo. Acho que você encontrará a verdade nele.

Apertei meus lábios enquanto o estudava.

— Que é...?

— Não seja tolo, Dacre. — Ele passou a mão pela espada que estava sobre a mesa diante de nós. — Você acha que eu não sabia que mantinha comunicações com sua avó mesmo com minha proibição? Você realmente acha que eu não tinha olhos em você quando foi até lá com aquela garota com quem passa mais tempo treinando em sua cama do que em combate?

Meu coração disparava no peito enquanto eu sentia uma onda de traição me invadir. Ele estava me vigiando.

— Minha avó é tudo o que nos resta da mamãe — retruquei, minha voz tremendo de tristeza, raiva e confusão. — Você pode agradecer a ela por metade das informações que entrego para você.

A expressão do meu pai permaneceu impassível, como pedra.

— Essa parte posso aceitar. Inventei minhas próprias desculpas por você em minha cabeça. — Ele bateu os dedos contra a têmpora. — Mas e a princesa?

Balancei a cabeça enquanto procurava os olhos dele.

— Eu não fazia ideia de quem ela era.

Seus olhos se estreitaram, estudando-me com atenção.

— Você nunca suspeitou dela?

— Suspeitei. — Fui sincero, meu coração estava disparado. — Mas o pensamento de ela ser a princesa nunca passou pela minha cabeça. Pensei que fosse uma traidora e só estava usando nossa rebelião como fuga de uma vida que ela não queria.

Hesitei, minha mente acelerada enquanto eu tentava encontrar as palavras certas, encontrar a verdade.

— Parece que você estava certo sobre isso. A vadiazinha é uma traidora de fato. — O rosto do meu pai se curvou em um sorriso irônico. — Ela tem vivido em nossa cidade. Você a trouxe para cá quando deveria tê-la deixado para trás para apodrecer naquela masmorra, e agora a filha daquele rei perverso sabe de coisas que vínhamos protegendo durante a maior parte de nossa vida.

Ele caminhou até a lareira e pegou uma foto emoldurada da minha mãe, seus dedos contornando o vidro.

— Traga-a para mim.

Um arrepio percorreu minha espinha enquanto eu observava os olhos do meu pai se estreitarem na foto.

— O que você vai fazer com ela?

Havia um lampejo de raiva em seus olhos quando ele os ergueu para encontrar os meus.

— Não me faça repetir, filho. Traga-a para mim agora.

Engoli em seco, sentindo o peso da verdade me oprimindo. Eu devia lealdade ao meu pai, mas tudo que eu conseguia pensar era em Nyra.

Merda. Esse nem era o nome dela.

— Hoje à noite, Dacre. — Ele se moveu em minha direção e, com um aperto firme na parte de trás do meu pescoço, puxou-me para perto até que a testa dele tocou a minha. — Ela é a chave para tudo.

Assenti uma vez e, sem dizer mais nada, saí para buscar a princesa.

CAPÍTULO XXIII
NYRA

Eu me sentei cautelosamente na beirada da cama meticulosamente arrumada de Dacre, tomando cuidado para não desordenar a pilha de livros ao lado. Peguei o que estava no topo, com páginas amareladas pelo tempo e marcadas com dobras. Conforme folheava, pequenas nuvens de poeira flutuavam em direção à luz do fogo que entrava pela janela. Meus olhos percorreram as palavras, mas minha mente estava em outro lugar, preocupada demais com a sensação inquietante de que algo não estava certo.

Ouvi o som de vozes no corredor e fechei rapidamente o livro, devolvendo-o ao seu lugar e me levantei.

A porta rangeu ao abrir, e Dacre entrou, fechando-a cuidadosamente atrás de si. Ele ficou de costas para mim, ligeiramente curvado, com as mãos cerradas ao lado do corpo. O quarto pareceu tremer com a tensão que emanava dele.

— Você está bem? — perguntei dando um passo minúsculo em sua direção.

As costas dele ficaram rígidas, e senti um arrepio percorrer minha espinha enquanto me aproximava.

— Estou bem. — Ele se virou lentamente para mim, mas não parecia bem. Seu olhar escuro parecia *assombrado*.

— Tem certeza?

— Podemos não falar sobre isso? — Ele balançou a cabeça e soltou uma risada sem humor. — Eu nem quero mais pensar no meu pai esta noite.

— Tudo bem — disse hesitante enquanto ele diminuía a distância entre nós.

— O que você está fazendo aqui? — O olhar dele se desviou da cama para mim.

Meu estômago embrulhou e, de repente, eu estava me questionando se deveria estar ali.

— Estava te esperando. Você parecia chateado com o que Kai havia dito.

Os passos largos de Dacre o levaram a andar pelo quarto em segundos. Antes que eu conseguisse recuperar o fôlego, sua mão estava emaranhada em meu cabelo, puxando-me para mais perto. Ele pressionou os lábios contra os meus com uma urgência feroz, e retribuí ansiosamente, beijando-o com a mesma necessidade.

O aperto de Dacre em meu cabelo aumentou, e o desejo percorreu meu corpo. Seus lábios estavam quentes e exigentes, consumindo-me em uma tempestade de emoções. Envolvi os braços em volta do seu pescoço, puxando-o para mais perto, sentindo seu batimento cardíaco trovejando contra meu peito.

De repente, Dacre interrompeu o beijo, encarando meus olhos com uma intensidade desesperada.

— Preciso de você — sussurrou ele roucamente. Sua voz estava crua, cheia de um anseio que me deixou sem fôlego.

Deuses, eu também precisava dele.

Assenti, não confiando em mim mesma para falar. O olhar de Dacre não deixou o meu em nenhum momento enquanto ele tirava as botas. As mãos dele tremiam um pouco, mas parecia não notar.

Tirei minhas botas antes de descer a calça.

— Deuses, você é linda. — Dacre diminuiu a distância entre nós, enganchando os dedos na minha calça e puxando-a completamente para baixo.

Não houve toques delicados ou provocantes. Era tudo urgência, e eu estava grata por isso.

Eu me senti desesperada e enlouquecida, e queria que ele sentisse a mesma falta de controle quando se tratava de mim.

As mãos de Dacre estavam por toda parte, traçando minhas costas, deslizando pelo meu corpo, explorando cada centímetro da minha pele.

Meu coração batia forte em meu peito enquanto sentia os dedos dele penetrando minha boceta.

— Já está tão molhada. — Ele grunhiu e mordiscou a pele sensível do meu pescoço.

— Sim — assenti e puxei a camisa dele, até que ele a levantou sobre a cabeça e jogou-a no chão.

Eu o queria por inteiro, completamente nu.

Havia um milhão de segredos entre nós, mas eu não os queria ali naquela noite.

Eu só queria nós dois.

Não um rebelde e uma princesa.

Ele me puxou para mais perto, seus lábios encontrando o caminho para meu pescoço, enviando choques direto no meu íntimo. Eu gemi baixinho, minha cabeça caindo para trás de prazer.

Esta noite, eu não era uma princesa ou qualquer outra coisa que eu fingisse ser.

Eu era dele.

Independentemente do que acontecesse.

Eu era dele.

As mãos de Dacre tremeram enquanto desabotoavam as calças depressa. Eu segui o exemplo, tirando avidamente o resto das minhas roupas até ficar completamente nua diante dele.

O quarto se encheu com nossas respirações abafadas e o ritmo constante de seu coração. Ele me deitou gentilmente na cama, seus olhos não deixavam os meus.

Havia uma fome crua em seu olhar, um desejo que combinava com o meu.

Estendi a mão e passei os dedos pelo cabelo desgrenhado dele, sentindo o calor da sua pele. Eu queria isso. Eu precisava disso. Eu queria estar completamente perdida no momento, nele, esquecer todo o resto.

Ele abaixou a cabeça, seus lábios roçando os meus, e eu senti o mundo ao meu redor derreter. Sua língua se moveu contra a minha enquanto suas mãos percorriam cada curva minha.

Eu gemi baixo, minha respiração presa na garganta enquanto ele traçava a pele sensível do meu pescoço e do meu peito. À medida que nosso beijo se aprofundava, sentia sua ereção pressionada contra minhas coxas, e esfreguei uma contra a outra para evitar a dor.

— Eu quero você — sussurrei, minha voz baixa e rouca.

Ele beijou meu corpo, suas mãos percorrendo minha pele. Meu coração batia forte no peito enquanto sentia seus lábios roçarem a pele sensível da minha barriga, movendo-se cada vez mais para baixo até chegarem à junção das minhas coxas.

Dacre olhou para mim, com olhos escuros e intensos.

— Você tem certeza?

— Sim. — Inspirei; minha respiração era curta e entrecortada.

Ele deu um beijo na minha boceta, um toque casto de seus lábios que me fez contorcer antes que ele ficasse de pé e segurasse o pau na mão.

Então esfregou a cabeça do pau em mim, espalhando a umidade, e levantei meus quadris, implorando baixinho por mais.

— Por favor — implorei, o desespero em minha voz combinando com a dor entre minhas pernas.

Dacre encontrou meu olhar, seus olhos cheios de uma fome que combinava com a minha.

Ele se posicionou na minha entrada e perdi o fôlego quando ele entrou lentamente em mim.

A sensação dele me preenchendo era avassaladora, e eu levantei meus quadris, tentando me ajustar. Suas mãos estavam na minha cintura, segurando-me firme enquanto ele ia cada vez mais fundo, centímetro por centímetro.

— Você está bem?

Assenti, embora não tivesse certeza de estar dizendo a verdade. Ele era tão grande e estava doendo, mas tudo que eu sabia era que não queria que ele parasse.

275

Eu nunca quis que ele parasse.

Nossos olhos se encontraram quando ele começou a se mover, suas estocadas lentas e profundas. A cama rangia sob cada movimento nosso, enchendo o quarto com um ruído baixo e constante.

Passei meus dedos pelo cabelo dele, puxando-o para mais perto, e nossos lábios se roçavam a cada movimento.

— Deuses, você é tão apertada — gemeu Dacre, sua voz rouca contra minha boca.

Gemi, o prazer de ser preenchida por ele me dominou.

Os olhos de Dacre estavam fixos nos meus, e sua respiração, irregular enquanto ele continuava a me penetrar.

— Mais — ofeguei, sentindo o desejo crescer dentro de mim.

A expressão de Dacre mudou, seus olhos escureceram enquanto obedecia à minha ordem. Ele acelerou o ritmo, com movimentos mais ferozes, mais exigentes.

Minha cabeça caiu para trás, perdida na sensação de seu pênis deslizando para dentro e para fora de mim, a dor se misturando com o prazer que percorria meu corpo.

Minhas mãos agarraram os lençóis, meus quadris se ajustavam a cada movimento dele. Eu podia ouvir seu grunhido e sua respiração irregular enquanto ele se esforçava para manter o controle.

Ele deslizou o braço em volta das minhas costas e me levantou. Eu envolvi minhas pernas em volta da cintura dele, minhas mãos segurando seus ombros, enquanto ele se movia para a cabeceira da cama e se sentava comigo sobre ele.

— Cavalgue em mim. — Ele gemeu, e me ajoelhei.

Abaixei-me sobre ele o máximo que pude e gemi. Essa posição parecia muito mais profunda do que antes. Muito mais íntima.

Comecei a cavalgá-lo conforme ele havia instruído, meus quadris se movendo em um ritmo constante que combinava com seus movimentos. A cama agora era uma mistura de gemidos, suspiros e o toque de sua pele contra a minha.

Inclinei-me para a frente, apoiando as mãos em seu peito, meus seios roçando nele a cada movimento. Suas mãos agarraram meus quadris, ajudando-me a subir e descer enquanto ele metia em mim.

— Mais forte — insisti, minha voz baixa e ofegante.

Dacre reagiu com investidas mais pronunciadas, seus quadris se erguendo para encontrar cada descida minha.

Minha cabeça caiu para trás, meu cabelo caindo em cascata ao meu redor enquanto eu me arqueava, e os dedos de Dacre se moveram contra meu clitóris até que meu corpo inteiro tremeu contra o dele.

— Diga que você é minha. — A voz dele soou mais exigente do que nunca, e lhe dei exatamente o que queria.

— Sou sua.

Ele segurou minha nuca, embalando-me contra ele enquanto nossos corpos se chocavam. Foi avassalador e exaustivo, e percebi que não queria abandonar jamais aquele instante.

Éramos só ele e eu, e nada mais importava.

— Eu vou fazer você esquecer qualquer um que tenha vindo antes de mim.

Abri os olhos de repente para encontrar os dele e contei a verdade.

— Sempre houve apenas você.

Sua respiração falhou, e cada parte de seu corpo enrijeceu.

— Essa boceta me pertence. Você me pertence.

Assenti freneticamente enquanto gritava.

— Estou tão perto, Dacre — gritei e cravei meus dedos em seu cabelo enquanto cavalgava.

Nossos peitos estavam encharcados de suor enquanto se moviam um contra o outro.

Seu polegar esfregava círculos rápidos contra meu clitóris, e eu não consegui segurar mais.

O prazer me atingiu de todas as direções, e eu me agarrei ao pênis dele enquanto gritava.

— É isso, princesa. — As palavras me atingiram em cheio, e lutei para recuperar o fôlego quando abri meus olhos e procurei os dele.

O que ele disse?

Dacre passou um braço em volta das minhas costas, ajudando meu corpo a levantar e descer contra o dele enquanto eu gozava.

— Goze para mim, Verena.

Eu imediatamente tentei recuar, mas seu aperto era implacável. Ele me segurou contra ele, seus olhos negros perfurando os meus, e eu não consegui impedir o prazer que ainda percorria meu corpo, ainda que misturado ao medo.

Enquanto seu corpo pressionava o meu, senti meus músculos se contraírem e relaxarem ao ritmo dos movimentos dele, mesmo quando eu empurrava seus ombros. Ele finalmente me soltou e eu desabei na cama, observando-o enquanto ele se acariciava até terminar, seu peito subindo e descendo a cada respiração pesada enquanto ele derramava o gozo na própria barriga.

Nós nos encaramos; nenhum de nós ousava se mover, mas suas palavras seguintes foram como um choque em meu sistema.

— Para uma traidora de merda tão imunda, você abriu as pernas para um rebelde com muita facilidade.

— Dacre. — Peguei o cobertor da cama e o segurei contra meu peito, tentando cobrir meu corpo o máximo possível. Um medo frio e cruel correu por minhas veias enquanto o observava.

— Você deveria ir embora. — Ele se levantou da cama e estendeu a mão para pegar minhas roupas que estavam no chão e as jogou na minha direção. — Meu pai sabe quem você é.

Ele foi em direção ao banheiro sem olhar para mim, mas parou com a mão no batente da porta enquanto eu enfiava minha camisa sobre a cabeça o mais rápido possível. Minhas mãos tremiam enquanto tentava entender o que estava acontecendo. Eu tinha acabado de entregar minha virgindade enquanto ele estava me fodendo por vingança.

— Ele quer que você seja levada até ele.

Eu rolei para fora da cama e me esforcei para vestir minha calça amassada. Enfiei os pés nas botas, quase tropeçando nos cadarços. Meu coração batia forte contra minha caixa torácica e uma onda de pânico tomou conta de mim enquanto Dacre se virava lentamente para me observar.

Nossos olhos se encontraram por um instante fugidio antes de ele se virar novamente, mas aquilo pareceu uma eternidade. Meu peito se contraiu de medo e saudade.

— Fuja, Verena. — Sua voz soou fria. — Antes que ele me mande à caça.

À caça.

Eu queria implorar para ele parar, para me escolher de um jeito que ninguém nunca havia feito antes. Da forma como eu o teria escolhido.

Mas sua lealdade não estava com a garota que ele tinha acabado de foder. Estava com a rebelião que preferiria me ver morta.

A porta do banheiro fechou com um clique forte, e só restava a mim uma coisa a fazer.

Então, fugi.

AGRADECIMENTOS

Agradeço a todos os leitores por darem uma chance a este livro. Dacre e Nyra/Verena são muito especiais para mim, e espero que você tenha amado o início da história deles tanto quanto eu.

Agradeço ao meu marido, Hubie. Ninguém nunca me apoiou e amou mais do que você. Obrigada por me provar que o amor verdadeiro existe.

Agradeço ao meu círculo de autores que constantemente me incentiva a prosseguir quando tenho dificuldade em acreditar em mim mesma.

Agradeço a toda minha equipe sem a qual eu não conseguiria fazer isso — Lauren, Regan, Savannah, Ellie, Rumi, Cynthia, Becca, Rebecca, Katie e Sarah: obrigada, obrigada, obrigada.

OBRIGADA

Muito obrigada por ler *O reino oculto*! Espero que você tenha amado este mundo tanto quanto amei criá-lo.

Quer se apaixonar por outro mundo que criei? *Estrelas e Sombras* é uma série de romantasia sensual sobre inimigos que se apaixonam e que vai fazer você implorar por mais!

Eu adoraria que você se juntasse a meu grupo de leitura, Hollywood, para podermos nos conectar e você poder falar tudo o que achou sobre *O reino oculto*! Esse grupo é o primeiro lugar para se informar sobre revelação de capas, notícias sobre livros e informes de imprensa!

Beijos e abraços,

HOLLY RENEE
www.authorhollyrenee.com (site em inglês)

Antes de ir, por favor, considere fazer uma resenha sincera.

Fontes TIEMPOS e SPAN
Papel LUX CREAM 60 G/M²
Impressão GEOGRÁFICA